COLLECTION SÉRIE NOIRE
Créée par Marcel Duhamel

Parutions du mois

2631. LE MOUCHARD
(DMITRI STAKHOV)

2632. NOËL AU BALCON
(COLIN THIBERT)

2633. EL INFILTRADO
(JAIME COLLYER)

FRANÇOIS BARCELO

L'ennui est une femme à barbe

nrf

GALLIMARD

L'auteur remercie le Conseil des arts du Canada pour l'aide financière reçue pendant qu'il écrivait ce livre.

Ça commence mal

Ça commence mal : je me marie dans une demi-heure.

Ça ne me tente pas tellement. Et si je peux vous parler franchement, ça ne me tente pas du tout. De me marier, pour commencer. Avec Éliane, pour continuer. Mais je pense que ce serait pareil avec n'importe qui ou presque.

Je n'ai pas le choix, parce que j'ai dit oui quand Maman m'a fait comprendre que je n'avais pas le choix.

Je vais quand même essayer de lui en parler une dernière fois. Je sais que ça ne sert à rien. Maman ne change jamais d'avis, même quand elle sait qu'elle s'est trompée, mais ce n'est pas une raison pour ne pas essayer. Une demi-heure avant qu'il soit trop tard, ce n'est pas trop tard.

Elle est en train de se maquiller. Je n'ai jamais compris pourquoi elle se maquille tant. Je la trouve plus belle quand elle n'a pas de rouge à lèvres sur les lèvres et pas de rouge à joues sur les joues. Même chose pour le noir à yeux autour des yeux. Ça ne l'empêche pas de se maquiller tous les jours. Même les jours que je ne me marie pas. Alors, aujourd'hui, vous pouvez imaginer qu'elle est en train d'en mettre une double épaisseur.

— Maman, faut que je te parle.

Je suis debout dans la porte de la salle de bains. Elle dit oui d'un battement de faux cils, mais je vois bien qu'elle est trop occupée pour m'écouter. Quand je lui parle, elle fait souvent semblant d'être occupée à autre chose. Et là, elle est occupée de façon tout à fait spéciale et urgente : elle se maquille pour le mariage du plus jeune de ses fils.

Ça ne sera pas facile. Je dis quand même :

— Je veux pas me marier. Surtout avec Éliane.

Enfin, elle écoute. J'ai dû tomber sur le bon sujet au bon moment. Son bâton de rouge s'est immobilisé et reste dressé au bout de son nez. Mais elle ne se retourne pas. Elle me regarde dans le miroir de la pharmacie.

— Pourquoi tu veux plus te marier ?

Je ne peux pas lui dire la vraie raison : je n'aime pas assez Éliane pour être sûr que je veux passer ma vie avec elle. Surtout qu'on n'a jamais fait l'amour ensemble. Comment je pourrais savoir si je vais aimer ça avec elle ou si elle va aimer ça avec moi ? Il suffit qu'un des deux trouve que l'autre s'y prend mal, pour que ça aille tout croche, un mariage. Même quand les deux baisent bien, ça ne tient pas souvent longtemps.

Mais j'ai peur que Maman me dise quelque chose comme « Avec ton père j'ai jamais aimé ça, puis ça m'a pas empêchée de rester avec lui vingt-cinq ans ».

C'est pour ça que j'ai préparé autre chose. Pas la vraie raison, mais une bonne raison aussi, je pense.

— Tu la trouves pas un peu grassette, Éliane ?

Ça ne collera pas, je m'en aperçois tout de suite, parce que ça se voit que Maman est soulagée. Elle n'est même plus inquiète du tout. Pour elle, ce n'est rien de grave. Juste un petit caprice de son petit dernier. Avec la tête que j'ai, je ne peux quand même pas m'attendre à choisir le tour de taille de la fille qui va accepter de se marier avec moi.

Elle cesse de me regarder dans le miroir et elle rajoute une dernière couche de rouge sur ses lèvres pour s'assurer qu'elle en aura assez pour barbouiller les joues de toute notre parenté, sans compter les Laurencelle (Éliane, c'est une Laurencelle). Elle colle ses lèvres ensemble pour s'assurer qu'il y en a la même épaisseur sur les deux, puis elle dit :

— Voyons, Jocelyn, fais pas le bébé. Elle est pas si grassette que ça, Éliane. Puis il me semble qu'elle a pas tellement engraissé depuis que tu l'as demandée en mariage.

C'est quasiment vrai, ce que dit Maman. Éliane n'est pas tellement grosse. À Saint-Gérard-de-Mainville, on est un peu plus de mille habitants. La moitié de femmes, ça fait cinq cents. Là-dessus, il y en a bien deux cents qui sont en âge de se marier d'ici quelques années ou d'avoir été mariées depuis dix ans au maximum. De celles-là, les seules avec qui je pourrais comparer Éliane sans que ça soit trop injuste, je dirais qu'il y en a bien une dizaine de plus grosses qu'elle.

J'aurais pu tomber plus mal. Le problème, c'est qu'Éliane, en plus d'être plutôt grosse, est grande et large, tandis que je suis un peu moins grand qu'elle. Et beaucoup plus étroit. Elle doit faire le double de mon poids. Le triple, peut-être. En dansant avec Éliane, je vais avoir le nez au milieu de ses seins si elle a des talons le moindrement hauts. Dans presque toutes les noces, le marié danse avec la mariée. On va faire rire de nous. De moi, surtout. Mais ça, Maman s'en fout. Tout ce qu'elle veut, c'est que je libère ma chambre pour monsieur Sinclair. Je vous expliquerai pourquoi une autre fois. Ce n'est pas le moment.

C'est vrai aussi, l'autre chose qu'a dite Maman : Éliane n'a probablement pas pris plus qu'une livre ou deux depuis que je l'ai demandée en mariage. Si on peut appeler ça une demande en mariage, parce que je n'ai rien dit. Mais tout le monde sait que les femmes, ça a tendance à prendre du poids en faisant des enfants et aussi quand elles n'en ont pas parce que de ne pas avoir d'enfant ça peut donner envie de manger plus de chocolat et de toutes sortes de cochonneries. C'est pour ça qu'on fait mieux d'en prendre une qui est maigre avant, si on ne veut pas se retrouver avec une très grosse après. Les hommes, c'est presque pareil : ça finit par grossir, pas autant des fesses comme les femmes, surtout du ventre, mais moi je suis maigre comme un cure-dent en commençant. Avant que je devienne gros, ça va m'en prendre, des caisses de bière. Comme je n'en bois jamais, ce n'est pas demain la veille.

En fait, la chose qui est la moins vraie dans ce que dit Maman, c'est que c'est moi qui aurais demandé Éliane en mariage. C'est Éliane qui a demandé à Maman, qui a dit oui pour moi. C'est vrai que j'aurais pu dire non même si on ne me demandait rien. Mais je savais que si je disais non ça ferait des discussions à n'en plus finir. Et je n'aime pas discuter, surtout avec Maman. Je vous l'ai déjà dit : elle ne change jamais d'avis, surtout quand elle a tort.

Par contre, cet après-midi, je commence à me rendre compte que j'aurais dû le donner plus tôt, mon avis. De préférence avant qu'Éliane envoie les invitations à notre parenté et à la sienne. Quand même, vous admettrez que c'est mieux de dire non maintenant plutôt qu'à l'église devant tout le monde et le curé aussi.

Mais je sens que ça ne marchera pas : Éliane aurait beau être deux fois plus grosse, Maman ne la trouverait jamais assez grassette pour que je me défile de mon mariage à la dernière demi-heure.

Il me faut une meilleure raison que la graisse d'Éliane pour éviter de me marier. J'en ai une autre en réserve. Peut-être meilleure, peut-être pire. On verra bien.

— Je suis en amour avec une autre fille.

— Regarde-moi donc ça. Je la connais ?

— Qui ?

— La fille que t'es en amour avec.

— Non.

— C'est qui ?

— Je peux pas te le dire.

— Pourquoi ?

— Parce qu'elle est enceinte. Puis elle est mineure, à part ça.

Ça non plus, ça ne marche pas. Oui, je risquerais la prison pour agression sexuelle sur une mineure si je refusais de marier cette fille-là si elle existait. Mais aux yeux de Maman je n'ai pas une tête à avoir mis une fille enceinte. Et elle trouve qu'elle a assez de rouge à lèvres sur ses lèvres et qu'il est sorti assez de conneries des miennes.

Elle se tourne vers moi, me prend une oreille.

— Viens-t'en, c'est le temps.

On sort de la maison, Maman devant, moi derrière et mon oreille au milieu.

Je repasse dans ma tête le nom de toutes les filles qui seraient susceptibles d'être enceintes par mes soins. Maman ne va me croire que si je lui donne un nom. Mais les seules filles auxquelles je songe, Maman ne croira jamais qu'elles auraient accepté de coucher avec moi. Elles sont trop belles et elles ont l'embarras du choix. Les pas belles, je n'ai jamais eu envie de coucher avec elles. Même avec celles-là, Maman ne croira jamais que je l'ai fait.

Une chance qu'on n'est pas loin de l'église parce que mon oreille finirait par être arrachée. Maman la relâche seulement quand on est dedans et qu'il y a du monde qui se retourne pour voir qui arrive, comme si tout le monde ne savait pas d'avance que ce serait nous deux. Elle chuchote :

— Je peux-tu te lâcher, là ?

— Correct.

Elle me tient quand même par le bras. Solidement, parce qu'elle me connaît et elle devine que j'ai une sacrée envie de faire demi-tour et de me sauver dans le champ de maïs derrière l'église. Le maïs n'est pas bien haut. Mais si je marche à quatre pattes, ça va leur prendre des heures pour me retrouver. J'aurais dû y penser plus tôt, avant que Maman me prenne l'oreille ou le bras.

On s'avance dans l'allée centrale.

À gauche, il y a les invités du marié. C'est-à-dire mes invités, maintenant que je sais que je ne pourrai pas m'en sauver.

Ce n'est pas moi qui les ai invités. C'est Maman qui a fait la liste et elle l'a donnée à Éliane avec les adresses. Il y en avait trente. Éliane a dit « C'est trop », parce que c'est elle qui paye la réception. C'est toujours la famille de la mariée qui paye la noce, même quand la mariée n'a pas de famille. Maman en a coupé quinze. Il en reste encore quinze, dont mon frère Lucien, avec sa femme et leurs deux enfants.

À part ça, il y a des oncles et des tantes. Seulement du côté de Maman. Personne du côté de Papa. C'est parce qu'il est mort l'an dernier. On a vu toute sa parenté aux funérailles, il n'y a pas si longtemps. Ils ont été les premiers qu'on a enlevés.

Il y a aussi monsieur Sinclair, l'épicier, qui est là pour des raisons que je vous donnerai peut-être plus tard si ça adonne.

Mon autre frère, Bruno, n'est pas arrivé. C'est mon frère préféré parce que c'est le plus jeune après moi. Il n'est pas marié, lui, et c'est plus facile d'être ami avec un frère célibataire quand on est célibataire.

Je me demande si ça va changer quand je vais être marié. J'aimerais mieux rester plus ami avec Bruno qu'avec Lucien, mais on ne fait pas tout ce qu'on veut dans la vie. Surtout si on se marie.

Bruno est toujours en retard. Je gage que, même à son mariage à lui, il va être en retard. Mais ce n'est pas demain qu'on va publier les bans, parce qu'il change de blonde toutes les deux semaines. Une fois, ça a duré un mois, mais rien qu'une fois.

À droite, c'est les invités de la mariée. Il y en a beaucoup. Plus riches que ma bande à moi. C'est facile à voir : ils ont l'air moins endimanchés. Ils sont tous bien habillés, mais on devine que c'est comme ça qu'ils s'habillent pour sortir tous les jours de la semaine ou presque.

Ma parenté à moi est en habits du dimanche, mais comme presque personne ne va plus à la messe, ce sont plutôt nos habits de mariage, de baptême et d'enterrement. De première communion aussi, quand les enfants de Lucien vont avoir l'âge à ça.

C'est pour ça qu'on est tous en foncé, les hommes. Ça va pour n'importe quoi, le foncé. C'est parfait pour les enterrements, mais ça va comme il faut pour le reste aussi.

Les femmes sont chanceuses : il y en a de toutes les couleurs. Des rouges, des vertes, une bleue, des blanches, des rouges. Je trouve que plusieurs ont des robes trop serrées. Je pense que ce n'est pas par exprès. C'est parce que ça fait longtemps qu'elles ne les ont pas mises. Ça rapetisse, les robes, quand on ne les met pas souvent.

Les invités de la mariée sont pour au moins la moitié en pâle, ce qui convient parfaitement pour la fin de juin. Il y a beaucoup de vieux avec des cheveux blancs. Tiens, pas un seul enfant du côté d'Éliane, à moins qu'il y en ait des petits qui seraient cachés par le dossier des bancs. Rien que des couples, on dirait. Au moins, eux, ils ont l'air de l'assistance à un vrai mariage. Ma famille, elle, ça pourrait être pour n'importe quel sacrement.

Maman est furieuse, je le devine. Je la comprends. Éliane a limité notre côté à quinze invités. Et eux ils sont au moins quarante. C'est elle qui paye la réception, mais ce n'est pas une raison. Si on commence à faire des injustices le jour du mariage, qu'est-ce que ce sera le jour du divorce ?

Pourtant, Maman se contrôle. Elle dit tout bas dans mon oreille — celle que je ne frotte pas parce que c'est seulement l'autre qui me fait encore mal d'avoir été tant pincée :

— T'as-tu vu combien ils sont ?

J'ai vu. Pas besoin de répondre. J'ai beau aimer compter tout ce qui se compte, ce serait trop long à compter.

On s'est arrêtés en avant, juste à gauche du milieu. On reste là debout tous les deux, comme on est supposés. Maman est mon témoin. C'est pour ça qu'elle reste là avec moi.

Quand il a été question de la cérémonie et que j'ai mentionné le mot témoin suivi du prénom de mon frère Bruno, elle a dit :

— Si ton père était encore là, tu sais qui il voudrait que tu prennes comme témoin ?

J'ai secoué la tête.

— Moi. Ça se fait souvent, maintenant, la mère du marié comme témoine.

Je me suis retenu de répondre que, si Papa était encore là, ce serait lui, mon témoin. Mais ce n'est pas sûr. Ça aurait peut-être été Maman quand même. Papa aussi, il était souvent en retard. Ou il oubliait de cesser de boire. Pour le mariage de Lucien, c'est ce qui est arrivé. Maman s'est sacrifiée, qu'elle a dit, et elle a fait la témoine comme elle dit.

Ça va commencer bientôt, parce que le curé Lachapelle est entré par la porte de la sacristie. Il a le nez un peu plus rouge que d'habitude. Ce n'est pas grave, parce que même les funérailles il les fait comme il faut quand il a bu trop de vin de messe.

Il s'arrête devant nous mais un peu plus au milieu, un petit peu à notre droite même si la mariée n'est pas arrivée, mais il sait où elle va aller. Il sourit et se balance d'en avant à en arrière sur ses souliers. Il fait toujours ça quand il attend. On n'attendra pas longtemps, parce que j'entends bientôt des pas derrière nous. C'est la mariée qui arrive au bras de son père. Je sais qu'il ne faut pas que je me retourne. Maman me l'a dit au moins dix fois : quand on se marie, le marié n'est pas supposé regarder la mariée tant qu'il n'est pas marié, parce que ça porte malheur. Elle le dit quand même une dernière fois à mon oreille, juste pour être bien sûre que son petit dernier ne lui fera pas honte en public et ne procréera pas une série de petits monstres parce qu'il aurait oublié de ne pas se retourner :

— Retourne-toi pas, surtout.

Éliane arrive à côté de moi. Je garde les yeux bien en avant comme si j'avais fait ça tous les jours de ma vie, me marier. Je la vois quand même, mais pas assez pour distinguer autre chose qu'une masse de tissu blanc.

Le curé Lachapelle peut commencer.

C'est le genre de curé qui se veut comique. Comme les mariages sont rares dans la paroisse, il dit toujours le même discours avec les mêmes blagues. D'autant plus qu'il est curé de trois paroisses, parce que les curés sont difficiles à trouver et les budgets sont coupés. Il doit se dire que le discours qu'il fait c'est celui qu'il a fait dans une autre paroisse la dernière fois et personne d'ici ne le connaît.

Je me rappelle quand on est allés le voir pour lui dire qu'on voulait se marier. J'avais peur qu'il nous demande de suivre des cours de préparation au mariage. Je trouve que les cours de n'importe quoi, c'est ennuyant. Quand on n'a pas envie de se marier, les cours de préparation sont encore plus ennuyants que les autres. Il n'en a pas parlé. J'ai appris plus tard que les derniers à qui il l'avait demandé s'étaient tout simplement mis en ménage au lieu de perdre tous leurs lundis soir pour aller à Mainville suivre des cours qui n'ont jamais empêché des mariés de divorcer quand ils trouvent qu'ils ont été mariés assez longtemps.

Le curé Lachapelle a compris. Il est déjà curé de trois paroisses et, s'il ne veut pas se retrouver curé de six ou dix, il a intérêt à ne pas repousser la clientèle avec des niaiseries comme les cours de préparation au mariage.

Un mariage, c'est souvent suivi par un baptême quatre ou cinq mois plus tard. En plus, c'est ce qui le paye le plus, après l'enterrement. Cinquante dollars pour les mariés de la paroisse, cent dollars pour les gens de l'extérieur. Le curé voulait nous faire payer soixante-quinze parce qu'il pensait qu'Éliane était une étrangère. Elle lui a montré son compte d'électricité pour prouver qu'elle habite à Saint-Gérard. Le curé a bien été obligé d'accepter cinquante.

Cet après-midi, il commence son sermon sur le même ton que les comiques qu'on voit tellement à la télévision qu'ils ne nous font plus rire.

— Mes bien chers frères, mes bien chères sœurs, je suis là aujourd'hui pour célébrer un mariage. Pourtant, Jésus nous a bien dit de ne pas faire aux autres ce qu'on n'aimerait pas que les autres nous fassent. Je vais vous livrer un secret…

Il fait une pause, même si le côté gauche de l'assistance l'a entendu deux ou trois fois, son terrible secret. Mais la partie droite de la foule, qui n'a jamais entendu ce sermon-là, tend l'oreille.

— Mon secret, c'est que je n'ai jamais été marié, continue le curé avec une fausse tristesse en souriant jusqu'aux oreilles pour bien souligner qu'il vient de faire une blague même si personne ne rit. Jésus ne s'est jamais marié, lui non plus. Pourtant, lui, il aurait sûrement pu trouver une fille qui aurait voulu de lui, avec sa belle barbe et ses beaux cheveux longs…

Il se tourne vers le crucifix. Il a dû lire dans *Cures et vicariats* qu'un bon sermon ça doit s'appuyer sur des éléments visuels. Il nous regarde ensuite avec un nouveau sourire accompagné d'un gloussement pour montrer qu'il vient de faire une allusion humoristique à la laideur de son visage et plus précisément à sa calvitie quasi totale.

Je connais la suite de son sermon depuis le mariage de Lucien.

Ça dit à peu près ça :

Même si ni lui ni Jésus ne se sont jamais mariés, ils sont en faveur du mariage qui est le plus beau sacrement. Après le baptême, même si c'est recommandé de faire le mariage avant. Mais il y a des exceptions à la règle qui veut que le baptême est plus beau que le mariage. Avec la jolie mariée qu'on a aujourd'hui, c'est évident que le mariage passe numéro Un au palmarès de la beauté des sacrements. Pas pour toujours. Pour neuf mois. Des fois moins.

La mariée est supposée rougir à ce moment-là. Diane, la femme de Lucien, a rougi au moins cinq minutes. Mais elle est très rougissante, ma belle-sœur. Et puis elle était enceinte de six mois.

Le curé va dire ensuite que lui-même a six frères et trois sœurs, tous mariés, qui lui ont donné dix-sept neveux et nièces à moins que le chiffre ait changé récemment ou qu'il se trompe, parce que après douze c'est difficile à compter. Dans les réunions de famille, quand il leur dit de cesser de bouger pour lui donner la chance de compter comme il faut, il y a toujours un petit malin qui passe par en arrière et qui se fait compter deux fois. C'est comme dans les photos panoramiques d'autrefois, qui étaient faites avec un appareil spécial qui balayait la scène de droite à gauche ou de gauche à droite. Au collège où il a enseigné la géographie pendant vingt ans avant d'épouser la prêtrise, il s'est donné la peine d'examiner toutes les photos sur les murs dans les corridors et en regardant bien on voit toujours qu'il y a quelqu'un à une des extrémités qui a un sosie parfait à l'autre extrémité. Pendant que l'appareil promenait son objectif sur les quatre cents élèves du collège, il y en avait un qui courait en arrière pour se faire photographier une deuxième fois. C'est probablement pour ça que Jésus s'est contenté de douze apôtres. Avec douze seulement, il risquait moins d'avoir le même apôtre à la fois à droite et à gauche dans la dernière Cène de Léonard de Vinci.

Mais le curé Lachapelle ne dit rien de tout ça. Est-ce qu'il a un blanc de mémoire ? Il fait une pause, ouvre la bouche. Comme si Jésus lui-même venait d'entrer dans son église pour lui demander de cesser de faire perdre leur temps aux paroissiens avec ses farces plates.

Je me retourne moi aussi vers l'arrière, en passant par la gauche. Comme ça, Maman ne peut rien dire parce que Éliane est à ma droite, et ce n'est pas de ce côté-là que je regarde.

Un homme vient d'entrer. Il a un imperméable même s'il fait chaud et qu'il ne pleut pas. Il n'y a que quarante pour cent de probabilités de précipitations pour plus tard, d'après la télévision. Maman m'a demandé de vérifier pour savoir si on apporterait un parapluie.

L'homme à l'imperméable, je dirais qu'il a au moins quarante ans. Pas loin de cinquante. Il est plutôt court, un peu gros. La tête frisée comme un mouton. Des cheveux noirs. L'air pas content du tout. Et énervé comme s'il était sur le point de se marier, alors que c'est à moi que ça arrive.

Il s'est arrêté à peu près au milieu de l'allée centrale. Juste derrière les derniers bancs occupés par la famille d'Éliane. Ça se voit qu'il n'est pas venu pour la noce. Pas seulement parce qu'il n'a pas de cravate, mais surtout parce qu'il a entre les mains un fusil de chasse. Un fusil à pompe, qu'il met à son épaule et qu'il pointe vers nous.

Ça ne pouvait pas plus mal commencer.

Ça tombe bien

L'homme baisse un œil sur la mire du fusil. Il vise en notre direction. Sur qui veut-il tirer ? Sur moi, sur Éliane, sur le curé ? Peut-être sur les trois en même temps.

Il appuie sur la détente. Il a oublié d'enlever la sécurité, parce que tout ce qu'on entend, c'est sa voix :

— Merde.

Ouf ! C'est une blague. D'un de mes frères, sûrement Bruno, pour montrer à ces gens guindés de la ville qu'on a le tour de rigoler, à la campagne.

Mais le type au fusil est un sacré pince-sans-rire, parce qu'il ne rigole pas du tout. Il secoue son fusil comme s'il y avait une cartouche coincée à l'intérieur, puis il se rappelle qu'il faut enlever la sécurité. Il doit l'avoir trouvée, parce qu'il a tout à coup l'air presque content. Il remet le fusil sur son épaule, puis il tire.

Ça fait un sacré bruit dans l'église. Comme une bombe ou un coup de canon. Surtout que presque en même temps tout le monde se met à crier. Et une autre explosion résonne dans l'église avant même que la première se soit complètement tue.

Je ne vois pas la suite, parce que Éliane me pousse par terre. À moins qu'elle ait été touchée et qu'elle soit tombée en m'emportant dans sa chute.

Mais je l'entends, la suite. Encore trois autres coups de feu qui retentissent sans discontinuer, avec l'écho de l'église.

Le curé Lachapelle dit que l'acoustique est tellement bonne dans son église que c'est dommage qu'on n'ait pas une chorale. Il a même essayé de recruter des enfants à l'école pour former ce qu'il appelle une manécanterie. Mais pas un petit gars n'a voulu. Je pense que ça l'a découragé d'essayer avec les filles, parce qu'il n'a pas essayé avec elles.

Il y a aussi des cris de panique. Pas seulement des femmes, même si c'est les femmes qu'on entend surtout. Des cris de douleur aussi, mais c'est difficile de les différencier, parce que c'est presque pareil. Et encore des bruits de pas qui courent et puis des bruits de pas qui cessent de courir.

Tiens, la tête du curé vient de tomber par terre à côté de la mienne avec du sang qui coule de sa bouche. Non, il n'est pas décapité. Ses épaules aussi sont là. Il a les yeux ouverts. Il n'est pas mort, parce qu'il lève un bras qui retombe tout de suite sur mon épaule.

Là, ça se pourrait qu'il soit mort pour de bon.

Le vacarme s'est arrêté. Il n'y a plus que des gémissements, des halètements terrorisés. Et le son tout à fait reconnaissable de cartouches que quelqu'un pousse dans la culasse d'un fusil à pompe.

— Viens, me chuchote Éliane à l'oreille.

Elle se redresse à moitié, me tire par la main. Je repousse le bras du curé et me voilà sur pied, comme Éliane. Je ne suis pas fâché que quelqu'un me montre quoi faire.

Courbés en deux, nous courons vers la sacristie. Les coups se remettent à retentir derrière nous comme le tonnerre. Il y a du verre brisé. Les vitraux, peut-être, mais ils étaient en mauvais état. Le curé voulait lancer une campagne de souscription pour les faire restaurer. Il va être content : c'est l'assurance qui va payer.

Éliane ouvre la porte de la sacristie que nous traversons en courant encore. Puis elle pousse la porte qui donne dehors, en me tirant toujours par la main.

Justement, l'Asüna de mon frère Bruno arrive. Avec mon frère dedans. Comme toutes les places sont déjà prises dans le stationnement devant l'église, Bruno est bien obligé d'aller se garer sur la pelouse à côté de la porte de la sacristie même si le curé Lachapelle l'a déjà dénoncé deux fois publiquement pour ce grave péché mortel qui défigure le bien de la fabrique qui est la propriété de Dieu. La première fois, c'était pour le baptême du petit dernier de Lucien ; la deuxième, pour l'enterrement de Papa.

Bruno sort de la voiture, s'avance vers nous en se pressant. Il est tout à fait élégant dans son smoquigne de location. Il a un beau modèle bleu pas trop foncé avec des revers plus sombres, en soie — ou en tissu luisant si ce n'est pas de la soie. Moi, j'ai seulement un complet ordinaire que Maman m'a acheté comme cadeau de mariage et qui me servira pour les autres sacrements.

Il n'a pas du tout l'air étonné de voir que nous sortons de l'église en courant. Il est peut-être déjà allé à une noce où les mariés ont fait pareil, tellement ils avaient hâte de consommer ça sans tarder.

— C'est déjà fini ? J'ai eu des problèmes avec Aline. Mais là, c'est réglé.

Aline, c'est sa blonde. Ou plutôt c'était sa blonde, puisque c'est réglé et qu'elle n'est pas là.

— Tes clés, ordonne Éliane.

Il n'a pas eu le temps de les mettre dans sa poche et Éliane les lui arrache de la main. Il se demande seulement pourquoi nous voulons son Asüna à lui, alors qu'il nous a prêté son cabriolet Volkswagen presque neuf pour notre voyage de noces. Hier soir, je l'ai laissé devant l'église pour être sûr d'avoir une bonne place pour la photo des mariés qui partent en voyage. Bruno jette un coup d'œil au ciel, constate qu'il y a effectivement risque de pluie et comprend qu'on puisse préférer une voiture non décapotable même si notre seul projet de voyage c'est de passer nos nuits et nos journées dans la maison d'Éliane, à même pas quatre kilomètres.

— Merci, dit Éliane.

Elle me traîne vers l'Asüna. Elle ouvre la portière du conducteur. Je vais de l'autre côté de la voiture.

— C'est toi qui conduis, idiot, crie Éliane.

C'est vrai que je suis idiot : j'avais oublié qu'Éliane ne sait pas conduire. Je fais le tour de la voiture, je me mets au volant. Éliane monte de l'autre côté. Je lance à Bruno les clés du cabriolet parce qu'on n'a pas besoin de deux voitures pour fuir un tueur.

On ferme les portières. Je démarre et on part à fond de train en faisant dans la pelouse des traces de pneus qui vont faire pleurer le curé pendant des mois s'il est encore vivant. Quand il va apprendre que c'est la voiture de Bruno, mon frère sera excommunié, rien de moins. Jusqu'à la fin des temps ou de l'Église catholique.

— Prends la montée d'en Haut, puis après, le rang des Trente, ordonne Éliane.

J'obéis et je vire tout de suite sur la montée d'en Haut qui est juste passé l'église. Je suis complètement affolé. Heureusement, j'ai Éliane à côté de moi pour me dire quoi faire, parce que si j'étais tout seul je serais comme une poule sans tête au volant d'un char d'assaut.

Éliane est embarrassée par sa robe qui prend toute la place de son côté, jusqu'au plafond, et qui déborde de mon côté aussi. Je suis obligé de conduire d'une seule main parce qu'il faut que je repousse la masse de tulle blanc si c'est comme ça que s'appelle ce tissu qui s'accumule entre le volant et le pare-brise.

Elle réussit à tasser sous ses fesses une bonne partie de sa robe. Elle regarde derrière pour voir si on nous suit. Il ne doit y avoir personne, puisqu'elle ne dit rien.

Au rang des Trente, je prends à gauche. Je n'ai pas le choix : le rang des Trente s'arrête à la montée d'en Haut. Ça s'appelle le rang des Trente parce que c'est à trente arpents de la rivière. La montée d'en Haut, c'est parce que c'est en haut du village par rapport au courant de la rivière Mainville.

Je roule encore deux ou trois minutes jusque dans le bois des Trente. Éliane dit :

— Arrête ici.

Je gare la voiture derrière une cabane à sucre. Là, on ne peut presque pas nous voir de la route, à moins de rouler très lentement ou de savoir qu'il y a une auto cachée par là.

Éliane ouvre sa portière et s'efforce de rentrer dans la voiture la partie de sa robe de mariée qui traînait sur la chaussée depuis l'église. Cela fait comme un immense coussin gonflable gonflé. Il faut attendre qu'elle réussisse à contrôler tout ça sinon je ne pourrai rien voir devant. Je parviens à en tasser sous ses fesses un bon bout qui débordait de mon côté.

Je regarde vers la route. J'en vois juste un petit peu derrière nous. Il n'y a rien ni personne qui approche.

Tout à coup, Éliane se met à rire. Les nerfs, je suppose. Peut-être que d'être contrariée, ça la fait rigoler. Ça me plaît. Une femme qui rit quand on la contrarie, c'est mieux qu'une femme qui crie à tort et à travers.

Juste la voir rire, ça me fait du bien. Je me mets à rire aussi.

C'était trop beau pour durer. Ses rires se transforment soudain en sanglots. Je déteste ça, une femme qui pleure. J'aime mieux une femme qui rit. Je ne suis pas marié depuis cinq minutes et je découvre que ma femme a les larmes encore plus faciles que le rire. J'aurais pu mieux tomber.

Mais non, je suis bête : je ne suis pas marié. Je n'ai pas dit oui devant le curé et ça doit être ça qui compte. Juste aller à l'église avec l'intention de se marier, ça ne peut pas nous rendre mariés pour la vie.

Finalement, j'arrive à me consoler d'avoir une femme qui pleure, justement parce que ce n'est pas ma femme. Je songe à mettre la tête d'Éliane sur mon épaule pour la consoler elle aussi, mais ce n'est pas facile avec cette montagne de tissu blanc entre nous. En plus, elle est plus grande que moi. Je pourrais mettre sa tête sur le dessus de mon crâne, oui. Sur mon épaule, c'est moins sûr.

Autant j'ai ri avec elle, autant il me semble impossible de pleurer en même temps. De toute façon, une personne qui pleure dans une si petite voiture complètement bourrée de tissu blanc, ça suffit, sinon ça va prendre des semaines à sécher.

Et puis il faut que je continue de surveiller nos arrières dans le rétroviseur. On voit mal quand on a les yeux pleins de larmes.

— C'était quoi, ça ? demande Éliane lorsqu'elle réussit enfin à contenir ses pleurs.

— Quoi, ça ?

— Le type avec le fusil. Dis-moi pas que t'as pas remarqué.

— Je sais pas.

— Tu connais pas ce type-là ?

— Je l'ai jamais vu. Toi non plus ?

— Non. Je fréquente pas les voyous, moi.

Ça recommence. Avec Éliane, je m'entends en général assez bien. Ça n'a pas été trop difficile, parce qu'on n'a pas encore passé plus de trois ou quatre heures ensemble. N'empêche que, parce qu'elle est maîtresse d'école en congé sabbatique mais maîtresse d'école quand même, elle trouve que j'ai des mauvaises fréquentations. À commencer par mes frères, qui sont des types très bien d'après mes normes à moi. Même que Lucien paye des impôts, certaines années. A-t-on déjà vu des voyous qui payent des impôts ?

On reparlera de ça une autre fois. Je dis plutôt à Éliane :

— Écoute, je sais pas qui c'est. Je sais même pas sur qui il voulait tirer. Je connais personne qui pourrait avoir envie de me tuer ou de tuer des membres de ma parenté. En fait, je dis pas ça comme un reproche, mais quand même vous étiez beaucoup plus nombreux que nous autres. Ça pourrait pas être tes invités, qui étaient visés ? Plus y a de monde, plus y a de chances qu'y ait quelqu'un que quelqu'un voudrait tuer. C'est mathématique.

Éliane se calme, pousse un long soupir :

— Excuse-moi. Moi non plus, je sais pas ce que ça peut être. Je connais pas tellement tous mes oncles et mes cousins.

C'étaient des oncles et des cousins, des tantes et des cousines, pas des amis et des anciens voisins ? Moi qui pensais épouser une fille unique. Je veux dire une fille qui n'a presque pas de famille. Ça m'embête, parce que je n'ai pas du tout envie d'avoir plus de parenté. J'en ai bien assez comme ça. Plus on a d'oncles, plus on doit acheter des cadeaux de Noël. Surtout, avec les vieux, ce n'est même pas des cadeaux amusants. Ce n'est pas comme des cadeaux pour mes neveux quand ils auront l'âge que je leur donne des cadeaux. Des jeux Nintendo, c'est plus intéressant à acheter que des cravates ou des foulards. Et puis, plus on a de tantes et de cousines, plus on reçoit des cadeaux de Noël ennuyants, comme des pantoufles tricotées ou des disques de Helmut Lotti.

Je ne dis rien de ces sombres pensées qui me traversent le cerveau. Avec un peu de chance, on ne les reverra jamais, les oncles et les cousins d'Éliane.

Qu'est-ce qu'on fait maintenant ? Éliane n'a pas l'air de le savoir et il me semble que c'est à moi, maintenant que je ne suis plus affolé, de prendre une décision. Sinon, je vais passer pour un homme qui ne sait pas se décider, et je vais être pris comme ça toute la vie, comme Papa. Je gage que dès la première minute de la première heure de son mariage, il a oublié de prendre la première décision à prendre, et c'est à ce moment-là que Maman a saisi le contrôle de leur union, comme on dit.

Si ce n'était pas de ça, ça ne me dérangerait pas, de ne rien décider. Parce que tout ce qui me dérange, finalement, c'est que quelqu'un d'autre décide.

Vite, une idée :

— Faut qu'on retourne à l'église. Y a peut-être quelqu'un qui a besoin d'aide. Puis s'ils ont arrêté le type, on va savoir qui c'est.

Je sais que ça ne tient pas debout. Le poste de police le plus proche est à une demi-heure de Saint-Gérard. Et le samedi ils ne font pas de rondes régulières comme les jours de semaine. En plus, on n'est pas médecin ou infirmière, ni moi ni Éliane. Mais ça me semble la chose généreuse à faire. Si Maman a été tuée, je voudrais être un des premiers à le savoir.

Je remets le moteur en marche. Éliane dit non et met sa main sur le levier de vitesses. Je demande :

— Pourquoi pas ?

— Une intuition, comme ça. Qui a le plus de chance d'être visé par un tueur dans un mariage, tu penses ?

— Qui ?

— Les mariés, voyons !

Ça a un certain bon sens. Si vous voulez tuer des mariés, le meilleur endroit pour en trouver, c'est à un mariage. Éliane continue :

— Supposons que l'assassin court encore et qu'il veut toujours nous tuer. Où est-ce qu'il va nous chercher d'abord ?

J'éteins le moteur pour mieux réfléchir, en tentant désespérément de montrer à Éliane que je ne suis pas aussi tarte que j'en ai l'air. Mais je ne trouve rien.

— Où ?

— À l'endroit où des gens normaux retourneraient tout de suite pour voir qui a été massacré dans leur famille.

— À l'église ?

— Évidemment.

Elle a raison. Et moi j'ai un peu honte de ne pas avoir pensé plus tôt qu'il y avait peut-être eu un vrai massacre et pas seulement le curé et Maman. Qui est mort à part eux ? Mon frère Lucien, ma belle-sœur, mes neveux, mon oncle Henri ou sa femme, ma tante Berthe et son mari ?

J'essaie de me rassurer en pensant à voix haute :

— À mon avis, il a pas tué tellement de monde. Il a tiré au milieu. La preuve, c'est qu'il a touché le curé. S'il avait voulu tuer tout le monde, il aurait tiré sur les côtés, c'est là qu'y en avait le plus.

J'ai dit que le curé a été touché parce que je n'ose pas dire qu'il est mort, même s'il avait vraiment une tête à ça. Mais la médecine, de nos jours, peut faire des miracles. Surtout avec un curé, si Dieu prend soin de ses employés. Éliane interrompt encore mes réflexions :

— S'il a tiré au milieu, qui tu penses qu'il visait ?

Elle se répète, Éliane, mais elle n'a pas tort. Le tueur n'aurait pas touché le curé s'il n'avait pas essayé de nous viser, nous deux, puisqu'on était devant lui.

Je me mets tout de suite à imaginer notre tueur posté quelque part près de l'église, avec une carabine à lunette pour guetter notre retour à l'église. S'il a un fusil à pompe pour le combat rapproché, rien ne l'empêche d'avoir aussi une bonne carabine pour les cibles lointaines.

J'allume la radio.

— On est peut-être aux nouvelles.

Ça me plairait. On n'a jamais parlé de moi aux nouvelles. Même pas dans le *Mainville-Hebdo*.

— Donne-leur le temps, dit Éliane.

Elle a encore raison : à la radio, il n'y a que de la musique et des publicités. Je regarde la montre au tableau de bord.

Une heure et demie. Il y a vingt minutes que le tireur a tiré.

Le journaliste de la radio de Mainville en a pour encore dix minutes à arriver. Plus, s'il est à l'autre bout du comté pour un reportage sur le sauvetage héroïque d'un chat perché sur un arbre.

La police aussi peut être partie s'occuper d'un chien écrasé. Les ambulances sont-elles déjà sur place ? Difficile à dire, je ne sais pas si elles sont en grève, ces jours-ci. Ça ne m'a jamais intéressé parce que je n'en ai jamais eu besoin. Ça m'apprendra.

Je laisse la radio allumée. Ça chante en anglais et je ne comprends rien. Je changerais de poste si on avait le choix. Mais il n'y a que Radio-Mainville qui a des nouvelles locales. Je veux dire : des nouvelles locales des localités autour de Mainville.

À deux heures moins cinq, on a enfin droit à un reportage d'un journaliste surexcité. Ce sont toujours des jeunes débutants qui sont journalistes à Mainville. Dès qu'ils ont un an d'expérience, ils deviennent disques-djoqués à Montréal. Celui qu'on a aujourd'hui, ça doit être son premier meurtre, parce qu'il a l'air au septième ciel qu'il soit arrivé quelque chose dans la région.

Je vous résume ce qu'il raconte. Il y a eu un mort dans un mariage à Saint-Gérard-de-Mainville. C'est le curé Lachapelle, qui est aussi le curé de Saint-Louis-de-Mainville et de Saint-Stéphane tout court. Il y a aussi deux blessés dont la vie ne semble pas en danger. Il ne dit pas qui.

On ne connaît ni l'identité ni les motifs de l'assassin, qui s'est vraisemblablement enfui en voiture, mais dans l'affolement général personne ne l'a vu partir.

— Par contre, ajoute le reporter, on sait que les mariés se sont enfuis dans une Asüna rouge appartenant à Bruno Quévillon, le sympathique propriétaire du commerce de voitures légèrement utilisées, Autos Quévillon, sur le boulevard Mainville, à Mainville.

Je n'en crois pas mes oreilles. Moi qui avais la chance d'avoir pour la première fois de ma vie mon nom à la radio, je me fais couper l'herbe sous le pied par mon frère !

— C'est un sacré imbécile, ton frère Bruno, dit Éliane.

C'est vrai, que Bruno n'est pas Einstein. Mais j'ai l'esprit de famille et je me dois de défendre mon frère :

— Je pense pas qu'il a payé tellement cher pour qu'ils donnent son nom à la radio. Même qu'il l'a peut-être eu gratis.

— T'as rien compris. Je me suis donné la peine de changer de voiture au cas où l'assassin aurait su qu'on partait dans le cabriolet. Et ton crétin de frère fait dire à la radio dans quelle auto on s'est sauvés.

— Qu'est-ce que ça peut faire ?

— Supposons que l'assassin a une radio dans son auto…

Je hoche la tête. Oui, c'est fort possible, parce que maintenant il y a une radio gratuite dans toutes les voitures neuves. Même qu'il faut payer si on veut la faire enlever pour en mettre une vieille à la place. Donc, s'il a une auto, l'assassin a la radio. Et comme il n'y a pas de transports en commun pour Saint-Gérard, il n'a pas pu venir autrement.

— Supposons ensuite, continue Éliane, que c'est nous deux ou juste toi ou moi que l'assassin a voulu tuer.

Oui, ça se peut. C'est moins sûr que pour la radio dans l'auto. Mais ça se peut parfaitement. Je fais encore oui avec la tête.

— Maintenant, poursuit Éliane, il sait qu'on est dans une Asüna rouge. S'il nous cherche, il peut nous trouver. Surtout que des Asüna rouges, il n'y en a pas des millions.

Elle n'est pas aussi conne qu'elle en a l'air, mon Éliane.

Parce que pour l'Asüna, c'est vrai qu'il n'y en a pas des millions. C'est une petite voiture importée, que General Motors distribuait en 1993 au Canada seulement. Avant, ça s'appelait une Optima. Mais comme ça se vendait mal, ils l'ont appelée Asüna en 1993. Elle s'est vendue encore plus mal. En 1994, ils l'ont appelée Geo comme aux États-Unis.

C'est donc une voiture très rare. On n'a même pas besoin de dire une Asüna 1993, parce que c'est seulement des 93 qui existent. On dit juste une Asüna et tout le monde comprend. C'est un peu pour ça que Bruno n'arrive pas à la vendre. Il a beau dire au client que c'est original, la seule marque de voiture avec un tréma, ce n'est pas facile de se débarrasser d'une Asüna, même quasiment pas rouillée comme celle qu'il nous a prêtée.

On reste là un bon moment à réfléchir. Moi, après deux minutes, ça me fatigue. Je n'ai pas l'habitude. Alors, je laisse Éliane réfléchir toute seule. Et ça marche, parce que après même pas trois minutes, elle s'écrie :

— Je sais à quelle place on devrait aller se cacher !

— Où ça ?

Elle ne le dit pas tout de suite. Elle est fière de son idée et la savoure un bon moment avant de m'en faire la surprise :

— Niagara, mon amour.

— Niagara ? Pour quoi faire ?

— Parce que c'est là que tout le monde va en voyage de noces.

Oui, j'ai entendu parler de ça à la télévision. Il paraît que les hôtels ont des chambres avec des lits en forme de cœur. Et puis des jacuzzis à deux places. Tout pour rendre les amoureux plus amoureux, le temps qu'ils sont en voyage de noces, parce que après il sera trop tard.

Éliane et moi, on n'était pas supposés faire notre voyage de noces cette année. Parce que je ne travaille pas, je n'ai pas de paye de congé pour mon mariage comme Lucien qui en a eu parce qu'il travaille à la fonderie Mainville (ils font des couvercles pour trous d'homme ; en bon français, ça s'appelle des tampons de regard, mais à la fonderie Mainville personne n'ose les appeler comme ça de peur de se faire traiter de tapette). Et Éliane a droit à quatre-vingts pour cent de son salaire parce qu'elle est en sabbatique. Elle ne peut pas demander de congé : elle est déjà en congé.

On était juste supposés prendre le cabriolet pour aller à sa maison après la réception. Une vieille maison dans le rang des Soixante, loin derrière le village. Je lui ai dit que j'essaierais de la retaper. Mais tranquillement, à mon rythme. Je lui ai dit que pendant les deux premières semaines je ne toucherais pas un marteau, pas un clou, parce qu'on serait comme en voyage de noces. J'espère qu'on va étirer ça un peu plus si jamais on se marie pour vrai. Mais là, ça n'est plus tellement évident qu'on va se marier, parce que le curé Lachapelle est mort. On ne peut pas demander le curé du village voisin, c'était lui aussi. D'autant plus que les curés, ça ne se remplace pas si facilement. La dernière fois, on a attendu six mois avant qu'ils nous trouvent le curé Lachapelle. Tout le monde a retardé les mariages et les baptêmes. Pour les enterrements, ça aurait été plus difficile, mais on a été chanceux, personne n'est mort. C'est comme si les vieux avaient senti qu'ils causeraient des tas d'embêtements à leur famille s'ils crevaient pendant la pénurie de curé.

Mais je m'égare, vous allez dire. Éliane vient de parler d'aller à Niagara. Je ne comprends pas :

— Pourquoi on irait quelque part où y a plein de nouveaux mariés, pour fuir un tueur qui tue des mariés ?

— Justement, on est pas mariés, réplique Éliane. Personne va penser qu'on est en voyage de noces là-bas.

Ouais. Elle a un peu raison, mon Éliane pas si conne. Qui irait chercher à Niagara un couple qui n'est pas marié et qui a dit à tout le monde qu'il ne partait pas en voyage de noces de toute façon ? Ça a l'air tordu au début, comme idée. Mais plus on réfléchit, plus ça tient debout. En tout cas, je n'ai pas de meilleure idée pour ce qu'on devrait faire maintenant.

— À part ça, dit Éliane, c'est la seule place dans le monde où une fille en robe de mariée se fait pas remarquer.

On rit. Ça fait du bien de rire.

Finalement, c'est une bonne idée, Niagara. Il n'y a qu'un problème…

— T'as un peu d'argent ? je demande à Éliane en espérant qu'elle a au moins de quoi payer l'essence.

Elle plonge une main dans son corsage, entre ses seins, et ressort un paquet d'enveloppes blanches.

— Dans chaque enveloppe, y a vingt dollars.

Elle n'est vraiment pas conne du tout, mon Éliane. Si je comprends bien, elle a demandé à sa famille de lui donner de l'argent en cadeau de mariage. Vingt dollars chacun. C'est ce que j'aurais dû faire avec les Quévillon. On a juste eu deux grille-pain, un robot plongeur, un saladier avec une grande cuiller et une grande fourchette, des tas de trucs du genre, sans oublier le complet de maman. Tandis qu'avec de l'argent, on peut acheter ce qu'on veut et faire ce qu'on veut. On peut même aller à Niagara.

Je tourne la clé dans l'allumage. Nous sortons de derrière notre cabane à sucre. Arrivé au chemin, je demande à Éliane :

— C'est par où, Niagara ?

— C'est par là.

Ça tombe bien, c'est la direction opposée à celle du village.

— Parle-moi de toi.

C'est Éliane qui a dit ça. J'aurais dû le dire le premier, parce que je ne la connais pas plus qu'elle me connaît, mais je n'y ai pas pensé.

Nous roulons sur une autoroute. Il a cessé de pleuvoir et les nuages ont disparu. Au mauvais moment, parce que le soleil se couche droit devant nous. Ça m'embête : le pare-soleil ne descend pas assez bas. J'ai beau étirer le cou, je suis trop petit pour avoir les yeux à l'ombre.

La question d'Éliane m'embête encore plus que le soleil. On n'a presque rien dit depuis qu'on est partis du rang des Trente. Éliane m'a posé quelques questions. J'ai répondu oui ou non. Elle se taisait, cherchait une autre question. Encore oui ou non. Une fois « vingt-deux » quand elle m'a demandé mon âge.

À la radio, ils ont parlé de nous aux nouvelles de six heures. Dix, vingt secondes, pas plus. Ils n'ont pas dit mon nom, ni celui d'Éliane, ni même celui de mon frère. Ils n'ont pas mentionné l'Asüna rouge. Le curé est toujours mort, mais les deux blessés sont hors de danger. À huit heures, ils n'ont parlé de rien du tout. Des querelles entre Israël et les Palestiniens, des choses comme ça qui se répètent tous les jours depuis des années, mais pas une mention de Saint-Gérard, comme s'il y avait tous les jours des curés tués dans des mariages.

Éliane ferme la radio. Elle insiste :

— J'aimerais ça, que tu me parles encore de toi.

Je cherche quelque chose à dire. Je ne trouve rien. Je dis :

— Tout le monde dit que je suis comme mon père.

Et je parle de Papa.

Dans le fond, je ne lui ressemble pas tellement. À part le visage. Tout le monde dit « Tu es le portrait tout craché de ton père ». En plus, il était à peu près de ma grandeur si on peut appeler ça une grandeur.

Pour le reste, je ne vois rien de pareil.

Par exemple, moi, je ne bois jamais. Papa buvait, lui. Pas beaucoup. Mais tout le temps. Deux bières à l'heure. Jamais moins, jamais plus. Si on savait à quelle heure il avait commencé, on pouvait savoir l'heure, juste à compter les bouteilles vides. Il buvait peut-être pour oublier les sautes d'humeur de Maman, parce qu'elle lui faisait la tête quand il rentrait à la maison après avoir passé la soirée à boire à l'hôtel Saint-Gérard. Et ça le fâchait de penser que sa femme serait fâchée quand il rentrerait de l'hôtel. Ça fait qu'avant de partir il commandait une autre dernière bière, pour montrer à sa femme qui portait les culottes dans la maison.

Les dernières années, Maman verrouillait toutes les portes à minuit et quart. Elle disait que minuit c'est assez tard pour cesser de boire. Elle lui donnait un quart d'heure de grâce pour rentrer à la maison et se trouvait très généreuse.

Quand Papa arrivait à la porte d'en avant et qu'il ne pouvait pas entrer, il montait sur le toit plat de la maison, par l'échelle qu'il laissait toujours à côté de la remise. Souvent il avait un sac de papier avec quelques bières parce qu'il avait prévu que Maman ne le laisserait pas entrer. Et il passait une partie de la nuit assis sur la cheminée. Après, il s'endormait. Même en hiver. Mais l'hiver il rentrait plus souvent avant minuit et quart, sauf le vendredi soir quand il avait sa paye.

Si elle ne le trouvait nulle part dans la maison au matin, Maman disait à Bruno « Va donc voir sur le toit ».

Des fois, Bruno revenait avec Papa. Des fois, il disait « Il veut pas descendre ». Maman disait « Il va encore se faire congédier ». Et souvent il se faisait encore congédier. Maman a souvent raison quand il s'agit de deviner que le pire va arriver.

Personne, même pas Papa, n'entrait jamais une bouteille d'alcool à la maison. Même pas une bouteille de bière. Pareil pour le vin. Mais le toit, ce n'était pas la maison.

Au début de l'avant-dernier été, Papa a commencé à me parler de son grand projet.

— Je vas être le premier homme à voler. Pas d'avion, pas de parachute, rien. Juste avec mes bras et mes jambes. T'es-tu déjà demandé comment ils font, les oiseaux ?

Je ne me l'étais jamais demandé sérieusement. Je n'avais même jamais considéré que la question pouvait avoir de l'importance.

— Ils ont des ailes. Mais tu regarderas leurs pattes. Elles sont toutes petites. Pas moyen de voler comme il faut avec des pattes comme ça. Regarde les miennes.

Il s'est levé. On était sur le toit, un samedi matin de juillet — cette fois-là c'est moi qui étais allé le chercher, parce que Bruno venait de déménager parce qu'il trouvait qu'à vingt et un ans, il était temps de ne plus partager une chambre avec son frère, d'autant plus que ça l'obligeait à n'avoir que des blondes qui n'habitaient pas chez leurs parents et ça lui faisait perdre les plus jeunes.

Papa a enlevé son pantalon pour mieux me montrer.

— Ça, c'est des vraies jambes. C'est ça qu'on a de mieux que les oiseaux. J'ai juste à m'entraîner.

Ça tombait bien, il venait encore de perdre son permis de conduire. Il s'est acheté une bicyclette pas trop rouillée. Et il s'est entraîné.

Je savais que ce n'était pas sérieux, que Papa n'était pas fou au point de croire qu'il pouvait voler comme un oiseau. Même quand il avait trop bu.

Pourtant, un autre samedi matin, vers la fin de l'été, Maman a vu que Papa n'était pas là. Elle a dit à Bruno qui était venu déjeuner avec nous parce qu'il avait couché chez Véronique Lanctôt qui était infirmière et qui commençait à travailler à sept heures du matin « Va donc voir sur le toit ».

Bruno est revenu en disant « Il est pas sur le toit ».

Maman a dit « Où est-ce qu'il est passé, encore ? ».

Bruno a dit « Il est par terre, devant la porte. Je pense qu'il est mort ».

Maman est sortie en courant, avec Bruno et moi derrière.

Papa était étendu sur la pelouse, à plat ventre. Il n'avait pas son pantalon.

Maman a crié « Je le savais, qu'il finirait pas tomber de son maudit toit ».

Je pense qu'il n'y a que moi qui ai pensé que Papa n'était pas tombé. Il devait se dire qu'après avoir pédalé tout l'été, de plus en plus loin, parce qu'ils refaisaient l'aqueduc en commençant par-devant l'église et qu'il devait se rendre de plus en plus loin pour aller agiter son drapeau rouge au début des travaux, il avait les jambes assez fortes pour se mettre à voler.

Il ne s'est pas rendu bien loin. J'ai compté six pas. Ce n'est pas beaucoup, mais c'est mieux que rien.

Aux voisins et à la parenté, Maman disait « Il est tombé du toit pendant qu'il réparait l'antenne de télévision ». Les gens la croyaient, parce que notre antenne ne marchait pas depuis des années.

À nous, leurs fils à tous les deux, elle disait « Le maudit fou, il a fait exprès ».

Je ne sais pas si elle avait deviné juste.

Ce qu'il y a de bien dans mon histoire, c'est qu'Éliane s'est endormie. Ou elle fait semblant, c'est presque mieux.

Si j'avais su

Si j'avais su, je me serais marié avant. Avec n'importe qui. Parce qu'il n'y a rien comme être au volant d'une auto, en voyage de noces, avec sa femme sur le siège d'à côté.

D'autant plus que je ne suis pas marié pour vrai. J'ai la mariée, mais pas le mariage.

Je conduis sur une autoroute, la nuit. Depuis qu'Éliane a réussi à mettre tout le tissu de sa robe en dessous de ses fesses, je vois parfaitement de tous les côtés. Pas seulement en avant. En arrière, aussi. Même à droite, mais de ce côté-là je n'en ai pas souvent besoin.

J'ai allumé la radio. Pas fort, Éliane dort. Ça doit être de la musique classique, parce que je n'ai pas envie de monter le volume. Les autres musiques, quand on ne les met pas assez fort, on a envie de tourner le bouton pour mieux les entendre. C'est ça qui est bien, avec le classique : c'est quand on ne l'entend pas fort que c'est le moins dérangeant.

Ça ne dure pas bien longtemps. On doit être loin de Montréal, maintenant, parce que la radio est envahie par les parasites. Je pense que ça s'appelle de la friture, parce que ça fait le même bruit qu'un poisson qu'on jette dans une poêle à frire pleine d'huile.

Je ferme la radio. Parce que j'ai une meilleure idée.

Je vais chanter. Pour Éliane. Une vieille berceuse que Papa me chantait quand j'étais petit. C'est la seule chanson que je connais par cœur. Vous l'avez peut-être déjà entendue chantée autrement. Souvent, des ivrognes la chantent en tonitruant de toute la force de leurs poumons. Soit dit sans me vanter, c'est beaucoup moins beau que notre version, à Papa et à moi.

Ce soir, je chante comme chantait Papa, tout doucement, comme une chanson d'amour :

Prendre un verre de bière, mon minou.
Prendre un verre de bière, raille-trou.
Tu en prends, tu m'en donnes pas.
Je te chante des belles chansons,
Je te fais des belles façons,
Donne-moi-z-en donc.
Saoul hier à soir puis saoul le soir d'avant.
Saoul encore à soir puis saoul tout le temps.
Prendre un verre de bière, mon minou…

C'est tout ce que ça me prenait pour m'endormir, quand j'étais petit et que Papa ne rentrait pas tard à la maison. Il chantait juste pour moi, parce que j'étais le plus jeune et mes frères trouvaient que ça faisait bébé écouter des berceuses. Souvent, je me laissais aussi bercer par l'odeur de la bière que mon père avait bue avant de chanter. Sauf que lui, même s'il avait bu, il chantait doucement, pas du tout comme un ivrogne. Dans ce temps-là, j'avais l'impression que le monde entier m'appartenait dans la chambre que je partageais avec mes deux frères, parce que je savais que c'était pour moi seulement que Papa me chantait la chanson de Papa.

Ce soir, le charme de la chanson opère encore, puisque je n'ai pas réveillé Éliane en chantant. Maintenant, elle dort encore mieux qu'avant. Même qu'elle ronfle plus fort que le moteur.

Je rallume la radio. À peu près au même volume que moi quand je chantais. Et j'appuie sur le bouton de recherche, parce que je cherche de la musique. Pas nécessairement de la musique classique. N'importe quoi qui laisserait Éliane dormir et qui m'empêcherait de dormir moi aussi parce que j'ai les yeux picotés.

Il y a plein de chansons en anglais. Mais je ne veux pas des chansons en anglais parce que je ne les comprends pas. Une chanson, quand on ne comprend pas les paroles, ça n'empêche pas de s'endormir aussi bien qu'une chanson qu'on comprend et qui nous force à écouter avec attention.

Tiens, voilà du français. J'arrête la recherche sur la radio.

C'est une femme qui chante. Ou un homme qui a une voix de femme. Ça arrive souvent, dans les chansons, qu'il y ait des hommes avec des voix de femmes ou des femmes qui chantent comme des hommes. Surtout en anglais. Mais des fois aussi en français. Comme dans cette chanson-là.

Ça chante « L'ennui est une femme à barbe ».

Après, il y a des tas de paroles que je ne comprends pas. Je veux dire que je comprends les mots, mais je ne comprends pas ce que ça veut dire. Je ne m'en plains pas, parce qu'une chanson dans une langue qu'on comprend mais avec des paroles qu'on ne comprend pas, c'est ce qu'il y a de mieux pour empêcher de s'endormir.

Tout ce que je comprends, c'est « L'ennui est une femme à barbe ».

Vous ne me croirez pas si vous ne la connaissez pas, mais moi je trouve que c'est la plus belle chanson que j'aie jamais entendue. Je vous jure. Plus beau que « Fais du feu dans la cheminée » et « Belle » mis ensemble, si vous voulez mon avis et connaître mes goûts musicaux dans le genre de la chanson française.

Pourtant, il n'y a rien au monde qui m'intéresse moins que les femmes à barbe. Ou même la barbe, parce que je n'en ai pas qui pousse. Au haut des joues, j'ai un peu de ce que Maman appelle du duvet. C'est doux comme des cheveux, mais ça pousse plus bas que le bas des oreilles, donc ça n'est pas des cheveux.

De la barbe, j'aurais pu en avoir si j'avais voulu. Mais j'ai la chance d'être le troisième garçon chez nous. Lucien, puis Bruno, ont eu de la vraie barbe dès qu'ils ont commencé à se raser. Ils n'avaient pas un poil de barbe visible mais ils se sont rasés une fois et, dans les jours qui ont suivi, ils ont commencé à avoir de la barbe pour vrai. Après, ils ont été obligés de se raser tous les matins. Sauf Bruno, le mois qu'il s'est laissé pousser la barbe. Mais ça ne lui allait pas bien. En tout cas, ce mois-là il a eu l'impression qu'il se faisait moins de blondes. Il s'est remis à se raser. Lucien a un rasoir à lames. Bruno, un rasoir électrique. Mais les deux passaient de longues minutes à se raser tous les matins quand ils habitaient avec nous à la maison.

Moi, je n'ai pas vu l'intérêt. Alors, quand j'ai eu un peu de duvet sur les joues près des oreilles, je l'ai laissé pousser. Le duvet ne s'est jamais transformé en barbe. Et il n'est pas descendu le long des joues comme Bruno me disait si je ne le rasais pas.

Lucien me dit, des fois, « Tu te trouveras jamais de djobe arrangé comme ça ». Mais je n'ai pas tellement envie d'en trouver et la vie est trop courte pour la passer à se raser les joues et le menton pour aller travailler. Je suis très bien comme ça. Surtout, vous avez vu ce que ça coûte, les rasoirs jetables et la crème à raser ? Le rasoir électrique, on ne le paye qu'une fois, mais je n'en ai jamais reçu en cadeau. Ça coûte plus cher que les cassettes que je reçois à Noël et à mon anniversaire. C'est pour ça qu'on ne m'en donne jamais, surtout que je dis à tout le monde que je ne veux pas me raser.

Tout ça pour dire que la barbe, très peu pour moi. Et si j'aime tellement la chanson de la femme à barbe, c'est parce que c'est une bonne chanson, pas à cause de la barbe et du reste des paroles.

Je monte un peu le volume. Éliane ronfle toujours. Je ne l'entends plus ronfler à cause de la chanson, mais ça ne m'empêche pas d'en être sûr. Les hommes mariés ou presque, ça sait quand leur femme dort et quand elle ne dort pas.

La chanson de la femme à barbe est longue, je trouve. Je ne dis pas ça parce que je trouve le temps long en l'écoutant. Je dis ça parce que chaque fois que je me dis « C'est pas possible, c'est trop beau, ça va finir par finir », la chanteuse avec une voix d'homme ou l'homme à la voix de femme recommence :

« L'ennui-i-i est une femme à ba-a-arbe ».

Il y a quand même une dernière fois. L'annonceur se remet à parler. J'espère qu'il va mettre encore la femme à barbe. Non. Il dit seulement qu'il faut être sous l'effet de substances pour écrire des chansons comme ça.

Il ne dit pas quelles substances.

Il met une autre chanson : « Parlez-moi d'amour ». Ça aussi, c'est beau. Mais pas autant que la femme à barbe. Et puis la radio est encore bourrée de friture. On dirait qu'un million de truites sautent dans un million de poêles. On est trop loin de Montréal. Je la ferme. Et je chante à haute voix, pour moi tout seul : « L'ennui-i-i est une femme à ba-a-arbe. » Juste ça, parce que le reste, je l'ai oublié. C'est difficile, se souvenir des paroles qu'on ne comprend pas.

J'aurais presque envie qu'Éliane en ait une. Une barbe, je veux dire. Mais je suis content qu'elle n'en ait pas. Parce que la chanson dit vrai. Même si je n'ai jamais vu une femme à barbe, ça doit être ennuyant, une femme à barbe, surtout quand c'est la femme qu'on est passé à un poil de marier.

C'est la première fois de ma vie que je vais si loin. Je suis allé à Mainville souvent, c'est à une demi-heure quand on conduit vite. Montréal, c'est plus loin. Je n'y suis allé que deux fois. La première fois, c'était avec Papa. J'avais seize ans et il voulait que je prenne ma première bière avec lui dans un vrai bar, le Cayo Mambo. J'avais trouvé ça trop amer, la bière. Papa en a pris deux fois plus pour compenser. J'ai conduit pour revenir à la maison. Je n'avais pas mon permis, mais on ne s'est pas fait prendre. De toute façon, à partir de bien avant Mainville, tous les policiers connaissaient Papa. Je ne pense pas qu'ils auraient été fâchés que je conduise à sa place.

Maintenant, je l'ai, mon permis. Bruno m'a montré à conduire même si je savais déjà. Mais il y a des choses que je ne comprenais pas. Les lignes doubles, par exemple, au milieu de la route. C'est Bruno qui m'a expliqué que ça veut dire qu'on n'a pas le droit de dépasser. On a le droit seulement quand il y a une ligne pointillée ou une ligne pointillée avec une ligne pleine à côté. Sauf que je ne me souviens jamais de quel côté il faut avoir la ligne pointillée pour avoir le droit de dépasser. Je fais plus attention avant de dépasser, dans ce temps-là.

Ici, sur l'autoroute, il n'y a jamais de ligne pleine au centre. Juste du pointillé tout le temps. On peut conduire tranquille. Et se dire que, finalement, ce n'est pas une si mauvaise idée, le mariage, quand on n'est pas tout à fait marié.

En fait, le mariage, ce n'était pas du tout mon idée à moi.

Ça a commencé quand Maman a voulu avoir monsieur Sinclair à la maison à ma place. Maman est une très belle femme pour son âge. Surtout qu'elle n'a que quarante-trois ans. Elle a eu Lucien à dix-huit ans, Bruno à dix-neuf et moi à vingt et un. Après moi, elle a trouvé que c'était assez. Elle aurait aimé avoir une fille, mais après trois gars, ce n'est plus la peine de s'obstiner.

Qu'est-ce que je disais ? Ah oui : que Maman a quarante-trois ans et n'est pas mal du tout pour son âge. Peut-être même que je la trouverais pas mal de toute façon, si je n'étais pas son fils. Mais je ne peux pas en être sûr. Une mère, on ne regarde pas ça comme on regarde les mères des autres. N'empêche que, quand j'allais à l'école, je trouvais que j'avais la plus belle maman de toute l'école.

Quand Papa est mort, l'an dernier, elle a tout de suite eu l'œil sur monsieur Sinclair. C'est l'épicier. Il est veuf depuis je ne sais pas combien d'années. Au moins cinq, je dirais. Un homme assez beau pour son âge. Il a des moustaches blanches et deux enfants, un garçon et une fille, qui ont déménagé à Mainville. Ça fait longtemps que je ne les ai pas vus, ses enfants. Ils doivent être presque aussi vieux que Maman. Le gars est dans les assurances, la fille est agente de voyages.

Monsieur Sinclair a dit un jour à Maman qu'il trouvait ça dur d'avoir une grande maison quand on est tout seul dedans. Il aimerait mieux la vendre et se trouver une chambre chez quelqu'un. « À mon âge, je suis tellement fatigué quand je rentre à la maison que tout ce que je veux c'est un journal et un plat *Cuisine Gourmet* dans le micro-ondes, surtout que je les ai pour pas cher. »

Ça n'est pas tombé dans l'oreille d'une sourde. Maman aurait eu une chambre à louer si je n'avais pas été là. C'est une belle grande chambre qui était petite quand on était trois à dormir dedans, mais maintenant elle est très bien pour moi tout seul, avec de la place pour une grande télé, mais je n'ai qu'une dix-neuf pouces, juste assez grande si on la regarde de pas trop loin. J'avais aussi un grand lit double que j'occupais toujours seul, des fois à gauche, des fois à droite. Comme ça, ça usait le matelas et les draps plus également, d'après Maman.

Quand monsieur Sinclair a mis un écriteau « À VENDRE » devant sa maison, Maman s'est dit qu'elle n'avait plus de temps à perdre. S'il déménageait chez une autre logeuse, elle perdrait à jamais sa chance de devenir femme d'épicier.

Il n'y avait qu'un problème : comment se débarrasser de moi et libérer la chambre pour monsieur Sinclair ?

Elle a tout de suite trouvé la réponse : en trouvant une fille qui accepterait de se marier avec moi, à condition qu'elle ait un logement à elle, sinon on serait deux à s'installer à la maison et ce serait encore pire.

Ce n'était pas facile. Maman avait déjà essayé. Pas trop fort et sans trop de succès parce que c'était évident que ça ne servait à rien.

Avec monsieur Sinclair dans le portrait, Maman a été stimulée et s'est mise à se dire, tout en me le disant à haute voix :

— Un mariage, c'est comme vendre une maison. Même si personne en veut, ça prend rien qu'une personne qui la veut. Pas deux. Rien qu'une. Puis là, t'as vendu ta maison ou t'as marié ton garçon si c'est ça que tu voulais.

Mais c'était plus facile à dire qu'à faire, dans mon cas.

Chez nous, à Saint-Gérard, les filles ne sont pas aussi folles qu'elles en ont l'air. La simple observation de leurs oncles, de leurs beaux-frères, de leurs voisins, leur fait comprendre une chose : les hommes ne s'améliorent jamais après le mariage. Ils ne deviennent jamais plus beaux ou plus gentils. S'ils buvaient un peu trop, ils vont finir par boire beaucoup trop. S'ils fumaient de temps en temps, ils vont fumer tout le temps. S'ils regardaient les filles, ils vont courir encore plus fort après, une fois mariés.

Moi, je ne suis ni fumeur, ni buveur. Je ne suis pas coureur, pas violent, pas méchant. Je ne suis pas vraiment beau, à peu près dans la moyenne et peut-être un peu en dessous, ça dépend du genre d'homme que vous aimez.

En fait, je n'ai qu'un défaut : je ne suis pas travaillant. Et les filles pas bêtes savent que la pire calamité qui peut leur tomber dessus, c'est d'épouser un paresseux. Parce que en se mariant les paresseux ne deviennent pas plus vaillants. Au contraire. Avant, ils ne faisaient rien. Mariés, ils en font encore moins parce qu'ils ont quelqu'un pour tout faire à leur place. En plus de faire vivre leur homme, leurs douces moitiés devront laver leur vaisselle et leurs chaussettes et leur voiture s'ils en ont une, remplir leurs déclarations de revenus s'ils font assez d'argent pour en avoir à remplir mais ça n'arrive pas souvent, à moins qu'ils aient hérité.

La femme mariée à un paresseux doit tout faire pour deux. Et pour trois ou quatre ou cinq quand elle a des enfants.

J'ai une belle réputation de paresseux auprès des filles de mon âge, qui m'ont connu à l'école. À la petite école, je ne faisais rien parce que, sans vouloir me vanter, je ne suis pas plus con qu'un autre et notre système d'éducation a toujours été fait de façon que ceux qui ne sont pas plus cons que les autres réussissent sans beaucoup d'efforts. Je les comprends : si on fait échouer tous les paresseux, après vingt ans on se retrouve avec une génération entière de paresseux non diplômés. Tandis que si on les laisse obtenir un diplôme, il y en a sur le nombre qui vont se trouver du travail et qui vont aimer travailler.

Mon frère Bruno, par exemple, a eu son diplôme de secondaire parce que la maîtresse le trouvait de son goût. Après, il a commencé par vendre des voitures d'occasion les fins de semaine seulement. Maintenant, il en vend, six jours sur sept. Je veux dire que six jours sur sept il essaie de trouver des acheteurs mais il n'en trouve pas tous les jours, sinon il serait millionnaire.

Pour moi, rendu à l'école secondaire de Mainville, ça a été un peu plus difficile qu'au primaire. Il a fallu que j'apprenne à tricher, que je travaille parfois des heures à calculer comment je m'y prendrais pour réussir mes examens avec un minimum d'efforts.

Parce que je ne suis pas aussi stupide que bien des paresseux, soit dit encore une fois sans vouloir me vanter, je savais que sans mon diplôme de secondaire, je serais pris à faire des travaux durs et pénibles, comme Lucien à la fonderie.

J'ai eu mon diplôme. Et monsieur Sinclair m'a aussitôt engagé comme commis quand Maman m'a amené le voir. Elle a dit :

— Pour le calcul, ça a toujours été un des meilleurs de sa classe.

C'est vrai. Les mathématiques, j'adore ça. C'est la seule matière à l'école pour laquelle on n'a rien à apprendre par cœur. J'ai eu un peu de misère avant qu'ils permettent les calculatrices, parce qu'il fallait apprendre les tables de multiplication. Mais après ça, c'était facile. Même en géométrie. S'il y a un problème compliqué, on n'a qu'à se demander quel théorème ça prendrait pour résoudre le problème, et c'est toujours celui-là qui est le bon même si on n'en a jamais entendu parler parce qu'on n'écoutait pas en classe.

Monsieur Sinclair a dit à Maman :

— Justement, j'en ai assez de me lever de bonne heure puis de rentrer chez moi à neuf heures du soir. Ça me prendrait quelqu'un pour ouvrir l'épicerie de neuf heures à midi, du lundi au jeudi. C'est pas fatigant, y a presque personne. Puis les clientes qui viennent, elles achètent presque rien. L'après-midi, il aura aussi quelques livraisons à faire avec le camion.

Même si monsieur Sinclair n'attendait pas grand-chose de moi, ça n'a pas été, avec lui. Pas du tout.

J'arrivais souvent en retard quand c'était moi qui devais ouvrir le magasin et il y avait des tas de femmes qui attendaient en bougonnant pour acheter de quoi faire manger les enfants à midi. Souvent, la moitié des enfants retournaient en classe l'après-midi sans rien avoir mangé.

En plus, j'ai eu un accident avec le camion. Un Anglais de Montréal qui n'a pas fait son stoppe parce que c'était écrit ARRÊT. Ce n'était pas de ma faute, mais je n'avais pas encore mon permis, et l'assurance n'a pas voulu payer. Une chance, Bruno avait un camion presque pareil et pas trop cher. Monsieur Sinclair a accepté l'échange, parce que c'était un peu de sa faute : il ne m'avait pas demandé si j'avais mon permis.

N'empêche qu'il m'a congédié et m'a remplacé par une fille qui n'avait que son diplôme de primaire, mais qui adorait travailler.

Il avait quand même eu la gentillesse de me garder six mois, ce qui m'a donné droit au chômage.

Quand le chômage m'a laissé tomber, j'ai essayé de me trouver du travail au village. Tout le monde me connaissait. C'était ça, le problème. Et comme je n'avais pas de voiture, c'était impossible de travailler ailleurs même si j'avais pris mon dernier chèque de chômage pour payer mon permis.

L'hiver, j'accepte de dégager quelques entrées de garage après les tempêtes de neige. L'été, je vais tondre des pelouses. Ça me fait un peu d'argent de poche. Mais il ne m'en faut pas beaucoup, parce que j'ai eu la prudence de ne pas commencer à boire, à fumer ou à courir les filles, tous ces plaisirs de la vie qui forcent l'homme à travailler.

Mon existence aurait pu continuer bien longtemps comme ça. Peut-être tout le temps si mon père n'était pas mort, si monsieur Sinclair n'avait pas trouvé sa maison trop grande et si Éliane n'avait pas décidé de venir passer sa sabbatique à Saint-Gérard-de-Mainville.

Je suis sûr que Maman a pensé à elle dès la première fois qu'Éliane est venue lui demander de lui raccourcir une robe.

Maman gagne sa vie avec des petits travaux de couture. Il m'arrive souvent, quand je suis dans ma chambre, de prêter l'oreille aux conversations qu'elle a avec ses clientes. Éliane a parlé de son état de femme célibataire, de son emploi d'enseignante en sabbatique et de sa vague intention de s'installer ici pour de bon avec la vague intention de fonder éventuellement une petite famille.

Maman a objecté qu'il est difficile d'élever une famille quand on est deux à travailler. Éliane a répliqué qu'elle était justement à la recherche d'un homme qui serait libre de son temps — un travailleur autonome, par exemple — et qui pourrait s'occuper des enfants pendant qu'elle enseignerait à l'école du village. Ça devait bien pouvoir se trouver.

Si ça se trouvait ?

C'était tout trouvé d'avance. Je l'ai senti tout de suite à travers la porte de ma chambre.

Maman y est allée prudemment et a évité de mentionner mon nom trop tôt. Éliane pouvait avoir entendu parler de moi. Mais, de robes à raccourcir en rideaux à ajuster, de manteau à rallonger en nappe à ourler, elle a fini par en dire suffisamment sur mon compte sans rien dire de négatif (ce qui ne devait pas être facile), pour qu'Éliane finisse par avouer « Il faudra bien que je le rencontre un de ces jours, votre Jocelyn ».

Et Maman a aussitôt crié « Jocelyn, viens donc ici, une minute ! ».

Je suis sorti de ma chambre, les cheveux ébouriffés parce que je venais tout juste de me lever. J'étais en pyjama, le bas seulement.

Éliane m'a dit quelques semaines plus tard qu'elle a su dès cet instant que j'étais l'homme de sa vie.

Pour être bien franc, je n'ai pas eu l'impression équivalente.

Je n'avais jamais vu Éliane et je commençais à avoir envie de la rencontrer, parce qu'elle a une jolie voix, ça s'entendait à travers la porte.

Malheureusement, elle est mon aînée de quelques années, je l'ai vu au premier coup d'œil. Et tous les hommes — pas seulement les vieux — savent qu'il vaut mieux épouser une plus jeune. Comme ça, quand vous devenez plus vieux, votre femme reste plus jeune que vous pendant quelques années encore. Mais même sans la question de l'âge et du poids, Éliane manquerait de charme pour un jeune homme comme moi qui a déjà vu Claudia Chiffère à la télévision.

J'ai juste dit « Bonjour » et je suis retourné dans ma chambre.

Comble de malheur, l'écriteau « À VENDRE » devant la maison de monsieur Sinclair est disparu le lendemain. Maman est allée aux nouvelles et l'épicier a confirmé que sa maison était bel et bien vendue. Il a demandé à Maman : « Vous ne connaîtriez pas quelqu'un qui aurait une chambre à louer ? Ça me prend une grande chambre dans une maison tranquille. Il faut que je déménage d'ici trois mois. »

« J'ai justement ce qu'il vous faut », a proposé Maman.

Elle lui a raconté que je quittais la maison bientôt.

« Où va-t-il ? », a demandé monsieur Sinclair.

« Il va se marier. Avec Éliane Laurencelle, la maîtresse d'école en sabbatique. »

La nouvelle a fait le tour du village en même pas deux jours, parce que tout le monde à Saint-Gérard fréquente l'épicerie Sinclair. C'est notre seul commerce et c'est là qu'on apprend toutes les rumeurs locales.

Quelques jours plus tard, Éliane est venue chez nous pour faire arranger un bord de robe. Je venais de me lever et je suis apparu à la porte de la cuisine qui donne sur le salon où Maman reçoit ses clientes. J'étais comme toujours en bas de pyjama jusqu'à midi.

Éliane a dit : « Bonjour, Jocelyn. Il paraît que tu vas te marier. Avec moi, à part ça. »

J'ai froncé les sourcils parce que j'étais le seul au village à ne pas être au courant qu'on se mariait. Je ne bois pas, je ne fume pas, je n'ai aucune raison d'aller à l'épicerie. D'autant plus que monsieur Sinclair me regarde toujours de travers à cause de son portefeuille que je lui ai pourtant retrouvé, mais c'est une autre histoire. Peut-être que je vais vous la raconter, si jamais j'ai le temps.

Éliane a ajouté « C'est peut-être pas une si mauvaise idée ».

J'ai haussé les épaules. Je pensais qu'elle se moquait de moi.

Non. Le soir même elle est revenue. Elle a parlé à Maman, et ensuite Maman a dit « Faut que j'aille mesurer des rideaux chez madame Gauthier ». Je suis resté tout seul avec Éliane. On s'est assis au salon.

J'ai dit :

— Comme ça, vous avez la vieille maison de Jos Latreille, sur le rang des Soixante ?

Elle a fait oui avec sa tête, et elle a dit :

— Si on se mariait pour vrai, toi et moi ?

Je n'ai pas répondu. Maman venait de me donner trois mois pour évacuer ma chambre. Je pouvais essayer de me trouver une chambre ailleurs, nécessairement plus petite et plus chère puisque chez Maman je ne payais rien. J'aurais droit à l'assistance sociale, mais au minimum parce que je n'ai pas trente ans et il paraît que je suis en état de travailler.

Je pouvais aussi me chercher du travail, mais ce serait difficile parce que mon c.v. ne comprend qu'une ligne : six mois comme commis et livreur à l'épicerie Sinclair. Depuis trois ans, rien. Je ne pouvais quand même pas donner la liste des clients qui m'ont fait faire du déneigement ou de la tonte de pelouse. La liste est trop longue, parce qu'ils ne me gardent pas longtemps. Je n'aime pas me lever de bonne heure quand il a neigé toute la nuit. Les seuls clients que je veux, ce sont les retraités qui n'ont pas à aller travailler le matin. Le malheur, c'est que les vieux sont les plus capricieux, question déneigement. Ils rappellent pour se plaindre à Maman que je n'ai pas bien dégagé les marches ou que j'ai laissé de la neige devant la boîte aux lettres. En plus, deux de ceux qui s'étaient habitués à moi sont morts.

J'avais le choix entre épouser une fille plutôt grosse et pour laquelle je n'avais aucune espèce d'attirance, et vivre dans la misère ou en travaillant. Ce n'était pas un choix bien difficile. J'ai quand même fait semblant de réfléchir encore un peu avant de dire :

— Je vas y penser.

Éliane a encore dit :

— Y a juste une chose. Je veux pas qu'on couche ensemble tant qu'on sera pas mariés à l'église.

J'ai hoché la tête. Ça tombait bien, moi non plus je n'avais pas une envie terrible de coucher avant mon mariage. Pas avec elle, en tout cas. Avec d'autres, peut-être, parce que c'est mieux de tromper sa femme avant de la marier. Mais, ce soir-là, plus je regardais Éliane, plus il me semblait que, si on faisait ça avant de se marier, je risquais de ne pas avoir envie de le faire après.

Le lendemain, Éliane est passée à la maison. Elle m'a demandé :

— Puis, tu y as pensé ?

Maman a répondu pour moi, même si on n'en avait pas parlé :

— Il veut.

Mes frères, quand je leur ai annoncé que je me mariais avec Éliane, ont protesté. « T'es-tu vu à côté d'elle ? », a demandé Bruno.

Non, je ne m'étais pas vu à côté d'Éliane. Mais je pouvais imaginer le spectacle. Un petit maigre à côté d'une quasi-géante, ça doit faire un drôle de couple.

Bruno a essayé de me trouver quelqu'un d'autre. Il a contacté toutes ses anciennes petites amies. Quand il disait « T'aurais pas envie de sortir avec mon frère ? », elles demandaient « Lequel ? ». Il répondait « Jocelyn ». « Jocelyn, c'est le plus petit ? Celui qui travaille pas ? », demandait la fille. « Il fait le gazon et les entrées de garage », protestait Bruno. « Non merci, tu peux garder ton frère », disait la fille.

C'est pour ça, finalement, que je me marie avec Éliane.

Tout à l'heure, en me rappelant ce qui s'est passé cet après-midi, je me suis souvenu qu'elle m'avait probablement sauvé la vie en me poussant par terre et en se jetant sur moi.

J'aurais pu tomber plus mal.

De toute façon, une femme, ça aime sauver son homme. Un homme, c'est moins sûr qu'il aime sauver sa femme. En tout cas, même si je n'ai pas vu de statistiques là-dessus à la télévision, il me semble qu'on voit bien plus d'hommes qui tuent leur femme que d'hommes qui lui sauvent la vie.

Tout ça pour dire que si je suis en vie, c'est grâce à Éliane.

Par contre, si je n'étais pas allé à mon mariage avec Éliane, personne n'aurait essayé de me tuer.

Un moment, j'ai eu peur.

Je venais de dépasser un camion quand j'ai aperçu des gyrophares qui me suivaient. Je me suis collé à droite.

Un policier est sorti de sa voiture. Il s'est avancé avec une lampe de poche. On était en Ontario. C'était un peu après les flèches pour Toronto et Niagara. J'avais pris vers Niagara.

L'agent s'est penché. Il a dit quelque chose. J'ai baissé la vitre. Il a encore dit quelque chose. Peut-être la même chose, peut-être pas. Ça devait être en anglais parce que je ne comprenais rien. Je me suis gratté la tête pour faire comprendre que je ne parlais pas l'anglais, parce que je ne sais pas comment ça se dit en anglais. Il a encore dit quelque chose en probablement anglais. Peut-être toujours la même chose parce que l'anglais ça se ressemble tout le temps quand on n'en comprend pas un mot. Il avait sa lampe de poche dans mon visage. Il l'a pointée vers Éliane endormie à côté de moi.

Il a dit quelque chose, en anglais toujours, je pense. Mais là, c'était plus gentil. Et pas fort du tout.

J'ai dit oké en espérant que ça se comprenne pour un Anglais qui a fait un peu de français à l'école. Il s'est éloigné, est retourné à sa voiture. J'ai remonté la vitre. Éliane a dit :

— Tu l'as eu à l'os. Félicitations.

Je n'ai pas compris comment je l'avais eu à l'os, mais j'ai dit merci quand même.

Deux heures plus tard, on est à Niagara. Il y a un panneau qui dit Niagara avec une flèche à gauche. Je quitte l'autoroute et je me retrouve dans une ville qui fait penser à Mainville, mais en plus grand.

Il est minuit et quart d'après l'horloge du tableau de bord.

Je stoppe. Je réveille Éliane.

— On est rendus à Niagara.

— Trouve un motel.

Ça tombe bien, on est dans une grande avenue pleine de motels, avec le mot MOTEL écrit en gros dessus en français, exprès pour les touristes québécois.

— Lequel je prends ?

— Essaye d'en trouver un pas trop cher.

Juste devant, à droite, il y a le motel MM. Il n'y a pas de prix annoncé, mais il a l'air pas trop cher. Le motel Mainville, à Mainville, c'est 39,95 $ pour une nuit entière, et il est plus beau et plus neuf que celui-là.

— Celui-là, ça te va ?

— Ça devrait.

On s'arrête devant l'office.

— Demande une chambre non fumeur, ordonne Éliane.

— Tu penses qu'ils parlent français ? Parce que moi, je parle pas anglais.

— Même pas assez pour demander une chambre non fumeur ?

— Je dis yesse puis no. Tanquiouvérémoche. Puis je pense que c'est tout.

— Je vas y aller.

Éliane réussit à s'extirper de l'Asüna avec sa robe et tout à coup ce n'est plus une aussi petite voiture qu'il me semblait depuis qu'on est partis de Saint-Gérard.

Je regarde Éliane par la vitrine de l'office. Elle paye la chambre après être allée chercher cinq de ses enveloppes dans son corsage. Je me dis que ça doit faire cent dollars.

Éliane sort de l'office. Je la suis jusqu'au numéro 12. C'est plus simple que de la faire remonter dans l'Asüna avec sa robe de mariée.

Elle ouvre la porte du 12 avec la clé. J'entre derrière elle. Elle se laisse tomber sur le lit. Ce n'est pas un lit en forme de cœur, mais ça ne me dérange pas du tout. Ça n'a pas l'air de décevoir Éliane, elle non plus.

— Je suis épuisée, elle dit.

Pourtant, c'est moi qui ai conduit tout le temps.

Elle prend les deux tiers du lit du côté de la porte, ça fait que j'ai le côté des toilettes. J'aime mieux ça. C'est plus proche pour aller pisser.

J'y vais avant de me coucher. Il n'y a pas de baignoire à remous. Juste une baignoire ordinaire. Mais il y a un grand miroir placé comme par exprès pour que je me voie en faisant pipi. Que je le veuille ou non, je me vois. Les femmes ont de la chance, dans des toilettes comme ça. Elles tournent le dos au miroir. Pas moi. J'ai l'air fatigué. Tiens, une tache de sang que je n'avais pas vue sur le col de ma chemise. Du sang de curé, je parie.

J'enlève mon veston, puis ma chemise. Je fais couler de l'eau sur le col. C'est presque tout parti. Je mets la chemise à sécher sur le support à serviettes.

Je retourne dans la chambre. J'enlève mon pantalon puis tout le reste parce que j'aime dormir avec juste mon bas de pyjama mais je ne l'ai pas apporté parce que je ne savais pas qu'on allait partir en voyage de noces à Niagara.

On devait dormir chez Éliane. Jeudi soir, j'ai déménagé mes affaires chez elle avec le cabriolet de Bruno. Ma télévision, plus trois boîtes de carton avec mon linge dedans. Éliane en a profité pour parler rénovations.

La maison n'est pas si mal pour une vieille maison pas rénovée. C'est surtout le clabord qu'Éliane aimerait remplacer parce que le vieux est pourri et la peinture s'écaille. Le clabord, dans les dictionnaires, ça s'appelle de la planche à clin, mais si vous ne voulez pas faire rire de vous à Saint-Gérard, appelez ça du clabord. Chez Éliane, c'est de la vraie planche de bois, que tout le monde remplace par du clabord d'aluminium ou de vinyle parce que l'aluminium ou le vinyle on n'a pas à repeindre ça tous les dix ans. J'ai dit à Éliane que je sais comment ça se pose, du clabord, parce que j'ai aidé mes frères à en poser chez nous. J'exagérais un peu parce que je les ai surtout regardés faire. Je ne faisais que les aider en tenant un bout de panneau quand il leur manquait quelqu'un pour tenir l'autre bout. Mais c'est vrai que je sais comment ça se pose. Je suppose que je serais capable de le faire, à condition que Bruno et Lucien me donnent un coup de main.

Mais cette nuit je ne suis pas chez Éliane comme c'était supposé. Je suis à Niagara, dans un motel, sans pyjama.

Je mets mes vêtements sur une chaise près de mon côté du lit. Et c'est à ce moment-là que je remarque un article de journal encadré et suspendu au mur au-dessus de la table de chevet. Pas de chance, c'est en anglais. Mais je reconnais l'actrice sur la photo. C'est Marylène Monnereau.

Une vieille photo, parce qu'elle est bien plus jeune que quand elle est morte. Moins belle aussi, je trouve. Il y a des femmes comme ça qui s'embellissent avec le temps, si elles ont la chance de ne pas vivre trop vieilles. Marylène était comme ça. Ce serait bien si Éliane était comme ça, elle aussi.

À côté de la photo de l'actrice, il y a une photo d'un motel qui ressemble à celui où on est. Je jurerais que c'est le même, mais sur le néon au-dessus de l'office, c'est écrit « Motel 101 ».

Je pense que j'ai compris : c'est à cause des initiales. Marylène Monnereau a passé une nuit au motel 101 qui a changé de nom pour s'appeler motel MM en souvenir, parce que MM c'est les initiales de Marylène Monnereau. Je gage qu'ils auraient préféré motel Marylène Monnereau, mais qu'ils n'ont pas eu le droit d'utiliser son nom. Sans ça, tous les motels du Québec s'appelleraient motel Céline Dion sans payer un sou à René Angélil.

Je me demande si Marylène a dormi dans le 12 ? Dans le même lit que nous, tant qu'à faire. Ça a l'air d'un vieux lit, ça se pourrait. Et si oui, avec qui ?

Je me laisse tomber à côté d'Éliane.

Je n'avais jamais vu ça : il y a un immense miroir au plafond. Aussi grand que le lit, je dirais.

Je ne savais même pas que ça existait. Je suppose que ça sert à se regarder baiser. Mais je ne comprends pas bien. Supposons que je fais l'amour avec Éliane. Je suis par-dessus elle. Je ne peux pas voir le miroir au plafond. Il n'y a qu'elle qui le voit. Et qu'est-ce qu'elle voit ? Mon dos. Pas très excitant, si vous voulez mon avis.

J'éteins la lampe au-dessus de nos têtes. Maintenant qu'il fait noir, ça me fait plaisir de penser que Marylène

Monnereau a passé la nuit ici. Et de m'imaginer que c'est encore elle qui est là, toute chaude, à ma droite.

Je dis, pas fort :

— Tu dors ?

Personne ne répond. Ni Éliane, ni Marylène.

Ça ne me dérange pas, je n'ai rien à leur dire.

C’est souvent comme ça

Il fait clair. Je suis réveillé. Tout seul dans mon lit, comme d’habitude.

Éliane n’est pas à côté de moi ni dans la chambre.

Je me lève. Elle n’est pas dans la salle de bains, non plus. Je fais pipi, en essayant de ne me regarder que dans le haut du miroir. J’ai l’air plus fatigué qu’hier. C’est souvent comme ça, avec moi. J’ai l’air plus fatigué quand je me lève que quand je me couche. C’est pour ça que souvent je me recouche tout de suite encore un peu.

Dans la chambre, il y a une radio avec l’heure : onze heures et demie.

Je ne sais pas si c’est la bonne heure. Si oui, il est temps que je m’habille. Onze heures ou midi, c’est mon heure pour me lever pour de bon. Si on dort tout le temps, on ne peut pas apprécier le temps qu’on passe à ne rien faire.

Il n’y a pas de vêtements sur les chaises. Je suis pourtant sûr que c’est là que j’ai mis les miens. Dans la salle de bains, ma chemise n’est plus sur le support à serviettes. Je suppose qu’Éliane a tout rangé. Je n’aime pas les gens qui rangent les affaires des autres parce qu’on ne retrouve plus rien, après. Je regarde dans la garde-robe et dans les tiroirs. Rien à moi. Rien à Éliane. Juste un livre en anglais. C'est écrit « Bible » sur la couverture mais en dedans c'est tout en anglais quand même.

Sur un mur, il y a une belle vue des chutes Niagara, avec Niagara écrit en dessous au cas où on ne les aurait pas reconnues.

C'est une photo prise d'un avion ou d'un hélicoptère, avec en avant un petit bateau blanc, plein de gens, si près des chutes qu'on dirait qu'ils vont tous être noyés si le bateau s'en approche encore d'un pouce.

Il faudra que j'aille voir ça avec Éliane. Pas en hélicoptère, mais peut-être qu'on pourrait faire un tour dans le petit bateau blanc. On n'a pas apporté d'imperméables. Je parie qu'ils en prêtent. Moi, c'est ce que je ferais à leur place, pour attirer les clients qui les ont oubliés chez eux.

Mais d'abord il faudrait qu'Éliane revienne.

J'ouvre la porte qui donne dehors. Je tends le cou en me cachant le bas du corps derrière la porte. L'Asüna n'est plus là. Pourtant, je suis sûr de l'avoir laissée devant. Et Éliane ne sait pas conduire. En tout cas, c'est ce qu'elle m'a dit. Peut-être seulement pour m'obliger à conduire tout le temps la nuit dernière.

Je referme la porte.

Je retourne me coucher.

Je n'ai pas à réfléchir longtemps pour comprendre : Éliane m'a abandonné. Tout nu dans un motel, sans vêtements, sans argent, sans rien. Elle sait conduire. Elle est partie toute seule avec l'Asüna de Bruno qui ne sera pas de bonne humeur si je ne lui ramène pas sa voiture.

Pourquoi elle s'est sauvée ?

Elle pense peut-être que c'est moi, pas elle, que le tueur veut tuer. Si c'est ça, c'est dangereux de rester avec moi. Quand un tueur tire si mal qu'il tue le curé quand c'est le marié qu'il vise, il est conseillé de ne pas rester près du marié. Mais pourquoi elle ne m'a pas laissé mes vêtements, avec les six dollars et la petite monnaie que j'avais dans mon pantalon ?

À ça, la réponse est simple : parce que c'est une salope ! Une ordure. Une chienne. Une vache. Une appelez ça comme vous voudrez. On n'abandonne pas comme ça un gars qui était prêt à vous marier et qui ne vous a jamais rien fait si on n'est pas une super-salope. Une foule-salope, disent les ados d'aujourd'hui comme si super-salope ça ne suffisait pas. Pour une fille comme Éliane, ils ont raison.

— Éliane, tu es une foule-salope de maudite vache folle, je dis à haute voix même si elle n'est pas là pour m'entendre.

Ça me fait du bien. Ça me calme. C'est souvent comme ça : j'insulte quelqu'un qui n'est pas là et ça me soulage autant que si l'autre m'entendait. Plus, même, parce que l'autre n'a pas la possibilité de me lancer une insulte à son tour, ce qui aurait pour effet de m'énerver au lieu de me calmer.

J'allume la télévision. Elle ne marche pas. Ou je ne sais pas comment fonctionne la télécommande. J'avais une télévision dans ma chambre, chez Maman. Celle que je viens de déménager chez Éliane qui n'en avait pas, mais c'est une vieille sans télécommande, que mon oncle Henri m'a donnée. En couleur, avec une antenne en forme d'oreilles de lapin parce que je n'avais pas le câble et Éliane ne veut pas qu'on s'abonne. Comme ça, je n'aurai que deux chaînes en français, comme chez Maman. Deux aussi en anglais, mais quand je les regarde, je m'endors en même pas cinq minutes.

Ici, je parie qu'il y a le câble et des tas de stations toutes en anglais si je finis par allumer cette damnée télé.

Comme je n'arrive à rien avec la télécommande, j'appuie sur le bouton Poweur en dessous de l'écran. Souvent ça marche, le bouton Poweur, surtout si la pile de la télécommande est à plat.

Ça ne marche pas plus. Si j'avais des vêtements, j'irais me plaindre à l'office.

Mais là, il faudrait que je tombe sur quelqu'un qui parle français. Ils ont beau avoir écrit office en français, ça ne veut pas dire qu'ils le parlent. En Ontario, il paraît qu'il y a des panneaux bilingues à l'entrée des bureaux du gouvernement, mais c'est seulement pour nous faire croire qu'ils comprennent le français. Dès qu'on entre et qu'on pose une question en français, on s'aperçoit que ça ne sert à rien. Il y avait un reportage à la télévision là-dessus, il n'y a pas si longtemps.

Je retourne au lit. Rester couché, c'est tout ce qu'il y a à faire quand on ne peut pas sortir de sa chambre, surtout si la télévision ne marche pas.

Mais je n'arrive pas à dormir.

Parce que je me mets à réfléchir. C'était qui, le type avec le fusil de chasse ? Je repasse dans ma tête toutes les têtes que j'ai vues dans ma vie. Il ne ressemble à aucune de celles-là. Après ça, j'essaye de trouver pour quelle raison quelqu'un peut se mettre à tirer sur un mariage dans une église.

Surtout qu'il n'a tué que le curé. Personne ne veut tuer un curé par exprès. À part ça, le tireur n'a pas été fichu d'enlever la sécurité avant d'épauler. Vraiment tarte, ce tueur. Et les tartes, ça a des raisons tartes de faire ce qu'ils font. Les gens brillants, eux, ils ont toujours des raisons intelligentes de faire ce qu'ils font, même si ça n'est pas toujours évident. Moi, ça varie. Des fois j'ai des bonnes raisons, des fois non. Je pense que j'ai une intelligence variable.

Bien sûr, il y a des raisons pas très raisonnables pour qu'un type assassine un curé dans un mariage. Par exemple, ça pourrait être quelqu'un qui est pour les avortements, donc contre les curés et les mariages catholiques parce que les mariées catholiques ça n'est pas supposé se faire avorter même si elles le font plus souvent que les autres parce qu'elles tombent enceintes plus souvent parce que le pape dit « pas de capotes, pas de pilule sinon vous êtes excommuniés ». Il y a des tas de gens, aux États-Unis et dans l'Ouest, qui tuent des médecins qui font des avortements. Pourquoi les gens de l'autre côté ne se vengeraient pas, pour une fois ?

Je pense que je viens de trouver mieux : c'est un tueur à gages des Deville Zones qui s'est trompé d'église. Il avait l'ordre de massacrer des gens à Saint-Gérard-des-Laurentides. Peut-être des types d'une bande de motards rivale. Il a regardé sur la carte et il a abouti à Saint-Gérard-de-Mainville. Ça arrive tout le temps, des histoires comme ça. Odette Labrie, la maîtresse de poste, m'a dit qu'elle passe son temps à retourner des lettres qui sont adressées à des-Laurentides et qui aboutissent à de-Mainville parce que les postiers ne font pas autant attention qu'ils devraient parce que c'est des jeunes qu'ils engagent maintenant. Et comme ils ne sont pas aussi bien payés que les vieux, pourquoi ils se casseraient le cul autant qu'eux ?

C'est des nouveaux aussi que les motards engagent, maintenant, parce que les vieux motards, ils sont morts, ils sont en prison ou ils restent tranquilles à la maison pendant que les plus jeunes se farcissent le travail dangereux. Et un motard qui débute, ça n'a pas encore fait la tournée complète des bars à danseuses contrôlés par l'organisation. Comment il aurait pu deviner que des Saint-Gérard, il y en a deux ?

Le pire, c'est que les codes postaux se ressemblent. des-Laurentides, c'est L2R 7R1. de-Mainville, c'est J2R 1R1. Le L et le J, c'est quasiment pareil. Si on se trompe de côté en arrivant en bas, on se trompe de lettre. Le 7 et le 1, c'est encore plus ressemblant si on ne barre pas le 7. Odette Labrie a demandé un changement de code mais le gouvernement n'a pas voulu, parce que le code postal a une logique même si ça ne se voit pas. C'est à peu près ça : le premier caractère, c'est la province, le deuxième la région, le troisième le comté, jusqu'au dernier qui indique le bureau de poste si c'est un village ou le nom du facteur quand c'est en ville. Pour changer notre code postal à G9W, par exemple, il faudrait déplacer tout Saint-Gérard-de-Mainville dans le G9W. Odette Labrie trouve finalement que, même si ça donne mauvaise réputation à la Société des postes, son employeur, c'est beaucoup plus simple de retourner les lettres et les colis que de déménager tout un village.

N'empêche que j'ai une sacrée bonne théorie, qui explique tout. Ça ne m'étonnerait pas qu'elle soit vraie, à part ça.

Je suis fier de moi. J'ai résolu le mystère rien qu'à m'étendre sur le lit avec les deux mains croisées derrière la tête.

Je résume ma théorie pour que vous compreniez bien comment ça s'est passé.

C'était un tueur à gages débutant. Il est envoyé à Saint-Gérard-des-Laurentides. Mais il se trompe parce que personne ne lui a dit « Fais attention, le cave, y a deux Saint-Gérard ». Il cherche Saint-Gérard sur la carte du Québec. Il aboutit chez nous. Peut-être même qu'il s'aperçoit de son erreur en arrivant, mais il est trop tard pour remonter dans les Laurentides. Alors il se dit qu'il va remplir son contrat de toute façon, histoire de montrer qu'il n'est pas peureux.

Mais tout ça ne me dit pas pourquoi il est venu faire un massacre dans un mariage. En fait, c'est un tout petit massacre. Peut-être même pas un massacre du tout. Si on tire à coups de douze dans un mariage et qu'on ne tue qu'une personne, est-ce que ça mérite de s'appeler un massacre ? Il me semble qu'il devrait y avoir un nombre minimum. Si j'avais un dictionnaire, je regarderais. Il doit y avoir d'écrit quelque chose du genre « Massacre : mort d'au moins dix personnes par quelqu'un qui fait exprès de les tuer ». Oui, dix, ça me semble un bon nombre pour décider si c'est un massacre ou pas. Polytechnique, c'était un massacre. Mais six ou sept jeunes dans une école aux États-Unis comme il y en a tous les jours, il me semble qu'il en manque. Vous allez me dire que ce n'est pas à moi de décider. Vous avez raison. C'est le dictionnaire qui décide ce qu'on dit. Regardez dans le vôtre. Si ce n'est pas dix, c'est combien ? C'est la même chose qu'un génocide. C'est au dictionnaire de dire combien de morts ça prend. Moi, si j'en écrivais un, je mettrais un million minimum. Moins que ça, c'est un gros massacre. À partir d'un million, c'est un génocide. Plus que cinq millions ? Je vous vois venir. Plus que cinq millions, il devrait y avoir un autre mot pour ça. Pour plus que dix millions, aussi. À tous les dix millions passé dix, on change encore de mot. Et, passé cent millions, à tous les cent millions.

Tout ça pour vous dire que non, à bien y penser, ce n'était pas un massacre, avec juste un mort et deux blessés.

N'empêche que je gage que c'est le gros titre des journaux, ce matin : « Massacre dans un mariage ». C'est dommage qu'on soit en Ontario, parce que ça serait étonnant que mon nom ne soit pas dans les journaux de Montréal, aujourd'hui. Maman va me les garder.

Mais pourquoi une tentative de massacre dans un mariage ? Parce que quand quelqu'un se met à tirer avec un douze au moins cinq cartouches dans une église avec beaucoup de monde dedans, c'est ça : pas un massacre, mais une tentative de massacre.

Je réfléchis encore un peu, puis je me dis que je suis bête de ne pas y avoir pensé avant.

Ce n'était pas nécessairement un mariage que le tueur devait massacrer. Parce que c'était peut-être un enterrement ou un baptême qu'il y avait hier après-midi à Saint-Gérard-des-Laurentides.

Un enterrement, je dirais. Avec la baisse de la natalité, si on se met à tirer sur les bébés, on va être encore plus envahis par des étrangers.

Les enterrements, c'est une autre affaire. Aux funérailles, il y a toujours plein de gens louches. Quand il y a des enterrements de Deville Zones, c'est plein de criminels de leur bande et des bandes rivales, qui vont là pour montrer qu'ils sympathisent avec la famille du décédé même s'ils sont finalement bien contents que ça fasse un criminel de moins, ça en laissera plus pour les autres. Et les plus grands artistes vont chanter « Ce n'est qu'un au revoir » ou d'autres belles chansons parce que personne ne peut leur reprocher de chanter à un enterrement. Rendre hommage à un criminel mort, ce n'est pas encourager la criminalité comme chanter à un mariage de criminels qui vont se reproduire ensuite et faire une autre génération de criminels. Quand on est mort, on ne se reproduit plus. À moins de faire congeler son sperme, mais ça c'est une autre histoire.

Je me mets à espérer que la police sera assez intelligente pour faire ces rapprochements. On ne sait jamais. Souvent, ils ont du mal à réfléchir, mais des fois il y a un petit nouveau qui vient de sortir de l'école de police, qui dit « Pourquoi ça serait pas une erreur sur Saint-Gérard-des-Laurentides et Saint-Gérard-de-Mainville ? ». Les autres le traitent de niaiseux, mais après quelques jours ils n'ont pas de meilleure idée, alors ils finissent par dire « On sait jamais ». Et ils décident d'envoyer le petit jeune voir à Saint-Gérard-des-Laurentides ce qu'il y avait à l'église samedi après-midi, demander qui était à l'enterrement et surtout qui n'y était pas alors qu'il aurait dû y être. Et le crime sera résolu. Ils n'attraperont jamais l'assassin parce que les gens qui ont commandé le meurtre vont faire assassiner le tueur pour éviter qu'il parle. Ça leur sera égal, aux policiers, que l'assassin soit assassiné. Ça fait le même effet que la peine capitale. Et ça ménage l'argent des contribuables.

Tant qu'à faire, je peux téléphoner à la Sûreté du Québec pour leur faire part de mes déductions et leur dire de faire des recherches dans les Laurentides. S'ils me demandent qui je suis, je vais leur dire que je suis la victime. C'est vrai, il n'y a pas plus victime que moi, dans cette affaire.

Sans elle, je serais dans le lit d'Éliane à Saint-Gérard au lieu d'être abandonné tout nu tout seul dans une chambre en Ontario.

Il y a un téléphone sur la table de chevet. À coté du téléphone il y a une feuille en plastique collée avec du scochetaipe sur le meuble en faux bois. Avec des tas d'explications sur comment faire des appels. Mais en anglais seulement.

J'essaie quand même. Je décroche. J'appuie sur le 0.

Ça sonne à l'autre bout. Une voix de femme dit quelque chose en anglais.

— Vous parlez français ? je demande.

Il y a un silence, comme si elle était allée chercher quelqu'un d'autre. Ça va bien : on va me donner quelqu'un qui comprend le français.

Là, c'est un homme qui parle. Il dit quelque chose dans une langue qui n'est pas de l'anglais. C'est chantant, c'est joli, ça ne peut pas être de l'anglais. De l'italien, peut-être. Ou du mexicain. Depuis qu'on a le libre échange avec les Mexicains, je parie qu'on a des tas de téléphonistes qui parlent le mexicain au cas où un homme d'affaires mexicain voudrait téléphoner à sa mère d'un motel à Niagara. Tout ce que je sais, c'est que le téléphoniste que j'ai au bout du fil n'a pas l'air de parler le français.

Je dis :

— Vous avez quelqu'un qui parle français ? Fran-çais. Pas mexicain. Pas chinois. Fran-çais, calvaire !

Je ne jure presque jamais, vous l'avez remarqué. Mais il y a des fois que ça soulage. Et si l'autre ne comprend pas le français, ça ne peut pas le déranger que je dise calvaire.

J'épelle le mot pour lui faciliter la chose. S'il ne parle pas le français, peut-être qu'il est capable de le lire.

— F-R-A-N-C-CÉDILLE-A-I-S. Français.

— Française ? il dit, ou quelque chose qui ressemble à ça.

— C'est ça, français, je dis en espérant que c'est ça qu'il a dit.

Il dit encore quelque chose. Peut-être « un petit moment, s'il vous plaît » en mexicain. Il y a un silence pendant qu'il cherche un Français ou une Française. Puis il me revient. Il dit quelque chose qui pourrait vouloir dire « Désolé, monsieur, on a pas de Française ». En tout cas, ça finit par « française ».

Puis il n'y a plus rien. Juste le bruit que ça fait quand le téléphone est raccroché.

Ça m'embête vachement de ne pas pouvoir téléphoner. Pendant que j'attendais, j'ai pensé que je pourrais appeler Bruno au lieu de la police et lui expliquer que je suis à Niagara tout nu dans une chambre et qu'il serait gentil s'il pouvait venir me chercher en apportant un peu de linge. Propre s'il en a, mais du sale c'est mieux que rien. Ou de son linge à lui.

Non, pas Bruno. Il faudrait que je lui dise qu'Éliane est disparue avec son Asüna. Ça l'énerverait. Il voudrait partir à sa recherche avant de venir me chercher. Lucien, ce serait mieux. On est dimanche, il est en congé. Ça ne lui fera que manquer demain matin s'il ne peut pas revenir à Mainville à temps. Mais il faudra que je lui demande de ne pas en parler à Bruno.

De toute façon, je ne peux pas téléphoner. À moins d'aller à une cabine publique. C'est le gouvernement ou presque, les cabines publiques, parce que c'est public, le mot le dit. Ils sont obligés de parler le français. Ou ils devraient l'être. Le Canada ne s'est pas encore séparé du Québec, quand même. Si les cabines téléphoniques ne comprennent pas le français partout dans le pays, je ne comprends pas pourquoi ils ne préfèrent pas se séparer au lieu de rester avec nous à se faire traiter de tous les noms parce qu'on sait qu'ils ne comprennent pas ce qu'on leur dit.

J'entrouvre de nouveau la porte, à la recherche d'une cabine.

La nuit dernière, c'était la nuit, on ne voyait pas grand-chose. Je n'ai pas tellement fait attention au genre de quartier où on est. Même tout à l'heure, quand j'ai regardé dehors, je n'ai pas vraiment regardé, parce que je cherchais l'Asüna.

Là, je vois qu'il y a une grande avenue avec toutes sortes de commerces. Comme l'avenue Mainville à Mainville, mais en plus grand. À Mainville, il y a un MaqueDos et un PFK. Ici, j'aperçois, juste en allongeant le cou un petit peu, un MaqueDos, un Ouendise, trois motels, un Pizza Hotte, un Oual-Marte, un Seconde Coppe et un Homme Dépôt. On se croirait au Québec, sauf qu'il y a encore plus de tous ces commerces typiques de chez nous. Il n'y a que le KFC que je ne connais pas.

De l'autre côté de l'avenue, il y a ce que je cherche : une cabine téléphonique. Le seul problème, c'est que je suis tout nu. En Ontario, je gage que si on traverse une rue tout nu, on n'a pas le temps de se rendre au milieu que la police est déjà là avec un cache-sexe et une paire de menottes. Surtout qu'on est dimanche. Ça doit être double amende, tout nu dans la rue, le dimanche.

Je peux me cacher avec une serviette. Mais plus j'y pense, moins c'est le seul problème. Parce qu'il faudra que je mette une pièce de vingt-cinq *cents* dans la fente du téléphone.

Je suis dans une forme intellectuelle épouvantable, ce matin, parce que j'ai une sacrée bonne idée : les fauteuils. Il y en a deux dans la chambre, de chaque côté d'une table basse. J'enlève le coussin du premier, je fouille dans le fond. Je trouve sept *cents* : deux sous noirs et une pièce de cinq. Il ne me manque plus que dix-huit *cents*. Dans l'autre fauteuil, je trouve un dix *cents*. Encore huit à trouver. Je cherche encore. Dans le fond des tiroirs, sous le tapis de bain, partout. Rien d'autre. Pas de chance. Pour huit misérables *cents* qui me manquent, je ne peux pas téléphoner.

De toute façon, même si je trouvais miraculeusement une pièce de cinq *cents* et trois d'un, je ne pense pas que les téléphones publics acceptent de la monnaie plus petite qu'un vingt-cinq *cents*.

Tiens, une autre idée : je peux m'installer sur le trottoir avec une serviette et tendre la main. Je pourrais même refuser toute pièce qui n'est pas un vingt-cinq *cents*. Quelqu'un veut m'offrir un dollar ? Je fais non de la tête — en secouant de gauche à droite. Ça doit être la même chose en anglais. Mais là aussi je risque de me faire arrêter pour mendicité en petite tenue un dimanche en Ontario.

Finalement, est-ce que ce serait une si mauvaise chose que je me fasse arrêter ? On m'amènerait au poste. On me trouverait un interprète. Je pense que j'ai le droit d'en avoir un gratis. C'est sûrement écrit dans la Charte des droits et libertés. Je ne l'ai jamais lue, mais il paraît qu'il y a des tas de choses qui nous protègent d'un tas de choses. Surtout si on est un criminel, mais je gage que ce n'est écrit nulle part que les innocents ne peuvent pas en profiter eux aussi. J'expliquerais que je suis en voyage de noces avec ma fiancée. Elle est partie avec mon linge et mon argent, mais elle s'est peut-être seulement égarée parce qu'elle a oublié le nom du motel. Est-ce qu'on aurait l'obligeance de me prêter des vêtements — un vieil uniforme d'agent de police, par exemple, ça ferait parfaitement l'affaire — et de quoi payer mon autobus pour Montréal où je pourrais toujours me débrouiller pour rentrer à Saint-Gérard parce que le pouce d'un type en uniforme de police ça ne peut pas faire autrement que marcher ?

Là encore, il y a un problème : mon dossier criminel.

Pas gros du tout, mon dossier. Vraiment le strict minimum pour un jeune homme qui se respecte.

Je parie que vous voulez en savoir plus long. Je ne sais pas si je devrais.

Ça prendrait un hasard

Ça prendrait un hasard vraiment extraordinaire pour que j'aie affaire à vous un jour. Par exemple, vous pourriez être directeur d'une banque et j'irais vous demander un prêt, mais il y a des milliers de banques dans le monde. Pourquoi je tomberais sur la vôtre ?

Je ne risque donc pas grand-chose à vous raconter tout ça. Je n'ai même pas honte, parce que j'étais jeune, dans ce temps-là, et c'est normal de faire des bêtises quand on est jeune. Ça évite de faire les mêmes quand on devient vieux, alors que si on ne les a pas faites quand on était jeune c'est plus facile de se laisser tenter même quand on a cent ans. C'est ce que je vous dirai si malgré tout vous êtes directeur de banque et que je vais vous emprunter de l'argent.

J'avais dix-neuf ans.

Un jour, j'ai trouvé un portefeuille. Par terre, dans la rue, juste à côté du trottoir, pas loin de la caisse populaire. Je l'ai ramassé. J'ai regardé dedans. Il y avait cent vingt dollars. Six billets de vingt tout neufs. C'était dans ma période de chômage, après avoir été congédié par monsieur Sinclair.

On aurait dit un signe du ciel, une preuve que Dieu est juste quand il s'en donne la peine : c'était le portefeuille de monsieur Sinclair. D'ailleurs, je le voyais, un peu plus loin, qui marchait sur le trottoir vers son épicerie sans se douter qu'il avait échappé son portefeuille. Il avait dû essayer de le mettre dans la poche arrière de son pantalon et il avait mal visé. Les vieux, c'est souvent comme ça. J'aurais pu courir et le lui remettre. Malheureusement, je n'avais pas très envie de courir après quelqu'un qui m'avait congédié avec de bonnes raisons et en attendant assez longtemps pour que j'aie droit au chômage, mais qui m'avait congédié quand même. Surtout que mon chômage était fini et que je ne travaillais toujours pas.

À part ça, la caisse populaire était bien plus proche. Je suis entré et j'ai remis le portefeuille à la caissière.

— Je viens de trouver ça sur le trottoir, j'ai dit.

La caissière a ouvert le portefeuille.

— C'est celui de monsieur Sinclair. Attends un peu, Jocelyn, faut que je vérifie quelque chose.

J'ai attendu un peu, pendant qu'elle consultait son ordinateur. Elle a dit :

— C'est ce qui me semblait : monsieur Sinclair vient juste de retirer cent vingt dollars.

— Je savais pas.

— Ils sont pas dans le portefeuille.

— Non ? Il les a peut-être mis dans sa poche. Moi, je fais ça tout le temps. Surtout que j'ai pas de portefeuille. Ça fait une bosse sur la fesse. J'aime pas ça, les bosses. Ça fait que je mets mon argent dans mes poches quand j'en ai.

La caissière a quand même téléphoné à l'épicerie Sinclair. Il a fallu attendre que monsieur Sinclair arrive à l'épicerie, puis revienne à la caisse populaire. Et là, quand la caissière lui a demandé s'il avait toujours les cent vingt dollars qu'il venait de retirer, il a dit qu'il les avait mis dans son portefeuille.

— La preuve, c'est que je l'ai là, vous allez voir.

Il a mis la main sur sa fesse droite. Pas de portefeuille. Pas de cent vingt dollars non plus.

Je pense que si, à ce moment-là, j'avais sorti l'argent et si j'avais dit « Ah bien ! Tiens, regardez donc ça, c'est tombé dans ma poche quand j'ai mis le portefeuille dedans, je l'avais pas vu », il ne se serait rien passé. Ici, on ne dérange pas la police pour des niaiseries. Si on a retrouvé son argent, on laisse tomber les plaintes. Ça n'est écrit nulle part, mais tout le monde sait ça : si vous embêtez quelqu'un qui a restitué ce qu'il vous a volé, vous allez être très mal vu. Plus mal que le voleur, en tout cas.

Mais j'avais honte de moi. Et puis, cent vingt dollars c'est beaucoup d'argent quand on n'en a même pas assez pour s'acheter un portefeuille pour les mettre dedans. Surtout, j'étais sûr que la caissière ne téléphonerait pas à la police. C'était une cliente de Maman. On s'entendait bien, les fois qu'on se parlait. J'étais sorti avec sa fille pendant toute l'année d'avant, trois ou quatre fois au moins, et je ne l'avais pas mise enceinte une seule fois. Il n'y avait pas plus bon garçon que moi.

Elle n'a pas téléphoné à la police, mais elle est allée voir le directeur de la caisse populaire. Lui, il ne me connaissait pas. Il n'était pas de Saint-Gérard. Ça ne faisait même pas dix ans qu'il était arrivé de Montréal. Et puis il n'avait pas de fille de mon âge que j'aurais pu ne pas mettre enceinte. Je l'ai vu par la porte de son bureau : il a pris le téléphone sans hésiter.

La police est arrivée presque tout de suite avec la sirène à fond. C'était l'heure de leur tournée à Saint-Gérard. Peut-être que, si ça n'avait pas été cette heure-là, le directeur de la caisse ne les aurait pas appelés et m'aurait fouillé lui-même. Je ne suis pas sûr qu'il aurait eu le droit, mais ce n'est pas une raison.

Les policiers, c'étaient des nouveaux au poste de la Sûreté du Québec à Mainville. Ils m'ont mis un revolver sous le nez comme si j'avais été un vrai voleur. Ils m'ont passé les menottes. Ils m'ont fouillé. Ils ont trouvé les cent vingt dollars. J'ai dit « Ils ont dû tomber du portefeuille quand je l'ai mis dans ma poche ». Ils ont dit « Tu nous prends pour des valises ? ». Je n'ai rien répondu. Si on répond oui à ce genre de question, ils n'aiment pas ça. Si on répond non, ils ne nous croient pas. Aussi bien ne rien dire. On a le droit.

Ils m'ont mis dans la cellule du poste de la SQ, à Mainville.

Bruno est venu me sortir sous cautionnement.

On m'a donné un avocat qui m'a dit que si je plaidais coupable je ne ferais pas de prison parce que c'était une première accusation, pour un crime non violent. J'ai plaidé coupable. Je n'ai rien eu, à part un an de probation et un long avertissement du juge, suprêmement ennuyant parce que ça se sentait qu'il disait toujours la même chose aux jeunes qui se faisaient arrêter une première fois pour les convaincre de faire plus attention la prochaine fois.

À la sortie du Palais de Justice, l'avocat qu'on m'avait donné gratis m'a dit « Y a rien qu'une chose que j'ai oublié de te dire : tu as un dossier criminel, maintenant. Tu vas avoir des problèmes si tu vas dans un autre pays ».

Je ne me souviens plus s'il a dit un autre pays ou une autre province. Il a juste dit « Si tu vas dans un autre quelque chose ». Ça ne me dérangeait pas, à ce moment-là. J'étais allé à Montréal deux fois. Je l'avais assez vu. Je n'étais jamais allé aux États-Unis ou à Toronto et je ne voyais pas pourquoi ça serait mieux que Montréal. Alors, ça m'était bien égal de ne pouvoir aller nulle part.

Sauf que là, aujourd'hui, je suis à Niagara. Si l'avocat m'a dit « Si tu vas dans une autre province », je risque des tas d'emmerdements à cause de mon dossier criminel. S'il a dit « un autre pays », je ne risque rien, sauf si quand il a dit « pays » il voulait dire un autre pays que le Québec. Les avocats, souvent c'est des séparatistes. Aussi souvent, des fédéralistes.

Tout ça pour vous dire que maître Létourneau, je ne peux pas me souvenir de ce qu'il a dit et encore moins de ce qu'il voulait dire.

Pas question, en tout cas, de courir après la police de l'Ontario ou la police des chutes Niagara si c'est comme ça que s'appelle leur police par ici. Ils ont des ordinateurs qui leur permettent de savoir si quelqu'un a un dossier criminel. Il y a souvent des erreurs dans l'ordinateur, mais ils sont corrects, des fois.

Je pourrais toujours donner un autre nom. Je n'ai pas de papiers. Ils auraient beau me fouiller même si je suis tout nu, ils ne trouveraient rien qui prouve que le nom que je leur donne n'est pas mon vrai nom.

Le problème, avec un faux nom, c'est qu'on ne sait jamais si le nom qu'on donne n'est pas celui d'un type qui a violé des petites filles ou, le pire de tout, qui a tué un policier. Alors, en plus d'avoir des tas d'emmerdements, on se fait casser la gueule en attendant de pouvoir prouver qu'on n'est pas celui qu'on vient de jurer qu'on est.

Heureusement, voilà Éliane qui entre dans la chambre juste comme j'allais me décider à sortir avec la serviette pour aller quêter vingt-cinq *cents* pour téléphoner. Elle n'a plus sa robe de mariée. Plutôt une robe à fleurs, jaune et rouge, qui lui donne, à mon avis, l'air plus grassette qu'avant parce qu'une grosse dans une masse de tissu grosse comme un autobus ça a l'air moins gros qu'une grosse dans une robe serrée. Mais je ne le dis pas. Pas seulement parce que ce n'est pas très délicat. Parce que j'ai autre chose à lui demander :

— Où t'étais passée ?

— Mon amour, tu dormais comme un ange. Je voulais pas te réveiller. J'ai vendu ma robe de mariée. J'ai pas eu grand-chose parce qu'elle était sale. Puis un peu abîmée quand elle a traîné dans le chemin. De toute façon, ça va m'en prendre une neuve.

— Puis mon linge à moi ?

— J'ai tout laissé dans une buanderie. Ça va être prêt demain.

— Je trouve pas mes souliers non plus.

— Ils sont chez le cordonnier. Ils étaient abîmés.

Je n'avais pas remarqué. Mais si elle le dit.

— Qu'est-ce que je fais en attendant ?

— T'as rien qu'à rester là. Je t'ai apporté des mets chinois. Tu aimes ça ?

Des mets chinois ? J'adore ça ! Je n'en ai mangé que trois fois dans ma vie. À Mainville, au Parté-Nong. C'est des Grecs. Mais le chinois, on dirait qu'ils ont ça dans le sang, les Grecs. Malheureusement, ils ne livrent pas à Saint-Gérard. On est obligés d'aller sur place. Et là, Éliane m'en apporte. Finalement, ça commence bien un dimanche à Niagara.

— Y a-tu du riz frit ?

— Oui.

Elle me tend un grand sac de papier avec des choses en chinois écrites dessus. Je sors une demi-douzaine de boîtes en carton.

Ça tombe bien : la première boîte que j'ouvre, c'est le riz frit.

Il y a deux assiettes en plastique au fond du sac. J'en prends une, je mets plein de riz frit dedans, que j'arrose avec la sauce soya dans un petit sachet transparent. Je laisse faire les baguettes parce que ça ne va pas assez vite. Je prends une fourchette en plastique, je la plonge dans le riz et là je me rends compte que je ne suis pas très poli.

— Tiens, c'est pour toi, je dis juste avant de passer pour un goinfre.

— J'aime pas la sauce soya, dit Éliane. Je vas me servir tout à l'heure.

Si c'est comme ça, je garde l'assiette pour moi.

Éliane me regarde manger :

— Je t'adore.

Elle sourit. Je souris aussi, la bouche pleine. Le riz des Grecs de Mainville est meilleur, mais celui-là n'est pas trop mal. Pas assez de poulet à mon goût. Même que ce n'est peut-être pas du riz au poulet.

— Il est au poulet ?

— Non. Je suis végétarienne.

Merde ! J'aurai dû le demander avant le mariage.

On pense à demander si l'autre a le sida, la gono, des tas de choses comme ça. Mais « Es-tu végétarienne ? », on n'y pense pas parce que d'habitude on a mangé ensemble avant de se marier. Moi, maintenant que j'y pense, je me rends compte que je n'ai jamais mangé avec Éliane. Ça m'apprendra.

N'empêche que je n'ai pas du tout envie de marier une végétarienne, moi. Éliane peut manger ce qu'elle veut, ça m'est égal. Mais, quand on est un couple avec un végétarien ou une végétarienne dedans, ça complique la vie. Pour manger de la viande, il va falloir que je fasse mes repas. Et je ne suis pas très doué. Je suis encore moins doué pour faire la cuisine que pour manger du végétarien. Ce n'est pas de ma faute, j'ai tout le temps vécu avec Maman. Et quand on vit avec sa mère, on n'apprend pas à cuisiner. D'autant plus que Maman n'est pas très forte en cuisine. Comme couturière, il paraît qu'elle se défend bien, mais comme cuisinière elle est plutôt en dessous de la moyenne. Elle dit que, si on cuisine trop bien, on finit par faire grossir toute la famille. C'est pour ça qu'on est maigres, mes frères et moi. Moi, surtout.

— Ah oui, on parle de nous dans le journal, dit Éliane.

D'un grand sac à main tout neuf, elle tire un journal en anglais. Le *Globe et quelque chose.* Elle le déplie.

— Là.

C'est en page 5. Au milieu de la colonne de gauche. Un paragraphe seulement. J'essaie de lire. Tout ce que je comprends dans le titre, c'est village et Quebec sans accent. Dans le texte, je reconnais Saint-Gerard-de-Manville. C'est tout. Il n'y a pas mon nom. Je le sais, parce que je suis sûr que Jocelyn Quévillon ça s'écrit de la même manière en anglais, à part l'accent aigu.

— Qu'est-ce qu'ils disent ?

— Qu'un type a tué le curé et blessé deux personnes dans un mariage. Il est disparu. Les mariés aussi. Ils sont partis dans une Asüna rouge.

Je n'avais pas remarqué Asüna parmi les mots français que je connais. Mais maintenant qu'elle la mentionne, j'ai une question :

— Où elle est passée ? Je savais pas que tu savais conduire.

— Ils sont venus la chercher. Si quelqu'un téléphone, dis qu'elle est vendue.

Je n'en crois pas mes oreilles.

— Tu as vendu l'Asüna de mon frère !

— Le tueur sait qu'on est partis dans une Asüna rouge avec une plaque du Québec parce que ton frère a trop parlé à la radio et dans le journal. Si on veut pas se faire repérer, on est mieux de s'en passer. À part ça, on va avoir besoin de tout l'argent qu'on pourra trouver. Tu sais combien ça coûte, le motel ? Quatre-vingt-cinq dollars par jour. Plus la taxe.

Pour quatre-vingt-cinq dollars, je pense qu'on peut rester une semaine entière à l'hôtel Saint-Gérard, à Saint-Gérard, même si personne n'y reste jamais plus qu'une heure ou deux.

Je ne le dis pas. Je ne dis rien. Je fais des efforts surhumains pour me contrôler.

Je commence par finir de manger mon riz.

Ensuite, je remplis mon assiette de tchomène aux légumes avec beaucoup de sauce soya parce que Éliane n'en veut pas et je n'aime pas le gaspillage. Des millions de sachets de plastique pas vides, vous imaginez la pollution que ça fait dans les dépotoirs du monde entier — en Asie, surtout ? J'en prends trois bouchées et je commence à avoir moins faim. Manger, ça me coupe l'appétit, après un bout de temps. Alors je dis à Éliane, pour lui montrer que je suis moins con que j'en ai l'air :

— De toute façon, je sais ce qui s'est passé.

— Ah oui ?

Je lui explique ma théorie sur les deux Saint-Gérard et le tueur à gages novice qui tire dans la foule même s'il sait qu'il s'est trompé d'endroit mais il n'a plus le choix s'il veut prouver qu'il a des couilles.

Éliane m'écoute attentivement. Quand je plonge dans le tofu frit à même la boîte de carton (je n'avais jamais mangé ça ; vraiment le moins bon chinois que j'aie jamais goûté), je suis obligé de me taire. Ça tombe bien, j'ai fini, alors elle dit :

— À mon avis, c'est pas du tout ça. C'est un drame passionnel. On se met pas à tirer dans la foule à un mariage pour n'importe quoi. Tu sais comme les Deville Zones respectent les églises. Ils ont souvent tué du monde qui sortait d'une église. Mais jamais des gens à l'intérieur.

J'essaye de me rappeler. Oui, elle a raison : je ne me souviens pas d'une seule fois que les Deville Zones ou d'autres motards auraient tué des gens dans une église. S'il veulent que les curés marient leurs filles, baptisent leurs petits-enfants et enterrent leurs pères, ils sont obligés de faire attention. Dehors, oui. En dedans, jamais. Sûrement une règle non écrite dans le code de déontologie de tous les clubs de motards.

Je me remplis la bouche de ce tofu frit, histoire de m'en débarrasser au plus vite, et je dis :

— Quelle chorte de drame pachionnel ?

— Ça pourrait être une ancienne maîtresse à toi qui aurait dit à son mari qu'elle est encore amoureuse de toi et ça l'aurait mis en colère.

Ça, il y a peu de chances. Si j'avais une ancienne maîtresse, il me semble que je serais le premier à le savoir.

Il y a trois filles dont je pourrais dire que je les ai touchées ou qu'elles m'ont touché. Pas une de plus. Même que je pourrais donner les noms. Les prénoms, au moins, parce qu'il y en a une, je ne connais que son prénom. Nicole. De toute façon, elle, je lui ai juste caressé les seins. Une autre fille, Véronique Allaire, une fois qu'on est allés au pique-nique de l'école en secondaire quatre, elle était assise à côté de moi et elle a mis sa main dans ma poche pour me tripoter. Ça a été vachement bon mais il ne s'est rien passé après parce que l'école était finie et Véronique a déménagé à Montréal avec sa famille l'été suivant. Lise Dupont, elle, je l'ai juste embrassée sur la bouche sans lui demander la permission. Elle ne m'a pas giflé comme je m'y attendais. Elle s'est essuyé la bouche avec sa manche. J'ai trouvé ça pire qu'une gifle. Mais si on veut embrasser une fille, il faut être prêt à risquer de se faire insulter.

J'ouvre la dernière boîte. Des nouilles frites. On est supposé mettre ça sur le tchomène, mais il n'en reste plus, je l'ai tout mangé. Je trouve ça sec, les nouilles, mais j'en mange un bon bout quand même. J'avale tout ce qui me reste dans la bouche et je dis :

— Écoute, Éliane, y a rien que trois filles, de toute ma vie…

— Arrête ! Je veux rien savoir de ça.

Elle se met les mains sur les oreilles pour ne rien entendre. Elle a l'air furieuse, vraiment fâchée.

C'est à ce moment-là que je décide que je ne me marierai jamais avec Éliane. Une femme — végétarienne par-dessus le marché — qui se fâche pour trois filles avec lesquelles on n'a presque rien fait quand on était jeune, c'est aussi ennuyeux que la femme à barbe dans la chanson.

— Qu'est-ce qu'on fait, d'abord ? je demande.

Éliane enlève ses mains de sur ses oreilles. Elle dit :

— On attend.

— On attend quoi ?

— Que je trouve un curé catholique qui accepte de nous marier. Mais c'est compliqué, parce qu'on a pas les papiers qu'il faut. Je suis allée à deux presbytères et ils ont dit non.

J'ai fini de manger. J'aimerais bien dire à Éliane que maintenant que je sais qu'elle est végétarienne je ne suis plus sûr de vouloir me marier. Surtout que déjà, hier, quand je ne le savais pas, je n'en avais pas tellement envie. Elle peut demander à ma mère, si elle ne me croit pas. Les végétariennes, c'est encore pire que les femmes jalouses. Bruno est sorti un bout de temps avec une fille qui l'était. Ils se chicanaient tout le temps pour les garnitures de la pizza. Bruno, c'est un amateur de double pepperoni, double fromage. Elle s'appelait Julie et ne voulait même pas l'embrasser s'il avait mangé de la viande. Ça n'a pas duré longtemps, Julie et Bruno. Avec lui, ça ne dure jamais longtemps, de toute façon. Je ne sais pas comment il fait. J'aimerais ça être comme lui, jusqu'au jour où je tomberais sur la fille parfaite pour moi : une fille pas jalouse, pas grosse, pas végétarienne, pas du tout comme Éliane.

Je demande encore une fois, parce que j'ai oublié que je l'ai déjà demandé :

— Qu'est-ce qu'on fait, en attendant ?

— On reste là. T'aimes pas ça, être avec moi ?

Maintenant qu'elle me le demande, je commence à me rendre compte que je déteste ça, être avec elle. Mais ce n'est pas si facile à dire. Faudra que je demande à Bruno comment il fait quand il en a assez d'être avec une fille. Est-ce qu'il lui dit « Je t'ai assez vue » ? Ou est-ce qu'il se contente d'en trouver une autre sans rien dire mais en s'arrangeant pour se faire voir par l'ancienne avec la nouvelle ? Comme je n'ai pas envie qu'on commence à se chicaner tout de suite, je dis :

— Oui.

Elle prend ma main, qui venait de trouver un dernier petit morceau de tofu frit dans le fond de la boîte. Elle lève ma main vers ses lèvres. Je pense qu'elle va manger le tofu parce que je viens de m'apercevoir que j'ai mangé tout le reste tout seul. Elle m'embrasse la main. Juste ça. Je lève les yeux vers son visage. Elle pleure.

Pas fort. Juste deux ou trois larmes sur chaque joue. Je commence à me douter que je suis dans un joyeux merdier.

Elle doit sentir que de mon côté il y a quelque chose qui ne va pas, parce qu'elle ajoute :

— On aurait peut-être dû se fréquenter plus longtemps. Mais là, on a tout notre temps.

Je retire ma main pour avaler le dernier morceau de tofu.

C'est ça qui est ça

Quand je m'aperçois que je ne peux rien changer à rien, j'ai une phrase magique, qui m'aide à surmonter tous les emmerdements que la vie peut envoyer de mon côté. Je ne l'ai pas dite tellement souvent, parce que je me suis longtemps arrangé pour éviter toutes les causes de problèmes : le travail, l'alcool, le tabac et les femmes.

Mais, aujourd'hui, je dis ma phrase magique, parce que j'en ai plus besoin que jamais :

C'est ça qui est ça.

Essayez, vous allez voir.

Votre patron vous congédie ? Dites-vous « C'est ça qui est ça » et ça va commencer à aller mieux. Votre femme vous trompe ? Votre mari vous abandonne ? « C'est ça qui est ça » va vous remonter le moral tandis que si vous vous désolez, vous allez finir par avoir envie de vous suicider.

Alors, là, dans la chambre, je dis, assez fort pour qu'Éliane m'entende :

— C'est ça qui est ça.

Elle demande :

— Qu'est-ce que tu veux dire ?

Je ne réponds pas. Si j'essaie de lui expliquer, je vais lui faire de la peine. Ou bien elle va m'abandonner là, tout nu dans ma chambre de motel avec un téléphone qui ne comprend pas un mot de français. Je ne peux quand même pas lui dire que je viens de décider que ça m'est égal de passer le reste de ma vie avec une femme que je n'aime pas, que je me fous d'être pris dans un mariage arrangé par ma mère, que si c'était à recommencer, je ferais pareil, parce que je ne peux pas recommencer, alors aussi bien dire « C'est ça qui est ça ».

— Je prends une douche, dit Éliane en enlevant sa robe.

— J'aimerais ça, téléphoner à Maman. Mais ils ont personne qui parle français au téléphone.

Ce serait mieux si je parlais à Maman pendant qu'Éliane prend sa douche. Comme ça elle ne m'entendra pas lui dire d'envoyer Lucien avec du linge me chercher au motel MM à Niagara.

Éliane dit :

— Ta mère ? Je lui ai téléphoné de la cabine, de l'autre côté de la rue. Ça coûte moins cher. Dans les motels, ça coûte les yeux de la tête.

Elle enlève son soutien-gorge.

Je n'ai jamais vu des seins comme ça. Même pas dans des films porno que Bruno loue au club vidéo Saint-Gérard et qu'on va regarder chez Lucien quand les enfants sont couchés.

Éliane se souvient qu'on n'est pas mariés, parce qu'elle se retourne en rougissant et fonce dans la salle de bains en fermant la porte derrière elle.

— Qu'est-ce qu'elle a dit ?

Éliane rouvre la porte un petit peu, juste assez pour que je l'entende.

— Rien. Le curé est mort, mais les deux autres c'est juste des petites blessures. Personne que tu connais. Du monde de mon bord.

— Tu lui as dit où on est ?

— Oui. En voyage de noces.

Je suis rassuré. Au moins, Maman sait où on est. Mais Éliane précise :

— À Québec.

Elle referme la porte de la salle de bains.

Si vous voulez le fond de ma pensée, je ne suis pas du tout rassuré.

— Jocelyn, mon amour, passe-moi mon linge.

Je ramasse le soutien-gorge, l'immense petite culotte, la robe et je donne tout ça à la main qui est tendue dans la porte entrouverte.

— Excuse-moi pour tout à l'heure, dit Éliane. J'aurais dû penser que t'es pas fait en bois.

Je passe à un cheveu de dire « Ça m'a rien fait ».

Éliane sort de la salle de bains dans sa robe à fleurs. Elle dit :

— J'ai bien réfléchi. On fait mieux de pas partir d'ici, parce que le tueur imaginera jamais qu'on peut être à Niagara. J'ai pas une tête à venir ici en voyage de noces. Toi non plus. Je connais un prêtre, à Montréal. Il a déjà été amoureux de moi. Mais il s'est rien passé, je te le jure. Si je lui demande de venir nous marier, je pense qu'il va accepter. S'il veut pas, je vas lui dire que je suis enceinte. Une fois rendu, il va bien voir que c'est pas vrai. Mais il sera trop tard.

À bien la regarder, il me semble que le prêtre pourrait penser qu'elle est enceinte pour vrai. De plusieurs mois, même. Et il se met à me trotter dans la tête une idée qui expliquerait pourquoi Éliane était prête à se marier si vite avec n'importe qui…

— Jocelyn, Jocelyn, je pense que je sais ce que tu penses, dit Éliane sur un ton de reproche taquin. Tu penses que je suis enceinte. Non. Y a personne qui est moins enceinte que moi. Je suis vierge. Totalement vierge. Je me suis gardée immaculée pour toi. Je savais pas que c'était pour toi. Mais je le regrette pas, maintenant que je te connais.

Il y a un long silence. Vous ne me croirez pas, mais je ne me sens pas particulièrement fier que quelqu'un ait gardé sa virginité pour me faire plaisir. En fait, je suis vierge moi aussi et je préférerais faire ça, la première fois, avec quelqu'un qui connaît ça.

Je repose la question que je pose tout le temps, mais c'est seulement en la posant que je m'aperçois que je me répète et il est trop tard pour la rattraper :

— Qu'est-ce qu'on va faire en attendant ?

— On peut regarder la télévision, si tu veux.

— Elle marche pas.

Éliane se penche en dessous du support de la télé, pousse la fiche dans la prise. Elle appuie encore sur la télécommande et l'appareil s'allume.

Elle s'assoit dans un des fauteuils avec la télécommande et entreprend de faire le tour des stations disponibles. Les deux fois qu'il y a du son en français, elle appuie sur la télécommande plus vite que pour les autres. Elle m'explique :

— En français, y a jamais rien de bon.

Je veux bien la croire. Mon problème, c'est qu'en anglais, il n'y a jamais rien que de l'anglais. Et la perspective de passer le reste de ma vie à Saint-Gérard avec quelqu'un qui ne regarde la télé qu'en anglais ne me semble pas tellement plus excitante que la vie avec une végétarienne, surtout si c'est la même personne.

Mais je trouve vite la solution : une télé pour elle et une pour moi, avec des écouteurs. Il faudra que je négocie ça avant de me marier pour de bon.

Je me lève pour augmenter la luminosité de l'écran.

— Tu pourrais mettre quelque chose, dit Éliane. Moi aussi je suis pas en bois.

Je fais un crochet par la salle de bains. Je reviens avec une serviette attachée autour de la ceinture.

— Ça te va comme ça ?

— Oui, c'est très mignon.

Je regarde la télévision pendant une bonne heure, étendu sur le lit. Éliane a choisi un film, même pas d'action, avec Michelle Faillefer. Quand il en commence un autre avec Diane Quitonne, je retourne me coucher. Un film de guerre ou de cogne-fou en anglais, ça peut toujours se regarder. Mais quand ça parle tout le temps et qu'il ne se passe rien, je ne vois pas l'intérêt. Même quand c'est en français. Alors, vous imaginez…

Je regarde quand même la télévision. Vous aussi, je pense que vous feriez pareil si vous aviez le choix entre Diane Quitonne et Éliane Laurencelle.

Je ferme les yeux. Je pense que je vais m'endormir. J'aime autant ça.

Je ne sais pas combien de temps j'ai dormi, mais Éliane me réveille en me caressant la joue.

— Je vas aller chercher à souper. Qu'est-ce que ça te tenterait de manger ?

— Je sais pas. De la pizza, ça changerait du chinois.

— D'accord pour la pizza. Je reviens tout de suite.

Elle sort. Je n'ai pas demandé de la pizza pas végétarienne, parce que j'ai une meilleure idée.

Je soulève le rideau pour regarder de quel côté elle va. Je la vois traverser l'avenue. Elle marche ensuite en direction du Pizza Hotte dont j'aperçois l'enseigne en m'étirant le cou. Elle sera là dans cinq-dix minutes. Elle attendra la pizza cinq-dix minutes. Ça va lui prendre cinq-dix minutes pour revenir.

J'ai un bon quart d'heure devant moi.

J'ai bien réfléchi pendant le film avec Diane Quitonne et j'en suis venu à une conclusion. Ou bien Éliane est folle et va me garder prisonnier avant de m'assassiner. Ou bien elle n'est pas tout à fait folle et va me garder prisonnier pendant des semaines, sinon des années, pour abuser de moi de toutes les manières imaginables.

Si son petit curé arrive, je serai prisonnier toute ma vie de cette femme autoritaire, jalouse, végétarienne, qui regarde la télévision en anglais et qui va devenir de plus en plus grosse en me faisant manger du chinois végétarien.

Il n'est pas question que je reste ici une minute de plus.

Je prends un drap sur le lit et je m'enveloppe dedans.

Je vais jeter un coup d'œil dans le miroir de la salle de bains. Avec un peu d'imagination, on pourrait me prendre pour le petit frère d'un empereur romain.

Mon plan est simple : je vais m'installer à côté du feu de circulation le plus proche et attendre que s'arrête une voiture avec une plaque du Québec. Je vais frapper dans la vitre en criant « Au secours ! ». Ensuite, j'expliquerai mon histoire : j'ai été enlevé (sans préciser que c'est par une femme — par des bandits, ça paraît mieux). Je demanderai qu'on m'amène à un poste de police et qu'on me serve d'interprète parce que je suppose que les Québécois qui vont à Niagara sont au moins un petit peu bilingues. Sinon ils iraient à Québec ou dans les Laurentides. Grâce à eux, je ferai comprendre à la police que je suis le type dont on parle dans le journal même s'il n'y a pas mon nom.

Je sors et je traverse la rue en trébuchant dans mon drap, mais je réussis à reprendre mon équilibre.

Je me place à côté du feu de circulation. Je n'ai plus qu'à attendre. Toutes les voitures arrêtées ont des plaques de l'Ontario. Le feu tourne au vert et elles démarrent. D'autres voitures s'approchent.

Je m'aperçois que je suis con comme je n'aurais jamais pensé que je pouvais être con.

Les voitures du Québec n'ont qu'une plaque : à l'arrière. Si j'attends près du feu de circulation, je ne vois que l'avant des voitures.

Je me déplace, jusqu'à une bonne cinquantaine de pas avant le feu de circulation et j'attends encore.

Heureusement, il n'y a pas de piétons pour me regarder de travers et appeler la police. Dans les voitures qui passent sans ralentir, personne ne semble faire attention à moi. Je suppose qu'il y a dans les rues de Niagara comme dans celles de toutes les villes du monde une variété infinie de têtes fêlées de toutes les espèces imaginables. Un petit jeune homme dans une toge rose, c'est banal. On fait juste s'assurer que les portières sont bien fermées et on passe en regardant droit devant.

Enfin, le feu passe au rouge. Une dizaine de voitures s'arrêtent. Toutes avec des plaques de l'Ontario. Elles sont de la même couleur que celles du Québec, mais il leur manque notre petit carré avec la fleur de lys, en haut à gauche. Ici, ils ont une petite couronne au milieu, entre les deux séries de chiffres et de lettres.

De toute façon, je savais déjà que c'étaient des voitures de l'Ontario, parce que je les ai vues qui s'approchaient avec leur plaque à l'avant. Un sacré gaspillage, si vous voulez mon avis, ces deux plaques. Au Québec, on n'a que celle à l'arrière et il ne nous a jamais rien manqué. Et ça coûte deux fois moins cher au gouvernement qui pourrait réduire d'autant les impôts ou la dette s'il n'avait pas des dépenses plus urgentes.

Le feu change, enfin. Les voitures repartent. Et d'autres se mettent à défiler devant moi. Il me semble qu'il y en avait une sans plaque à l'avant, mais je n'ai pas pu vérifier si elle en avait une du Québec à l'arrière parce qu'elle est passée trop vite. De toute façon, je ne peux rien faire pour les voitures qui ne s'arrêtent pas.

Une nouvelle douzaine d'autos s'arrêtent encore quand le feu repasse au rouge.

Pas une seule plaque québécoise. Je songe à frapper à la vitre de n'importe quel automobiliste. Mais quelle chance j'aurais de tomber sur un Ontarien qui parle français ? Une sur cent, sur mille ? Au Québec, on nous enseigne si mal l'anglais qu'on peut, comme moi, obtenir le diplôme de secondaire sans parler un traître mot d'anglais à part yesse, no et tanquiouvérémoche. Il paraît qu'en Ontario c'est encore pire pour l'enseignement du français. Surtout qu'ils ne veulent pas l'apprendre. Déjà, quand on veut apprendre une langue, c'est difficile. Si on n'a aucune envie de l'apprendre, ça doit être impossible.

Le feu est redevenu vert. Les voitures sont parties. Il en arrive un nouveau cortège. Et, au milieu, une voiture de police avec deux agents.

J'hésite. Est-ce que je leur fais signe de s'arrêter ? Après tout, c'est à eux que je veux parler. Et avec beaucoup de chance il y a peut-être un des deux flics qui parle français autant qu'un chef de parti fédéral.

S'ils m'interrogent, je vais leur dire mon nom, quelle que soit la question qu'ils me posent. En mettant mon index sur ma poitrine comme Tarzan dans le film. Ils vont bien finir par comprendre que je m'appelle Jocelyn Quévillon et ils vont chercher mon nom dans leur ordinateur.

Catastrophe possible : mon dossier criminel. Si je n'ai pas le droit de venir en Ontario, je vais aller directement en prison.

Mais ils ne trouveront peut-être pas mon nom. Ça se trompe, des ordinateurs. Ou ils ne sauront pas comment ça s'épelle, Jocelyn. Ou Quévillon. Je sais qu'il y a aussi des chances que, s'ils épellent Jocelyn Quévillon de travers, ils tombent sur un pire que moi, mais je pense que je préfère la prison avec des vrais prisonniers plutôt que la prison avec Éliane.

Finalement, les policiers ne me donnent pas le choix. Ils mettent leur clignotant à droite comme si personne ne leur avait jamais dit que les policiers n'ont pas besoin de mettre leur clignotant, parce que la police ne donne jamais de contravention à la police. Et ils s'arrêtent devant moi. La vitre se baisse de mon côté et une policière plutôt jolie — rousse avec des taches de rousseur comme je n'en ai jamais vu d'aussi grosses à Saint-Gérard — me regarde en fronçant les sourcils : qu'est-ce que c'est que cet hurluberlu déguisé en empereur romain quand on est à des mois de la Louwine ?

— Je vais tout vous expliquer, je dis.

Elle me regarde comme si j'étais tombé de la lune.

— Vous parlez français ? je demande.

— No, dit la rousse, ce qui laisse entendre qu'elle comprend le français, mais peut-être qu'elle veut seulement dire qu'elle ne comprend pas la langue que je parle, quelle qu'elle soit.

— Même pas un petit peu ?

Pas de réponse. Même pas un petit peu, donc. Bon. J'essaye autre chose.

— J'ai été enlevé. En-le-vé. Par une folle.

Enlevé, ça serait bien étonnant que ça se dise comme ça en anglais. J'ai envie d'essayer kidnappé mais je parie que ça ne marchera pas mieux.

J'essaye de mimer « enlevé » en saisissant mon bras gauche avec ma main droite. Mais ça fait tomber le drap qui se retrouve par terre.

Je le relève tout de suite et je m'en couvre du mieux que je peux. L'agente ? Elle n'a pas l'air contente et me regarde comme si j'avais fait exprès. Elle est rouge écarlate. De colère, je pense. Je dois l'être aussi, mais de honte.

Qu'est-ce que j'aperçois sur la banquette, entre les deux agents ? Un journal.

— Je suis dans le journal, je dis. Jour-nal. Vous allez voir.

Je tends la main dans la fenêtre ouverte, vers le journal. La flique pense peut-être que je veux lui prendre un sein ou son revolver, parce qu'elle me saisit le poignet. Le policier mâle ouvre sa portière, sort son arme, fait le tour de la voiture en courant.

Je fais un pas en arrière. De toute façon, je suis mal tombé, ce n'est pas le *Globe et machin.* C'est le *National quelque chose.* Ce journal-là parle peut-être aussi de moi, mais je ne sais pas à quelle page.

— En-le-vé ! je crie encore. Par une folle. F-o-l-l-e !

C'est à ce moment-là qu'une voix intervient derrière moi en anglais. Une fraction de seconde, je suis soulagé. Sauvé ! Une passante bilingue va traduire pour ces idiots unilingues tous les propos de l'idiot unilingue que je suis.

Mais je sens vite les larmes me monter aux yeux.

Je n'ai vraiment pas de chance. C'est la voix d'Éliane.

Je ne sais pas ce qu'elle dit aux flics, mais ils se mettent à rire. L'agent remet son revolver dans son étui. En retournant prendre le volant, il dit quelque chose qui ressemble à oké. C'est peut-être le seul mot de français qu'il sait. L'agente dit à Éliane quelque chose qui ne ressemble à rien et ils repartent.

Éliane a une grande boîte de pizza dans les mains. Le feu tourne au rouge. On peut traverser. Elle passe devant parce que je ne peux pas faire autrement que la suivre. Si j'essaie de m'enfuir en courant dans mon drap, je ne ferai pas dix pas sans m'aplatir de tout mon long sur la chaussée.

— Qu'est-ce que tu leur as dit ? je demande parce que ça pourrait m'aider à apprendre l'anglais.

— Que tu es mon petit frère et que je te fais subir une cure de désintoxication dans le motel d'en face.

Elle est grosse, elle est jalouse, elle est vierge et elle est végétarienne, Éliane. Mais elle n'est pas parfaitement conne, je pense que je vous l'ai déjà dit.

C'est ça qui est ça.

Ce que j'aime du baise-balle

Ce que j'aime du baise-balle, c'est que, même si on ne comprend pas un mot d'anglais, on comprend tout quand on le regarde en anglais.

Éliane a fini par accepter de me laisser regarder ce que je veux, parce qu'elle n'a pas pu trouver d'autre film avec Diane Quitonne ou Michelle Faillefer.

— Mets ce que tu veux, elle a dit en soupirant.

Elle a enlevé sa robe et est venue s'étendre à côté de moi sur le lit, en culotte et en soutien-gorge.

C'est les Blou Jazz qui jouent. C'est l'équipe de Toronto. Ils jouent contre les Yanquises de New York, qu'on ne voit jamais à Montréal, parce que les Yanquises aussi jouent dans l'autre ligue.

J'aimerais ça, que les Blou Jazz gagnent. Quand vous êtes en Ontario, vous avez le devoir de souhaiter la victoire de l'équipe de l'Ontario, si vous espérez avoir droit au soutien des gens de l'Ontario dans vos projets d'évasion. Je sais que ça ne changera rien, mais je me remonte le moral comme je peux.

À la pause publicitaire après la première manche, Éliane dit :

— Si tu essayes encore de te sauver, je te tue.

Elle a dit ça sans rigoler. Sans prendre un ton vraiment menaçant non plus. Elle a juste dit ça comme si elle avait seulement voulu me dire que si j'essaie de me sauver elle va me tuer. Ce n'est pas une menace, c'est une prédiction.

À la pause du milieu de la troisième manche, je dis quelque chose qui me chicote depuis longtemps et que je n'osais pas dire. Mais il me semble que c'est à mon tour d'être vache.

— Mon oncle Henri... tu sais, celui qui était au mariage mais c'est vrai que tu l'as pas rencontré parce qu'on s'est pas rendus jusque-là. Tu as dû voir son nom dans la liste des invités de Maman. En tout cas, mon oncle Henri, il est prof au cégep de Mainville. Prof de philosophie ou quelque chose comme ça. Quand Maman lui a dit que tu es en congé sabbatique, il a dit que ça se peut pas, un congé sabbatique au primaire. Y a rien qu'à l'université qu'ils en ont. Même au cégep, ils en ont pas. Ça fait qu'il te croit pas.

Vous remarquerez que je suis prudent : je ne dis pas que c'est moi qui ne la crois pas. Je dis que c'est mon oncle Henri. Comme ça, je risque moins de fâcher Éliane. Ou si elle se fâche ce sera contre mon oncle. Ça ne peut rien lui faire, à lui, il n'est pas là.

Mais Éliane ne se fâche pas. Elle dit :

— J'exagère quand je dis que je suis enseignante. J'étais femme de ménage, dans une école, à Montréal. Puis je suis en congé de maladie. Mais j'aime mieux dire que je suis en sabbatique. Ça paraît mieux.

Elle a raison : une enseignante en sabbatique, ça paraît mieux qu'une femme de ménage en congé de maladie.

N'empêche qu'après un petit moment je commence à me demander ce qu'elle peut avoir comme maladie. La tuberculose, la varicelle, la syphilis, le sida ? Est-ce qu'il y a des maladies qui ne s'attrapent pas ?

— J'ai quelque chose qui s'attrape pas, précise Éliane comme si elle avait lu dans mes pensées. C'est génétique. Ça s'appelle le syndrome de fatigue chronique.

Ça ne s'arrange pas, mes affaires ! Me voilà quasiment marié avec une femme végétarienne, obèse, jalouse et qui est fatiguée tout le temps ! Ça va m'obliger à faire le ménage, le repassage, les repas et le reste.

Comment je vais faire pour rester paresseux ?

J'aime autant ne pas y penser. Et je n'y pense pas, jusqu'à la cinquième manche. Les Blou Jazz viennent de reperdre leur avance. Ça me fait penser à autre chose, un film que j'ai déjà vu à la télévision. Je profite de la pause pour dire :

— J'ai déjà vu un film, je sais pas comment ça s'appelle. Mais c'est l'histoire d'un écrivain qui se fait faire prisonnier par une femme dans sa maison à lui, je pense, pas à elle. Mais c'est peut-être à elle, la maison…

J'ai évité de dire une grosse femme, parce que ça pourrait vexer Éliane.

Elle répond par une question, même si je n'en ai pas vraiment posé :

— Puis tu trouves que ça nous ressemble ?

— Un petit peu seulement, je dis prudemment. Mais pas tellement, tellement. Pour commencer, je suis pas écrivain…

— Puis je t'ai pas cassé de jambe, moi.

C'est vrai, j'avais oublié ce détail charmant : dans le film, la grosse femme casse la jambe de l'écrivain pour l'empêcher de se sauver. Ou pour le punir parce qu'il a essayé. Je ne me souviens plus trop. En tout cas, elle lui casse la jambe. Peut-être les deux.

Je trouve que, même si Éliane ne m'a pas cassé de jambe, ça ressemble beaucoup à notre situation. Vous serez sûrement d'accord si vous avez vu le film. Je voulais seulement faire sentir à Éliane qu'elle était aussi vache que la femme dans le film. J'avais oublié la jambe cassée. Je n'en parle plus, parce que ça pourrait lui donner des idées.

À la fin de la neuvième manche, c'est toujours huit à huit. Éliane dit :

— Quand je suis allée à la pizzeria, j'ai téléphoné à Raymond. Il peut pas venir nous marier.

Est-ce que c'est une bonne ou une mauvaise nouvelle ? Je n'en ai pas la moindre idée. Éliane se sent obligée d'ajouter :

— Il a défroqué.

Elle n'est pas de bonne humeur, ça s'entend. Non seulement son petit curé ne vient pas nous marier, mais en plus il a défroqué et probablement pour une autre fille parce qu'un curé qui défroque c'est toujours à cause d'une fille, sinon pourquoi il laisserait une situation sans pression, sans chômage, sans compétition ?

Pour changer de sujet, je me lève et je vais chercher le dernier morceau de pizza sur la table. C'est une pizza aux ananas. Avec du fromage, parce que Éliane m'a expliqué qu'elle n'est pas une végétarienne fanatique. Je ne savais pas qu'il y avait des végétariens sans fromage et des végétariens avec. Là, je le sais.

D'habitude, une pizza, si je ne suis pas tout seul, ça passe plus vite que ça. Avec Bruno, quand Lucien nous invite à regarder le baise-balle chez lui, après deux manches au maximum, la pizza est disparue. Mais Éliane n'a presque rien mangé. Elle est de mauvaise humeur à cause de son Raymond. Ou je lui ai rappelé le film et elle s'en veut de ne pas m'avoir cassé une jambe. Ou bien elle a juste décidé de se mettre au régime. À moins qu'elle aussi déteste la pizza aux ananas mais ne le savait pas avant d'y goûter. Ce sont des choses qui arrivent.

Je dis quand même, peut-être un peu pour lui faire remarquer qu'elle aurait pu prendre une autre sorte :

— Tu le veux pas ? C'est le dernier morceau.

Elle ne répond pas. Elle dit :

— La prochaine fois, je vas reprendre du chinois.

J'ouvre la bouche pour dire « Prends-en à la viande ». Mais je me retiens à temps. Du chinois végétarien c'est quand même mieux que de la pizza végétarienne. Et puis peut-être que ça la fâcherait que je demande de la viande. Elle a beau ne pas être végétarienne fanatique pour le fromage, elle est peut-être du genre de végétariens qui cassent une jambe aux gens qui mangent du poulet.

Je monte le son parce que Fletcheur arrive au bâton. C'est un des meilleurs des Blou Jazz. C'est écrit : 319 de moyenne. Si je monte le son qui est en anglais, c'est parce que au baise-balle, c'est le bruit qui compte, pas ce que disent les types qui parlent.

— J'ai décidé qu'on va se marier nous-mêmes, dit Éliane.

Je n'ai pas fait attention à ce qu'elle disait parce que Fletcheur a frappé la balle juste quand elle a dit « J'ai décidé ». La foule a hurlé. Mais un voltigeur des Yanquises court après la balle. Il allonge le bras et la balle est dans son gant.

— Quoi ?

Elle répète :

— On va se marier nous-mêmes. Tout de suite.

Elle m'enlève la télécommande, ferme la télé. Ça m'embête de ne pas savoir comment ça va finir. Mais ce n'est pas grave. Je n'aime pas tellement ça, le baise-balle. Avec mes frères et de la bonne pizza, oui. Mais pour que je regarde tout un match sans eux, il faut que je sois prisonnier dans un motel à Niagara sans rien d'autre à faire.

Éliane se lève et va se déshabiller dans la salle de bains. On ne se marie pas tout habillée avec un homme tout nu. Elle revient dans la chambre en mettant ses mains devant ses seins. Elles n'en cachent qu'une toute petite partie. Pour lui montrer que je sais vivre moi aussi, je croise mes mains devant mon pénis. Ça cache tout.

Pendant qu'elle était dans la salle de bains, je me suis dit que cette nuit, quand elle va dormir, je vais mettre sa robe et je vais m'enfuir. Où ? Je ne sais pas. Il doit bien y avoir à Niagara un motel à la recherche de la clientèle québécoise et qui affiche « Ici, on parle français à toute heure. Juré, craché ». Mais je n'en suis pas sûr, parce que les Québécois ne se marient plus autant qu'avant. Se marier, il paraît que ça rend le divorce plus compliqué que quand on est seulement des conjoints de fait.

Éliane cherche un endroit convenable pour la cérémonie. Elle n'en trouve pas et retourne dans la salle de bains, se plante debout devant le miroir.

— Viens à côté de moi.

Je vais la rejoindre. On enlève nos mains de devant ses seins et mon pénis. Ça serait parfait si le miroir était plus large. C'est un miroir pour une personne, pas pour trois. Et puis il n'est pas assez haut, non plus. On voit ma tête, mais pas celle d'Éliane à partir du nez. Peut-être qu'Éliane peut la voir, vu qu'elle se regarde de plus haut ?

N'empêche que de nous voir à moitié côte à côte peut être émouvant. Éliane dégage la force et moi la fragilité. Je ne sais pas si elle pense comme moi, mais elle dit :

— On est beaux, tu trouves pas ?

Je ne trouve pas. Mais je dis oui quand même.

— Donne-moi la main. T'as rien qu'à répéter après moi.

Elle me prend la main, se rapproche de moi. Là, on se voit presque entièrement dans le miroir parce que je suis un peu devant Éliane. On voit nos deux nombrils. Le sien large et profond, le mien tout petit.

— Dieu tout-puissant...

— Dieu tout-puissant, je répète tout de suite.

— Attends que je dise une phrase complète, au moins. Je recommence.

Éliane n'est pas contente. Il faut que je fasse attention si je ne veux pas qu'elle me casse une jambe avant le mariage. Ou juste après.

— Dieu tout-puissant, qui fais la pluie et le beau temps, bénis ce soir cette union d'un homme et d'une femme qui vont Te rendre hommage en vivant ensemble pour l'éternité.

J'aime ça. Pas vous ? C'est bref et clair. L'éternité, ça me semble un peu long, mais pour le reste ça me va à peu près. Je répète du mieux que je peux :

— Dieu tout-puissant, bénis cette union qui va Te rendre hommage pour l'éternité.

Éliane soupire parce que j'en ai sauté des bouts. Mais j'ai dit le principal. Elle ne me fait pas recommencer.

— Tu as les alliances ? elle demande.

C'est elle qui les a payées. Maman voulait payer la mienne. Éliane préférait les choisir elle-même. Elles représentent des serpents mélangés ensemble. Mais Éliane dit que ce sont des chaînes entrelacées, symboles de la jonction de nos destinées. N'empêche que ça ressemble bien plus à des serpents qu'à des chaînes.

Où je les ai mises, ces damnées alliances ? C'est à mon tour de ricaner :

— Elles sont dans la poche de mon pantalon.

— Je vas en acheter d'autres demain.

Comment ça, « j'en achèterai d'autres » ? Si elles sont dans la poche de mon pantalon, on va les récupérer demain avec le pantalon, non ?

Éliane s'est tout de suite aperçue qu'elle s'est trahie. Elle se reprend :

— Je veux dire que si elles sont pas dans ton pantalon à la buanderie, je vas en acheter d'autres.

Mais ça ne colle pas avec moi. Je sais maintenant qu'elle s'est débarrassée de mes vêtements sans penser à bien vider les poches. Et que je suis prisonnier pour l'éternité dans ce motel. Prisonnier d'elle. Et prisonnier de ma langue dans ce coin de pays où personne ne comprend ce que je dis.

— On se les échangera quand on ira faire notre mariage civil au Palais de Justice, ajoute Éliane.

Elle met des détails pour faire plus vrai. Parce que je commence à deviner où elle veut en venir. Il n'y aura pas plus de cérémonie civile que de cérémonie religieuse.

Elle ne veut pas de moi comme mari. Elle veut seulement un enfant. De n'importe qui. Mais c'est moi qu'elle a attrapé comme un pêcheur qui attrape un poisson dans un grand lac où il y en a plusieurs espèces. Quand on attrape un poisson, on se fiche de quel poisson c'est. Un poisson, c'est un poisson. Même si ce n'est pas la sorte qu'on veut, on le garde.

Après ça, elle va se débarrasser de moi. En me tuant, ce qui est la meilleure façon de se débarrasser de quelqu'un pour de bon.

Ça explique tout : qu'elle ait choisi comme mari un bon à rien de première classe. Qu'elle ne m'ait jamais posé la moindre question : si j'aimais les films sentimentaux à la télé, si j'aimais le végétarien, si je l'aimais, elle. Elle ne sait rien de moi. Et elle serait assez folle pour épouser un type dont elle ne sait rien ? C'est évident : elle a toujours voulu se débarrasser de moi. Dans ce cas-là, qu'est-ce que ça peut faire, que je la déteste autant que la pizza aux ananas, que je la baise par en avant ou par-derrière, que je regarde le sport à la télévision ?

Elle se tourne vers moi, met ses bras autour de mes épaules. Je pose mes mains de chaque côté de sa taille. Elle ouvre les lèvres, penche sa bouche vers la mienne. Je vois qu'elle nous regarde du coin de l'œil dans le miroir. Je fais pareil.

Je vous ai menti, tout à l'heure, si je vous ai fait croire qu'on est presque beaux.

Nous sommes laids comme ce n'est pas permis. Elle, d'abord. Habillée, elle peut faire illusion dans sa robe de mariée et même dans sa robe rouge et jaune, parce que c'est son visage qu'on regarde, pas le reste. Mais nue et debout, elle a l'air plus grosse qu'assise et habillée. Ses seins tombent quasiment jusqu'au nombril. Elle a autour de la taille une collection complète de bourrelets de graisse. Et moi, par contraste, je pense que je suis encore plus laid. Je ne savais pas que j'étais si malingre. Pas l'ombre d'un muscle. Des pectoraux si plats qu'on dirait que je n'en ai pas. Et puis je trouve tout à coup mon visage vulgaire. J'ai un visage de gars de la campagne qui n'est pas allé à l'université. Je ne sais pas comment vous expliquer, mais c'est comme ça. Supposons que dans un film à la télévision ils chercheraient quelqu'un pour jouer un quasi-débile inculte, je pense que c'est moi qu'on prendrait. Ça se voit dans mon visage que je n'ai lu que deux ou trois livres dans ma vie et juste les premières pages. Ça se voit que j'ai renoncé à m'instruire, à me cultiver, à parler d'autre chose que de baise-balle même si le sport ne m'intéresse pas.

— On est beaux, répète Éliane sans rire.

Elle m'entraîne hors de la salle de bains, vers le lit, repousse les couvertures. Elle s'étend sur le dos et ensuite elle attend. Quoi ? Que je me jette sur elle, je pense. De toute façon je suis tellement petit et elle a tant de graisse que je ne pourrais pas lui faire mal même si je lui sautais dessus d'un troisième étage.

Mais elle risque d'attendre longtemps, parce que je viens de décider ce que je vais faire pour ma survie : rien.

« Si je la baise, je suis mort », je me dis à plusieurs reprises pour bien nous en convaincre tous les deux, moi et mon corps.

Je m'étends à côté d'elle et je reste couché sur le dos moi aussi.

Éliane semble en déduire que j'aime les femmes qui prennent l'initiative. Comme c'est plutôt son genre, elle ne demande pas mieux.

Elle roule sur le côté, s'allonge sur moi. Elle est moins lourde que je m'y attendais. Je n'étouffe pas. Ce n'est pas désagréable. C'est comme si j'avais une pile d'édredons pour me tenir au chaud.

C'est la première fois que j'ai un corps de femme étendu sur le mien. Il y a pire comme expérience. Je suppose que vous serez d'accord si ça vous est déjà arrivé.

Éliane se hausse sur ses deux bras, me regarde d'en haut en souriant. De l'angle où je suis, ses gros seins sont bien plus beaux que quand elle était debout ou couchée sur le dos. Ils pendent, comme deux immenses boules de crème glacée fondante renversées au-dessus de mon visage. Elle s'avance un peu au-dessus de moi. Le tétin d'un de ses seins se faufile dans ma bouche. Je laisse faire Éliane. Je ne veux pas lui faire un bébé. Mais on ne fait pas un bébé à une femme en prenant son sein dans la bouche.

Le petit bout du sein d'Éliane ressort de ma bouche, se promène sur ma lèvre du haut, devient tout dur tout à coup, énorme aussi, comparé à ce qu'il était avant. Gros comme une olive noire format géant, je dirais. Je ne sais pas si toutes les femmes sont comme ça quand elles font ça, mais c'est ça avec Éliane.

L'autre bout de sein fait la même chose à son tour. Il est gros et dur lui aussi. J'aurais envie de mordre dedans ou même d'essayer d'aspirer tout le sein dans ma bouche, juste pour voir s'il peut entrer. Mais je me rappelle ma résolution : « Si je la baise, je suis mort. » Si je mordille, je suis à moitié mort, parce que quand on commence à mordiller un sein on risque de ne pas être capable de se contenter de ça.

Éliane émet un petit gloussement. De plaisir, je pense. Quel plaisir ? Je ne sais pas. Je ne suis pas une femme. Est-ce que c'est bon d'avoir les tétins qui grossissent ? Est-ce que c'est bon de frôler les lèvres d'un homme avec le bout d'un sein ?

Je suppose que oui, parce qu'elle continue un bon moment.

Ensuite, elle se laisse tomber sur moi, comme si cela l'avait épuisée de se tenir à bout de bras.

Ça fait mon affaire, parce que ça me désexcite d'avoir sur moi cette masse de chairs frémissantes. Impossible de savoir où sont les seins dans tout ça.

Me voilà calmé. Mais pas Éliane, apparemment. Elle se redresse encore sur ses bras, avance ses jambes pour asseoir ses fesses sur mes cuisses. En se tenant sur une seule main, elle allonge l'autre main vers mon pénis flasque, le place bien droit sur le bas de mon ventre. Puis elle s'avance encore un peu. Quelque chose s'empare de mon sexe. Pas ses mains parce qu'elles sont de chaque côté de mes bras. C'est quelque chose de mou et d'humide qui s'est allongé sur mon pénis, s'est répandu tout autour de lui, le masse tout doucement.

C'est chaud et collant, très agréable si vous voyez ce que je décris.

C'est trop agréable. Je ne bande pas, il me semble, mais je sens que ça ne tardera pas. Vite, il faut que je pense à autre chose. Je ferme les yeux et je pense à Maman.

Mais ça tombe mal : sur le souvenir de Maman qui sort de la douche, toute nue, alors que j'entrais dans la salle de bains sans savoir qu'elle était là. Et Maman a beau être ma mère, son corps est bien plus bandant que celui d'Éliane. À part ça, elle n'était pas maquillée parce qu'elle venait de prendre sa douche.

Mon pénis commence à bouger, le petit salaud.

Vite, une image autre que celle de Maman. Tiens, un ver de terre que je suis en train d'enfiler sur un hameçon. Il n'y a rien de moins bandant que ça, et ça fait son effet.

Je sens que mon pénis redevient tout tranquille, tout petit, tout froid. J'imagine un autre ver que je pousse sur le même hameçon. Deux vers qui se tortillent, ça coupe la bandaison pour un bon moment.

Éliane pousse un profond soupir.

Est-ce qu'elle soupçonne que je combats mon désir ? Est-ce qu'elle devine pourquoi ?

Peu lui importe. Ce que les seins et le reste n'ont pu réussir, la bouche y parviendra.

Elle s'écarte de moi, recule vers le pied du lit. Je ne peux pas voir ce qu'elle fait, mais je suppose qu'elle a les genoux par terre, sur le tapis. Et sa bouche s'attaque à mon pénis qui me fait sentir qu'il s'excite. La bouche d'Éliane est immense et l'avale à chaque aller, le suce à chaque retour. Mais, contrairement à sa vulve un peu trop vaste peut-être pour un pénis de la taille du mien, sa bouche serre juste comme il faut.

Je me demande si je ne devrais pas me laisser faire, m'abandonner, lui éjaculer dans la bouche ? Après, elle me laissera tranquille. J'en aurai pour un bon moment à récupérer. Mon record de masturbation, c'est deux fois en une heure et demie. J'aurai donc la paix pendant une heure et demie si j'éjacule maintenant.

Ce qu'elle veut de moi, c'est un enfant. Tant que je ne l'ai pas fait, elle a besoin de moi.

Surtout que je viens de me rappeler la fois qu'à l'école on était allés en excursion à l'Insectarium de Montréal. Ce qui m'avait le plus intéressé, c'était la mante religieuse. La femelle s'accouple avec le mâle et tout de suite après elle lui coupe la tête parce qu'il est devenu inutile.

J'avais demandé à la guide qui nous donnait ces explications :

— Pourquoi est-ce que les mâles acceptent de s'accoupler, d'abord ?

Elle a répondu :

— Parce qu'ils ne savent pas ce qui va leur arriver.

Moi, je le sais, ce qui va m'arriver, si j'éjacule dans le vagin d'Éliane. Si j'éjacule dans sa bouche, il ne m'arrivera rien. À moins que ça la mette en colère, mais alors ce serait sa faute à elle : elle n'avait qu'à ne pas me sucer.

Je soulève la tête et j'aperçois ses yeux. Son regard triomphant. Ce n'est pas vrai qu'il ne m'arrivera rien si j'éjacule dans sa bouche. Elle ne sera pas enceinte, mais elle m'aura vaincu quand même. Je serai devenu son objet, son esclave. Je lui aurai prouvé qu'elle peut me faire bander et éjaculer quand elle veut.

Vite, d'autres images. Encore des vers de terre. Ça ne suffit plus. Des serpents. Maman qui vomit dans les toilettes une fois qu'elle a bu avec Papa. Lui, il ne vomissait jamais. Pas chez nous, en tout cas. Maman, elle, s'est laissé prendre une fois, il y a cinq ans, à peu près. Papa insistait « Ça peut pas te faire de tort, c'est rien que de la bière ». Maman en prenait une, puis une autre. Puis juste comme Papa s'est dit qu'elle était assez saoule pour coucher avec lui comme autrefois, elle s'est mise à vomir.

Dans mon souvenir, Maman est habillée. Son maquillage est défait. Le noir lui dégouline sur les joues quand elle tourne les yeux vers moi, qui arrivais pour pisser. Et il sort de sa bouche des jets d'horreur verte, jaune, qui puent jusque dans le cadre de la porte où je me tiens debout, à me demander si je dois m'avancer pour l'aider ou aller pisser dans la cour pour éviter d'ajouter à son malaise.

Voilà. Grâce à Maman qui vomit, mon pénis est calme et tout petit comme je le veux. Il se retire de la bouche d'Éliane. C'est moi qui triomphe, mais je suis quand même assez intelligent pour me donner un air désolé et honteux.

Éliane abandonne. Elle revient se coucher à côté de moi.

— T'es pas impuissant, au moins ?

Qu'est-ce que je réponds ? Je ne sais pas ce qui va m'arriver si je dis oui, et pas plus si je dis non. Je dis :

— Je sais pas.

— Tu t'es déjà masturbé ?

Pas plus facile que la précédente, cette question-là.

— Je me souviens pas.

— Menteur ! On va se reprendre demain matin. Tu vas voir, le matin, les hommes bandent à rien.

Elle a trop parlé. Comment elle saurait ça, si elle est aussi vierge qu'elle le dit ? Elle ajoute :

— J'ai lu ça dans un livre.

Je ferme les yeux. Je sais ce qu'il me reste à faire : dès qu'elle dormira, je vais me lever sans faire de bruit et je vais partir dans le noir, dans sa robe rouge et jaune.

Tiens, Éliane a allumé et s'est levée. Je rouvre les yeux : elle enfile sa robe et revient se coucher.

Ça arrive à tout le monde

Ça arrive à tout le monde de se réveiller bandé. C'est Éliane qui me l'a appris, alors que je m'imaginais que ça n'arrivait qu'à moi.

— Bonjour, mon bel amour !

Éliane est de bonne humeur, mais ce n'est pas à moi qu'elle parle.

Elle a soulevé la couverture et constaté que son bel amour est debout de bonne heure comme elle l'avait prédit.

Le même jeu qu'hier soir recommence, mais pas dans le même ordre. Éliane décide de commencer par la sucette. Je n'ai même pas le temps d'imaginer un ver de terre dans une mare de vomissure, que mon sperme lui emplit la bouche.

Elle l'avale, puis vient poser sa grosse tête sur ma petite épaule.

— Je savais que t'étais capable, elle dit.

Capable de quoi ? D'éjaculer dans la bouche de quelqu'un qui m'attrape avant même que je sois totalement éveillé ? Je parie que tout le monde est capable de faire ça.

Mais ce n'est pas ça qui m'inquiète : c'est quoi, la suite ?

Est-ce que cette éjaculation ultrarapide peut compter comme consommation de notre mariage ? Peut-être, mais même si mes connaissances sexuelles ont des trous immenses, je sais que ce n'est pas comme ça qu'on fait un bébé.

Alors, ensuite, quoi ?

Est-ce qu'elle va faire comme la mante religieuse et se débarrasser de moi en me coupant la tête ou autrement ? Non. Elle sait que ça ne suffit pas pour être enceinte. Tout le monde sait ça. Même moi. Elle ne peut pas me tuer tout de suite.

Est-ce qu'elle va me garder prisonnier dans un motel à Niagara jusqu'à ce que j'éjacule là où il faut ?

Ou est-ce que, par simple générosité ou même reconnaissance de lui avoir si gentiment donné mon sperme à déguster, elle va me laisser partir après m'avoir rendu mes vêtements propres si c'est bien à la buanderie qu'ils sont ?

Pour le savoir, il n'y a qu'à le demander.

— Écoute, chérie… je dis après avoir réfléchi un bon moment.

Elle redresse la tête pour mieux me voir. Elle est ravie parce que je l'ai appelée « chérie ». Je n'aurais peut-être pas dû. Je fonce :

— Je pense qu'on est pas faits pour vivre ensemble.

Éliane ne réagit pas. Rien de visible, en tout cas. Elle dit seulement :

— Explique.

En plus, il faut que je lui explique ? Je vais essayer.

— Par exemple, tu as des appétits sexuels énormes. Tandis que moi, je m'en passe facilement.

— L'appétit vient en mangeant.

— À part ça, je suis pas ton genre d'homme. Tu es intelligente, tu gagnes bien ta vie, même en congé de maladie. Moi, je suis ignorant, paresseux…

Je me cherche d'autres défauts. Pourtant, il me semble que j'en ai des tas, d'habitude. Où sont-ils passés ?

— … et puis je baise comme une chaussette.

— Pour commencer, on peut vivre à deux avec mon assurance. Puis on baise de mieux en mieux quand on est habitués ensemble. Tout le monde dit ça.

Ça va mal. Il faut que je trouve mieux. La preuve ultime que je suis menteur, paresseux, pas du tout le genre d'homme qu'il faut à une végétarienne atteinte du syndrome de fatigue chronique :

— À part ça, le clabord de la maison de ma mère, c'est pas moi qui l'a posé, c'est mes frères. Je les ai rien que regardés faire. Je serais pas capable.

Éliane éclate de rire. Ça l'a vraiment mise de bonne humeur, mon sperme dans sa bouche.

— Tu penses que je t'ai marié rien que pour faire réparer ma maison ?

Bien sûr, je dis non. Difficile de répondre oui à une question pareille. Ça risquerait de la mettre en colère. Ou de la pousser à me donner des preuves que c'est pour baiser avec moi qu'elle m'a marié.

Je change de tactique.

— Est-ce que tu m'aimes, Éliane ?

J'ai dû toucher une corde sensible, parce qu'elle se met à pleurer comme une fontaine. Je n'ai jamais vu une femme passer si vite du rire aux larmes.

— Si je t'aime ? J'ai jamais aimé personne autant que toi. Non, c'est pas ça : je pensais jamais que je pourrais aimer quelqu'un autant que toi. Non, c'est encore mieux que ça : j'avais jamais pensé que quelqu'un — n'importe qui dans le monde — pourrait aimer quelqu'un autant que je t'aime. Je dirais même…

Je l'interromps dans sa chasse aux superlatifs :

— Comme ça, tu m'aimes beaucoup ?

— Oui.

— Quand on aime quelqu'un, on veut lui faire plaisir, non ?

Elle renifle, hésite. Oui, elle veut bien me faire plaisir, mais pas d'une façon qui lui causerait du déplaisir à elle. Surtout, elle n'a aucune idée de ce que j'ai en tête. Elle dit prudemment :

— Ça dépend comment.

Je comprends que si je réclame simplement ma liberté, ça va m'être refusé. Mais j'ai tout à coup une inspiration géniale :

— Sais-tu ce qui me ferait plaisir à moi, maintenant ?

Elle glisse une main sur mon pénis, sous la couverture. Je me fâche :

— Tu veux pas le savoir, on dirait.

— Bon. Qu'est-ce qui te ferait tellement plaisir ?

— Ce qui me ferait le plus plaisir, ce serait que tu ailles chercher mes vêtements et qu'après ça on aille ensemble voir les chutes. Tu les as déjà vues ?

— Non.

— On est quand même pas venus si loin juste pour voir l'intérieur d'une chambre de motel. On pourrait faire un petit tour de bateau, comme dans la photo.

Elle jette un coup d'œil au mur, murmure « d'accord », renifle encore.

— Tu me jures que tu vas pas en profiter pour te sauver ?

Je ris.

— Bien non, voyons. Pourquoi je me sauverais de toi ?

Éliane est convaincue. Ou bien elle fait semblant, mais c'est mieux que rien.

Elle se lève, enlève sa robe sans se cacher maintenant qu'on est mariés devant Dieu et pour l'éternité, enfile ses sous-vêtements, remet sa robe, me demande :

— Je vas chercher ton linge et de quoi déjeuner. Qu'est-ce que tu veux ?

Je pense aussitôt aux œufs et au bacon. Mais, si j'en demande, je vais heurter la végétarienne et je ne sais pas ce que ça peut déclencher. Ce qu'il faut, c'est sortir d'ici, pas manger un déjeuner à mon goût.

— La même chose que toi, ma chérie.

C'est la première fois que je dis « ma chérie ». Pas seulement « chérie », qui pourrait vouloir dire la chérie à n'importe qui, mais « ma chérie ». Éliane en profite pour verser encore quelques larmes.

Elle se mouche dans un bout de papier de toilette, se penche sur moi pour me donner un baiser, enfile ses souliers, attrape son sac à main.

— À tout à l'heure.

Elle sort.

Vite, je me lève, parce que je viens de me rappeler le plan que j'ai élaboré hier soir avant de m'endormir.

Je tire le rideau. L'arrière du motel est occupé par un stationnement où il n'y a que deux voitures. Pas un seul piéton en vue. Plus loin, il y a une ruelle qui donne sur des appartements. Personne, là non plus.

Je vais sortir par la fenêtre et essayer de trouver une fenêtre entrouverte dans une autre chambre du motel. Une chambre occupée, avec le lit défait mais sans personne dedans. Une chambre de clients partis voir les chutes. Je vais entrer et chercher des vêtements. Les gens qui viennent à Niagara, ce sont des couples, pas des femmes seules. Il y aura sûrement des vêtements d'homme. Dans le fond, je suis chanceux d'être petit : je peux entrer dans les vêtements de n'importe qui. Si j'étais gros et grand, avec le genre de chance que j'ai ces jours-ci, je tomberais sur les vêtements d'un petit malingre comme moi.

Je prends la serviette. Elle va m'embarrasser moins que le drap quand je vais enjamber les fenêtres.

J'ai juste le temps de me la passer autour du ventre et d'ouvrir la fenêtre, qu'Éliane revient et ferme la porte derrière elle en mettant le verrou à chaîne pour plus de sûreté.

— Je voulais juste un peu d'air frais, je dis pour la rassurer même si ça n'explique pas que j'aie une serviette autour de la taille.

Éliane s'en fiche. Elle a l'air totalement affolée :

— Il est là.

— Qui ça ?

— Le tueur. Il est là. On est pas mieux que morts s'il nous voit.

— Le tueur du curé ? Ça se peut pas.

— Je l'ai vu. J'étais sur le trottoir. Je me suis retournée, je ne sais pas pourquoi…

Moi, je le sais : pour s'assurer que je n'étais pas en train de me sauver par la porte d'en avant, enveloppé dans un drap.

— J'ai vu un homme qui entrait dans le 9. Je me suis dit « C'est drôle, il me semble que j'ai déjà vu cette tête-là quelque part ». Il a fermé la porte derrière lui. J'ai marché encore une minute. Puis ça m'est revenu : c'est lui, l'homme avec le fusil. Les mêmes cheveux frisés. Dans les cinquante ans. Ça se peut pas que ça soit pas lui.

— Penses-tu qu'il t'a reconnue ?

— Il m'a pas vue. Mais s'il est là, c'est parce qu'il sait qu'on est là.

— Y a pas de quoi paniquer. Pour commencer, es-tu sûre que c'est lui ? Est-ce qu'il avait un fusil ?

— J'en ai pas vu.

— Tu vois. C'est pas lui.

— Il l'a laissé dans sa voiture, le fusil.

Je m'approche de la porte, j'enlève la chaîne, j'entrouvre. Je regarde à gauche.

— Le 9, c'est de l'autre côté, dit Éliane.

Je regarde à droite. Il n'y a qu'une voiture de ce côté-là. Une Honda verte, à peu près neuve. Si elle n'a pas de plaque à l'avant, ça pourrait être une voiture du Québec. Mais d'ici je ne peux voir ni l'avant ni l'arrière. Je demande à Éliane :

— Il a une plaque du Québec ?

— J'ai pas pensé à regarder.

— Je vas aller voir.

— Qu'est-ce que tu fais s'il sort avec son fusil ?

— Tu viens de dire qu'il est dans l'auto.

— Vas-y pas, je t'en supplie !

Il est trop tard, je suis déjà dehors. Je fais semblant de regarder par terre, comme si j'avais échappé mon pantalon sans m'en apercevoir tout de suite et que j'essayais de le retrouver. Je m'approche de la Honda. Pas de plaque à l'avant. Mais ça ne prouve rien. C'est peut-être un Américain qui vient d'un État où ils détestent comme nous le gaspillage des plaques. Pour plus de sûreté, je fais quelques pas encore vers l'arrière de la Honda : une plaque avec la fleur de lys.

Ça ne prouve pas que le tueur est revenu. Il y a des milliers de Québécois qui se baladent en Ontario avec des fleurs de lys sur leur plaque. Et Éliane peut se tromper.

Je retourne dans notre chambre.

— Il a une plaque du Québec. Mais es-tu sûre que c'est lui ?

— Comme je te vois.

— Tu l'as presque pas vu à l'église, tu l'as vu rien qu'une seconde ici. En plus, y a personne qui sait qu'on est ici. Ma mère, tu lui as dit qu'on est à Québec. Ah oui, y a aussi ton défroqué. Lui as-tu dit dans quel motel on est ?

— Non.

— Tu vois bien. Si personne lui a dit où on est, pourquoi le tueur serait venu ici ? À moins qu'il soit passé par hasard. Mais sais-tu combien il y a de motels en Amérique du Nord ?

Éliane ne le sait pas, bien entendu. Moi non plus. Mais je continue :

— Des milliers. Des centaines de milliers. Un million au moins. Trois cents millions d'Américains qui passent rien qu'une nuit par année au motel, ça prend quand même un million de chambres, non ?

Je suis fier de mon calcul. Éliane hoche la tête mais je parierais qu'elle ne voit pas où je veux en venir. Je précise :

— Ça veut dire qu'il y a juste une chance sur un million pour que le tueur soit venu prendre une chambre à côté de la nôtre. Une chance sur un million, c'est comme pas de chance du tout. C'est comme gagner le gros lot à la loterie. Tu l'as déjà gagné, le gros lot ?

— J'achète jamais de billet.

— Tu vois ! C'est quelqu'un d'autre qui lui ressemble. Mais pas lui. On va aller frapper à sa porte. Tu vas bien voir.

En fait, j'ai l'air bien brave, d'affronter notre tueur. Mais je viens de penser que c'est une autre manigance d'Éliane pour éviter d'aller chercher mon linge, pour la simple raison qu'il n'est pas à la buanderie. Elle a vu une Honda avec une plaque du Québec. Et elle veut me faire croire que c'est le tueur et qu'on est coincés ici. Comme ça, je demeure son prisonnier. Tout à l'heure, j'aurais dû en profiter pour me sauver, au lieu de revenir à la chambre comme un imbécile.

Par contre, je peux demander à ce Québécois-là d'appeler la police. Ou mon frère Lucien. Il vaut mieux que j'y aille sans Éliane. Mais si je lui dis que je veux y aller tout seul, elle va deviner mon nouveau plan.

— Allez, on y va.

— Tu es fou ! C'est trop dangereux.

— J'y vas tout seul, d'abord.

— Non !

Elle essaie de me retenir en poussant sur la porte pour la fermer. Mais je me suis déjà glissé le torse à l'extérieur. Je me faufile. C'est bien d'être maigre, quand on veut se faufiler.

Je cours jusqu'à la porte du 9 en serrant bien la serviette autour de ma taille parce qu'elle a tendance à tomber. Pas question d'arriver tout nu devant ces gens. Parce qu'il s'agit probablement d'un couple. Personne ne vient tout seul à Niagara. La femme devait être déjà rentrée quand Éliane a aperçu l'homme. Et les chances que, dans un couple voyageant en voiture avec une plaque du Québec, il n'y ait pas au moins une personne qui parle français sont quasiment nulles.

— Reviens ! crie encore Éliane.

Mais il est trop tard. Me voilà devant le 9. Je frappe.

On met du temps à ouvrir. Je frappe encore. Ce sont peut-être des vieux quasiment sourds.

Enfin, la porte s'ouvre.

— Excusez-moi, monsieur, mais…

Merde ! Éliane ne m'a pas menti. Elle ne s'est pas trompée, non plus : c'est lui. C'est le tueur. La même tête carrée avec des cheveux frisottés. La même mine plutôt tarée. La même tête de tueur, si vous voulez mon avis mais c'est facile de trouver une tête de tueur à quelqu'un qu'on a vu tuer un curé.

Il dit :

— Ah, c'est vous ! Attendez-moi une seconde.

Attendre qu'il revienne avec son douze à pompe ? Mon cul ! Je me sauve en courant. Où est notre porte ? Remerde ! J'ai passé tout droit. Je suis rendu devant le 15. J'entends Éliane qui m'appelle :

— Jocelyn, reviens !

Trop tard. Après le 15, il y a le 16 et après le 16 il n'y a plus rien : c'est la fin du motel.

Je fais un brusque quart de tour à gauche et je fonce dans un assortiment de poubelles.

L'autre ne peut pas ne pas avoir entendu ce vacarme.

Je saute par-dessus deux poubelles renversées et je cours de toutes mes forces. La serviette est tombée. Tant pis.

Je traverse le stationnement, je prends une ruelle entre deux immeubles d'appartements, je traverse une rue plutôt large, puis je continue sur une petite rue de banlieue tranquille.

Je cours deux-trois minutes, je dirais, tout nu dans une rue en Ontario. Comment se fait-il que les flics n'arrivent pas immédiatement ? Les petites vieilles qui me voient derrière leurs rideaux ne sont pas capables de téléphoner à la police ?

J'entends une voiture qui s'approche, dans une rue transversale. Je n'ose pas me retourner. C'est peut-être les flics, mais c'est peut-être une Honda verte.

Là, un buisson devant une maison. Je plonge dedans en m'écorchant la peau sur des ronces. Je m'accroupis derrière.

Ce n'est ni une Honda ni une voiture de police. C'est une Cadillac. Est-ce que je cours me jeter devant pour demander de l'aide ?

Cela demande réflexion.

Pas de chance

Papa disait que la seule chose qui sert à quelque chose dans la vie, c'est la chance : « Si t'es pas chanceux, t'as pas de chance. »

C'est vrai.

On naît chanceux ou pas chanceux.

Vous naissez beau, intelligent, fort, à Westmount, avec un père anglais millionnaire, vous avez vraiment de la chance. Vous n'avez même pas à gagner le gros lot de la loto 6/49, vous avez déjà gagné le gros lot de la vie.

Vous naissez pas beau, malingre, un peu con, à Mainville, d'une mère couturière et d'un père alcoolique qui ne parle pas un mot d'anglais, vous n'avez aucune chance. Ce n'est pas la peine d'acheter des billets de loterie, vous n'avez pas une chance sur un million de gagner le gros lot. Il ne peut rien vous arriver de bon.

La preuve, c'est que j'attends toujours, tout nu dans mon buisson.

Je ne sais même pas ce que j'attends. Une voiture de police, peut-être. Mais, manque de chance encore, je suis dans un quartier tranquille. Le genre de quartier où le taux de criminalité doit être de 0,000001 meurtre par million d'habitants. Pourquoi la police viendrait-elle perdre son temps par ici, quand il y a sûrement dans les environs des quartiers peuplés d'itinérants, d'autochtones, de petits criminels et de consommateurs de substances illicites ?

Si j'apercevais une corde à linge, j'essaierais de m'en approcher et j'aurais des vêtements d'homme pas à ma taille mais ce serait quand même un changement pour le mieux.

Pas de chance : ici, les cordes à linges semblent interdites, soit par un règlement municipal, soit parce que c'est mal vu tout simplement. Ou bien parce que c'est interdit d'étendre son linge le lundi, en Ontario. À Saint-Gérard, c'est lundi, le jour de la lessive. Maman, quand il pleut trop pour étendre, attend le lundi suivant. Quand ça arrive, je garde mes sous-vêtements quatre jours au lieu de deux et je n'en manque pas.

Deux petites filles passent à trois pas de moi, sur le trottoir. Est-ce que j'ai de la chance ? Elles ne me voient pas. Je résiste à la tentation de les appeler. Je devine le sort qu'on réserve aux Québécois qui montrent leurs fesses et le reste aux petites filles d'un quartier quasiment chic d'une ville d'Ontario.

« Penser, c'est comme pisser, ça a jamais rien changé à rien. »

C'était une autre des phrases préférées de Papa.

Maintenant que je suis coincé dans ce buisson depuis je ne sais pas combien d'heures, je commence à trouver qu'il avait raison pour celle-là, parce que j'ai pensé à tout ce que je pouvais penser, et ça n'a absolument rien changé. Je suis toujours là.

N'empêche que j'aime penser, quand je n'ai rien à faire. À la fatigue chronique, par exemple. Raison de plus pour fuir Éliane autant que mon tueur. Une femme de ménage en congé de maladie pour cause de fatigue chronique, ça ne doit pas être très porté sur le ménage à la maison. Mais elle a dit une autre chose qui me fait réfléchir : que c'est génétique.

Et ça explique tout. Pour moi, je veux dire.

Parce que c'est ça que j'ai, moi aussi : la fatigue chronique. Je ne suis pas du tout paresseux. Je suis chroniquement fatigué. C'est pour ça que je me lève tard, que je m'épuise à rien, que je n'arrive pas à travailler. Moi qui pensais que c'était parce que je n'en avais pas envie.

Peut-être que ça se soigne. Si oui, est-ce que je vais me faire soigner ? Pas facile de répondre à celle-là. Ce que je préférerais, c'est avoir une pension du gouvernement parce que je ne suis pas capable de travailler.

Si jamais je reviens à Saint-Gérard avant de me faire tuer par mon tueur ou par Éliane, je vais voir ce que je peux faire pour la pension. C'est sûrement plus que l'aide sociale.

En attendant, je pense à celui qui est le vrai responsable de ma fatigue : Papa.

Si c'est génétique, je tiens ça de lui. Maman le traitait tout le temps de bon à rien. Mais ce n'était pas de sa faute. Lui aussi, il devait tenir ça de son père. Et quand on souffre de fatigue chronique, il faut bien qu'on fasse quelque chose pour passer le temps. Lui, il buvait. Moi, je regarde la télévision dans mon lit.

Il faudra que je lui en parle, à Maman. Que je lui explique que Papa, finalement, était un type très bien, pas paresseux du tout, juste malade. Comme moi.

Je meurs de faim. J'ai attendu patiemment que la nuit tombe. Je pensais pouvoir quitter ma cachette dans l'obscurité. Mais des lampadaires se sont allumés partout pour décourager les cambrioleurs et les nuvites.

J'essaie de me consoler en me disant qu'au moins je n'ai plus Éliane pour me faire chier. Mais cela ne met pas fin à mes problèmes. Je suis toujours tout nu dans un buisson et je me demande comment et quand je vais sortir de là. Peut-être qu'après minuit, quand tout le monde va dormir, je pourrai m'en aller sans que personne me voie. Pour aller où ? Retourner au motel MM ? Pas question : je risque trop d'y trouver Éliane ou le tueur ou les deux.

Tiens, une lampe de poche qui approche en éclairant à droite et à gauche. Et une voix qui appelle, tout doucement. C'est une voix d'homme. Enfin, ma chance a tourné : ce n'est pas Éliane. Quelqu'un qui a perdu son chat, peut-être. La voix s'approche encore et chuchote : « Monsieur. » Je ne soupçonne pas une seconde que ça peut être moi qu'on appelle, parce que personne ne m'a jamais appelé monsieur. C'est peut-être quelqu'un qui cherche un chat qui s'appelle Monsieur. Ça ne peut être qu'un Franco-Ontarien qui a perdu son chat. Je sors de ma cachette et je me place au milieu du faisceau de la lampe de poche en gardant mes mains pudiquement croisées sur mon sexe.

Je commence :

— Je ne suis pas votre chat, mais…

— Monsieur Quévillon, vous voilà enfin ! Je vous ai cherché partout.

C'est une voix que je connais un petit peu seulement, mais ça me suffit pour la reconnaître. C'est la voix de mon tueur. Je parie qu'il a une arme dans la main qui ne tient pas la lampe de poche.

Si je me mets à courir, il va me tirer dans le dos. À cette distance-là, il ne peut pas me rater. À moins qu'il oublie encore d'enlever la sécurité. Mais ce serait trop beau s'il l'oubliait deux fois de suite.

Je lâche mon pénis, je lève les mains.

— Je me rends.

Il s'avance vers moi. Dans sa main sans lampe de poche, il tient un imperméable, pas un revolver. Il me le tend. J'enfile les manches, je boucle la ceinture. L'imper est trop grand pour moi et descend presque jusqu'à terre, mais c'est mieux qu'être tout nu.

— Je vous demande pardon pour tout, dit l'homme. Ma voiture est par là.

Je ne comprends rien. Mais il m'a donné un imperméable. Il ne m'a pas tiré dessus. Aussi bien le suivre. Il parle encore :

— Ça m'a pris beaucoup de temps pour vous retrouver. J'ai tout de suite pensé qu'un homme nu ne peut se cacher que sous les galeries ou dans les buissons, près des maisons. C'est incroyable, la quantité de buissons qu'il y a dans ce quartier. Si j'étais parti du bon côté, je vous aurais trouvé rapidement, mais j'ai commencé par là-bas.

— C'est bien vous, l'assassin du curé Lachapelle ?

Nous sommes dans la Honda. J'ai posé la question parce que le type au volant n'a pas une tête d'assassin à la lueur des lampadaires ou du tableau de bord. Mais peut-être que personne n'a une tête d'assassin à la lueur des tableaux de bord ou même en plein jour. Les assassins, à la télévision, on leur trouve des têtes d'assassins parce qu'on nous dit que ce sont des assassins, et puis de toute façon, ce sont des émissions policières — il n'y a que des policiers et des assassins, c'est facile de les reconnaître les uns des autres. Il y a des victimes, aussi, mais elles ne vivent jamais longtemps. Si l'émission a commencé à neuf heures et si quelqu'un est encore vivant à neuf heures et quart, ça ne peut être qu'un assassin, sauf s'il a une tête de flic.

Mon assassin à moi me dit :

— Je vais tout vous raconter. Mais on va d'abord aller retrouver votre fiancée. Ça me permettra de raconter mon histoire une seule fois. Elle n'est pas tellement drôle.

— C'est vrai, je dis parce que j'ai pensé pendant une seconde qu'il parlait d'Éliane, pas de son histoire.

Il allonge le bras, ouvre la boîte à gants, me tend une enveloppe.

— Ça, c'est pour vous.

C'est une enveloppe blanche ordinaire, mais bien remplie. Je la déchire. Il y a plein de dollars.

— Deux mille six cents dollars. Surtout américains, mais il y a des canadiens aussi. C'est la moitié de ce que j'ai pu récupérer pour l'instant dans les guichets automatiques.

Maintenant que j'ai deux mille six cents dollars, un imperméable et même une voiture avec chauffeur, je n'ai plus très envie d'aller rejoindre Éliane. Surtout qu'il va falloir que je partage cet argent avec Éliane. Ce serait mieux si je pouvais tout garder pour moi. Je proteste :

— Je suis pas sûr qu'Éliane a envie de me voir.

— De toute façon, je ne l'ai pas revue depuis ce matin. Ou bien elle est partie, ou bien elle se terre dans sa chambre.

Moi, je voterais pour qu'elle soit partie. Mon chauffeur ne me demande pas mon avis. Nous arrivons au motel MM.

Il gare la Honda devant le 12.

Finalement, qu'Éliane soit là ou partie, je ne risque plus grand-chose, maintenant que j'ai retrouvé mon tueur qui est sûrement bilingue et qui pourra me guider au royaume des Anglais.

— Vous parlez anglais ? je demande pour m'en assurer parce qu'on ne sait jamais.

— Assez bien. Pourquoi ?

— Pour rien. Parce que moi, je suis pas très fort en anglais.

À la porte du 12, il y a une plaquette en plastique avec un trou dedans pour l'accrocher à la poignée.

— « Prière de ne pas déranger », m'explique mon chauffeur qui a deviné que mon « pas très fort » veut dire « tout à fait nul ».

Je peux bien déranger Éliane, s'il y tient. Je tourne la poignée. La porte s'ouvre.

— Éliane ? C'est moi, Jocelyn.

Je fais de la lumière. Il n'y a personne. Le ménage n'a pas été fait. Il traîne encore des boîtes de mets chinois et celle de la pizza que j'ai mangée hier.

— C'est parce qu'elle fait de la fatigue chronique, je dis pour l'excuser auprès de mon tueur qui a l'air contrarié qu'elle soit partie sans faire le ménage.

— Elle est partie. C'est ce que je craignais. Quand vous êtes venu frapper à ma porte, je vous ai dit d'attendre, le temps que j'aille chercher vos enveloppes. Mais vous vous êtes mis à courir. J'ai aussi vu la porte du 12 qui se fermait sur le visage de votre fiancée. J'ai frappé. Elle n'a pas ouvert. Pour prouver que je ne veux de mal à personne, j'ai laissé son enveloppe sur le pas de la porte et j'ai crié : « Je vous laisse une enveloppe. Prenez-la et attendez-moi.

Je vais chercher votre fiancé. » J'espérais que l'enveloppe suffirait à la convaincre d'attendre mon retour.

S'il y avait deux mille six cents dollars dedans, elle a plutôt convaincu Éliane de détaler. La chambre a vraiment l'air de la chambre d'une femme de ménage en congé de maladie. Si je reste là, ils vont me faire payer une nuit de plus. Je dis :

— Si on allait dans votre chambre ?

— D'accord.

On va au 9. Le lit n'est pas défait. Il y a une valise, pas ouverte, sur le support à bagages.

Je m'assois dans un fauteuil. Il s'assoit devant moi. Il y a un moment de silence.

— Moi, je m'appelle Jocelyn Quévillon, je dis pour dire quelque chose.

— Je sais. Je l'ai lu dans le journal.

— Quel journal ?

— Un journal américain.

— Oui ? J'aimerais ça le voir.

— Je ne l'ai pas gardé.

Qu'est-ce que je vous disais ? Je n'ai vraiment pas de chance. Pour une fois que j'avais mon nom dans le journal…

— Je m'appelle Maurice Lirette. Il faut que vous dise…

Je sens qu'il va me raconter une longue histoire. J'aime autant l'interrompre avant qu'il commence :

— Je meurs de faim. J'aimerais ça commander du chinois ou de la pizza, mais je parle pas anglais. Chinois, non plus.

— Chinois ou pizza ?

— Chinois, mais avec de la viande.

L'homme prend le téléphone, regarde la feuille scochetaipée sur la table de chevet, fait un numéro. Il parle avec quelqu'un, en anglais. Ça m'étonnerait que ce soit en chinois. Puis il se tourne vers moi.

— Ils ont des repas pour deux. Lequel vous préférez ?

— C'est quoi, les numéros des repas pour deux ?

Lirette dit encore quelques mots en anglais.

— Ça va de un à huit...

— Demandez le huit, ça doit être le meilleur.

Le plus cher aussi, tout le monde sait ça : plus le numéro est élevé, plus c'est cher, avec le chinois. Lirette parle encore, raccroche.

— Dans vingt minutes, le numéro huit pour deux va être là, sinon c'est gratuit.

— De toute façon, c'est moi qui paye.

J'ai de l'argent, maintenant. On ne sait jamais, ça pourrait être gratuit s'ils sont en retard. Mais j'ai tellement faim que je préfère qu'ils soient là à temps.

Lirette dit :

— Je vais tout vous raconter. Mais ce n'est pas facile.

C'est tellement difficile qu'il ne dit pas un mot pendant un bon quart d'heure. En plus, il pleure. Je déteste les gens qui pleurent. Même les femmes, mais surtout les hommes. Chez nous, personne ne pleurait. Maman criait, des fois, mais elle ne pleurait jamais.

C'est pour ça que je n'ai pas l'habitude de voir des gens pleurer.

Je regarde les murs. Il y a la même page de journal encadrée. Mais le laminé n'est pas le même que dans le 12. C'est aussi les chutes Niagara, mais en hiver et vues d'en bas. C'est très beau, avec les glaçons énormes qui pendouillent dans l'espace.

Le chinois arrive. Livré par un vrai Chinois. Comme je ne parle pas anglais, je laisse Lirette payer.

C'est le même restaurant chinois que l'autre fois, ça se reconnaît aux boîtes de carton. Mais ce soir, c'est du bon chinois avec du poulet dans le riz frit et du poulet frit avec de la sauce rouge et des morceaux de poulet dans le tchomène. Du poulet partout, sauf dans les côtes levées et le riz blanc.

J'invite souvent mon tueur à en manger lui aussi, mais il refuse tout le temps. Je ne laisse rien. Ça lui apprendra. Il me regarde comme si ça lui faisait autant plaisir de me regarder manger que de manger lui-même.

Quand j'ai tout fini, il dit encore :

— Je vais essayer de tout vous raconter.

— Quand vous voudrez. J'ai fini.

Une longue histoire

C'est une longue histoire. Je la résume, parce que Lirette a mis au moins une heure à me la raconter. Si je vous la répétais tout du long, je parie que vous abandonneriez après deux minutes, parce que ce n'est pas tellement rigolo, son histoire. Vous me direz que ce qui m'arrive n'est pas beaucoup plus drôle. Mais moi aussi je me résume même si ça ne paraît pas.

Pour Lirette, je vais m'en tenir à l'essentiel. Tant pis pour les détails.

Je l'appelle juste Lirette, pas Maurice Lirette, parce que au collège où il a connu le curé Lachapelle, tout le monde s'appelait par le nom de famille. C'était un grand collège, et il y avait une dizaine de Maurice, mais un seul Lirette. La même chose pour la plupart des noms de famille, sauf les Tremblay qui étaient six, pas parents. Les Gauthier, il y en avait trois, tous des frères.

Vous voyez le genre de détail dont je vous assommerais si je vous racontais tout ça comme Lirette me l'a raconté ?

Donc, Lirette était pensionnaire dans un collège que les frères de je ne sais plus quelle sorte avaient fondé dans l'espoir qu'ils feraient plus de frères, mais ça marchait de moins en moins. Tellement, qu'ils ont fini par vendre le collège à un groupe de frères défroqués et à leurs femmes, mais ça c'est une autre histoire qui ne mérite pas d'être racontée parce que vous allez penser que j'en ai contre les frères alors que je n'en ai jamais rencontré.

Le curé Lachapelle n'était pas curé dans ce temps-là. Il était seulement frère. Dans le collège de Lirette. C'était le frère infirmier. Et il s'appelait le frère Norée. Lirette m'a expliqué que c'était son nom en religion, pas son vrai nom de baptême. Les frères, c'étaient les seuls qui se faisaient appeler par leur prénom, même si ce n'était pas leur vrai prénom.

Les autres garçons du pensionnat disaient à Lirette que quand le frère Norée demandait à un garçon de baisser son pantalon à l'infirmerie, il y avait deux possibilités : ou bien il l'enculait, ou bien il le suçait.

Lirette me jure qu'il ne savait pas trop ce que ça voulait dire. Ni enculer ni sucer. Il ne savait pas si c'était vraiment bien ou vraiment mal, agréable ou désagréable. Et il se demandait ce qui était le mieux : se faire sucer ou se faire enculer. Comme il n'avait aucune idée de ce que c'était, il se disait qu'il le saurait bien assez vite.

Quand il se sentait malade — la toux, la grippe, le rhume, la diarrhée — il gardait ça pour lui, surtout si le frère Norée n'était pas loin. Il était capable de se retenir de tout. De tousser, d'éternuer, d'avoir l'air malade, de se dépêcher d'aller aux toilettes même quand ça pressait. Moi aussi, je suis comme ça. Je trouve que si on est capable de faire semblant de ne pas être malade, on est malade bien moins longtemps.

Lirette ne m'a pas dit pourquoi le frère Norée ne lui a jamais demandé de baisser son pantalon avant la fois qu'il lui a demandé, mais je l'ai deviné. Rien qu'à le regarder maintenant, on voit que Lirette n'a pas une tête à se faire demander de baisser sa culotte. Je dirais qu'il a dans les quarante-cinq, cinquante ans. C'est l'âge où les hommes commencent à être laids pour vrai, mais ne le sont pas encore complètement. C'est facile d'imaginer, en voyant Lirette aujourd'hui, que quand il était petit il n'était pas beau. Peut-être même moins beau que maintenant. Il devait être gros, boutonneux, les yeux trop rapprochés, le nez écrasé comme un boxeur qui reçoit plus de coups qu'il n'en donne. Tout à fait comme aujourd'hui mais en trop jeune pour avoir l'air d'un homme, ce qui finit par cacher la laideur en attendant qu'on devienne vieux.

En plus de tenir l'infirmerie, le frère Norée enseignait la géographie. Il n'avait jamais voyagé, mais le frère qui enseignait l'anglais n'avait jamais lui non plus parlé anglais avec un vrai Anglais. Ça ne l'empêchait pas d'instruire les élèves. Et Lirette était plutôt bon en classe, surtout en géographie parce qu'il espérait éviter les foudres du frère Norée. Mais peut-être aussi qu'il faisait des efforts en géographie pour attirer l'attention du frère Norée. Lirette est psychologue, maintenant, et il dit que ce n'est pas toujours évident, ce qu'on veut, surtout quand on est jeune. Des fois, on veut le contraire de ce qu'on pense qu'on veut.

Je n'aurais peut-être pas dû vous dire si vite qu'il est psy, mais c'est fait, c'est fait. Il est trop tard pour me rattraper. De toute façon, je serai obligé de vous le dire tout à l'heure. Aussi bien tout de suite.

Un jour que le frère Norée l'interrogeait en classe sur les communistes, Lirette a commis un lapsus tout à fait involontaire mais peut-être explicable, ça aussi, pour quelqu'un qui a fini par devenir psychologue. Il a dit l'Uhèressuce en parlant de l'URSS.

Toute la classe a éclaté de rire. Et Lirette a cru comprendre que les gloussements de ses camarades étaient particulièrement forts à cause de l'utilisation du mot « suce » devant le frère Norée.

Lui aussi a compris pourquoi la classe riait si fort. Elle ne riait pas seulement de Lirette, elle riait surtout de lui, le frère Norée. Dès que les rires ont commencé à baisser, il a dit à Lirette :

— Tu viendras me voir à l'infirmerie, à cinq heures.

Après les cours, au lieu d'aller à la salle d'étude avec les autres, Lirette est allé à l'infirmerie. Cinq heures, c'est l'heure à laquelle le frère Norée vidait l'infirmerie de tous les élèves qui se disaient trop malades pour aller en classe, mais qui ne pouvaient quand même pas être trop malades pour aller à l'étude. Il ne gardait que ceux qui étaient à l'article de la mort ou presque, ou qu'il avait envie de garder avec lui.

Ce jour-là, à cinq heures, Lirette a vu qu'il était tout seul dans l'infirmerie.

Il tremblait. Mais pas seulement de peur. Il m'a dit qu'il ressentait dans le bas de son ventre un frémissement qui ressemblait à autre chose.

Il a frappé à la porte de la chambre de l'infirmier.

— Entre ! a crié le frère Norée.

Lirette est entré et a fermé la porte derrière lui sans qu'on le lui demande.

Le frère Norée s'est levé, a pris une fiole sur une étagère et s'est approché.

— Il me semble que tu tousses pas mal trop, mon garçon.

Lirette ne toussait pas du tout, mais il a ouvert la bouche et le frère Norée y a fourré une cuiller d'un sirop pour la toux dont le goût était tout à fait délicieux. L'infirmier a remis la bouteille et la cuiller sur l'étagère. Il a dit :

— Baisse ton pantalon.

Adouci par le sirop, Lirette a desserré sa ceinture, a laissé son pantalon tomber sur ses talons. Le frère Norée a attendu sans rien dire. Lirette a compris qu'il fallait qu'il baisse aussi son caleçon — un caleçon long comme tout le monde en portait tout l'hiver, dans ce temps-là. Il a obéi. Le frère Norée a dit :

— Tourne-toi.

Il s'est tourné. Ce serait l'enculage, donc, même s'il n'était pas absolument sûr que ce serait ça ni de comment ce serait.

— Penche-toi en avant.

Il s'est courbé. Le cœur lui battait à tout rompre.

Et il a alors reçu sur les fesses un coup d'une de ces longues règles en bois qu'on appelait des verges, parce qu'on ne connaissait pas le système métrique.

Il était prêt à tout, y compris à souffrir, et cela lui a permis d'éviter de hurler de douleur. Il a reçu encore onze coups. Douze en tout.

— Tu peux te rhabiller, a dit le frère Norée après le dernier.

Lirette a remonté son caleçon et son pantalon et est parti rejoindre les autres à l'étude.

Le soir, au réfectoire, ses copains lui ont demandé :

— Puis ?

Il a répondu « Enculé » parce qu'il lui semblait que c'était ce qu'il y avait de plus ressemblant.

— T'as-tu aimé ça ?

Il a dit oui.

Lirette n'a plus jamais eu affaire au frère Norée à l'infirmerie. Il n'a plus jamais prononcé Uhèressuce tant que l'URSS a existé et même après. Il a eu quelques amusements sexuels avec des camarades le temps qu'il est resté au collège, mais il les a crus sans conséquence. Plus tard, quand il est sorti de l'université avec un diplôme en psychologie, il a épousé la première fille qu'il a invitée au cinéma.

Quand Lirette m'a dit ça, j'ai compris qu'il était un peu homosexuel mais pas beaucoup. J'ai aussi pensé que je me suis quasiment marié avec Éliane sans jamais être allé au cinéma avec elle. C'est juste si on a vu des films et du baise-balle à la télévision. Je me suis même dit, mais j'espère que vous ne le répéterez à personne, que je suis peut-être un peu homosexuel moi aussi. Comme tout le monde, je pense.

Mais je reviens à mon Lirette.

Lui et sa femme n'ont pas eu d'enfant. Ils ont divorcé après quelques années. Elle était devenue médecine et n'avait plus très envie de s'encombrer d'un mari. Elle était trop occupée pour s'en occuper. Le divorce s'est donc fait à l'amiable, avec un partage équitable des meubles (j'aime répéter ce que m'a raconté Lirette, avec des mots comme « amiable » et « équitable » que je n'aurais aucune raison de dire si ce n'était pas son histoire à lui).

Depuis, il est libre et psychologue et il a longtemps pensé qu'il avait tout oublié du frère Norée.

Il travaille depuis presque vingt ans pour une commission scolaire et il a aussi quelques clients privés, qu'il reçoit le samedi dans son bureau personnel, une pièce de son appartement, à Outremont, qui ne sert qu'à ça. Plusieurs de ses clients sont des enfants que leurs parents lui amènent parce qu'ils savent qu'il travaille pour la commission scolaire. Ça les rassure plus que d'aller voir n'importe quel psy trouvé dans les pages jaunes.

La plupart du temps, ce sont seulement des enfants turbulents, qui dérangent tout le monde à l'école et à la maison. Lirette essaie de les faire parler de leurs problèmes. Ça retarde le moment où les parents vont les mettre au Ritalin.

Au début, il pensait tout savoir, parce qu'il avait étudié Fred et Yogne et d'autres dont je n'ai pas la moindre idée de comment ils s'épellent. Depuis quelques années, il sait qu'il ne sait rien. Quand les parents lui demandent ce qu'a leur enfant, parce que ça fait plusieurs semaines qu'il le voit, il répond presque toujours : « Ça pourrait être un brin de paranoïa, une pincée de schizophrénie et une trace de psychose maniaco-dépressive. »

Il dit cela en souriant, pour confesser son incompétence et les limites de la psychologie. Les parents insistent pour savoir ce qu'ils peuvent faire, et Lirette leur dit simplement « Aimez-le », parce que ça ne peut pas leur faire de mal. Il pense que c'est bien souvent l'absence d'amour quand on est enfant qui est à l'origine de nos problèmes.

Je ne sais pas si c'est vrai. Mon père ne m'a jamais dit « Je t'aime. » Ma mère non plus. Je ne les ai jamais entendus se dire ça l'un à l'autre. Et ça ne m'a pas empêché d'être comme je suis.

Je reviens au frère Norée, qui était sorti de la vie et même de la mémoire de Lirette.

Une fois, il y a longtemps, parce que Lirette était encore marié, il a eu des nouvelles du frère Norée qui annonçait qu'il devenait prêtre sous son vrai nom, Raymond Lachapelle.

Lirette a reçu un carton d'invitation pour son ordination. Lirette ne sait pas pourquoi il recevait une invitation. Il a demandé à deux anciens camarades de collège s'ils en avaient reçu eux aussi. Non.

Quand sa femme l'a vu ouvrir l'enveloppe et lire l'invitation, elle a dit tout de suite « Qu'est-ce que tu as ? » Il devait avoir blêmi ou rougi. Il a répondu « Rien ». Elle a fait semblant de le croire.

Lirette a encore essayé d'oublier le frère Norée. Il gagnait assez d'argent et il menait une vie rangée, même après son divorce, avec le strict minimum de liaisons — de moins en moins nombreuses, mais il se disait qu'il vieillissait, tout simplement.

Un jour, des parents inquiets comme tous les parents d'enfants lui ont amené Djessé.

D'après Lirette, il était beau comme un dieu, si vous acceptez de croire que Dieu puisse avoir eu douze ans quand il était jeune.

Pendant deux semaines, Lirette n'a pensé qu'à Djessé, jour et nuit. S'il fermait les yeux, il ne voyait que Djessé. S'il les ouvrait, c'est encore lui qu'il voyait à la place de la personne qui était là.

À sa troisième visite, il lui a demandé de se déshabiller. Djessé l'a fait sans protester. Lirette lui a dit de se tourner, de se pencher.

Il ne savait plus ce qu'il voulait faire. Le frapper, comme le frère Norée, avec la règle posée sur son bureau ? Ouvrir sa braguette et l'enculer ? Le sucer, maintenant que l'Uhèressuce n'existait plus ?

Il n'a rien fait de tout ça. Il a dit à Djessé :

— Tu peux te rhabiller. Tout est correct.

Djessé s'est alors tourné vers lui et son visage s'est couvert d'une infinie tristesse, d'après Lirette. Et les larmes se sont mises à couler sur ses joues.

Lirette a songé à essuyer ces larmes avec ses doigts. À serrer Djessé contre lui. À lui demander pardon de l'avoir rejeté. À lui dire « Je t'aime » parce que personne ne l'avait jamais dit à Djessé. Tout ce qu'il a réussi à dire, ça a été :

— Je te revois la semaine prochaine.

La semaine suivante, Djessé n'est pas venu à son rendez-vous. Lirette l'attendait fébrilement, sans savoir ce qu'il allait faire ou dire. Une demi-heure avant, Djessé s'est jeté sous une rame de métro.

Lirette n'est pas allé à l'enterrement. S'il y était allé il aurait été obligé de se lever et de crier « C'est ma faute, je l'ai tué », même s'il ne savait pas comment.

Les parents de Djessé lui ont demandé un rendez-vous. Il les a reçus. Il a vu leurs larmes et leur peine. Ils ne comprenaient pas. Est-ce qu'il aurait pu expliquer ?

Il ne pouvait pas. Il s'est contenté de rabâcher que de nos jours les enfants se sentent souvent délaissés par des parents trop occupés, que ce vide affectif peut éventuellement les pousser à la mort.

Sans le dire, il leur disait que c'était leur faute à eux. Ils sont repartis en pleurant plus que jamais et en insistant pour lui payer cette dernière consultation.

Lirette s'est mis à boire. Pas au point de perdre son travail ou sa clientèle du samedi. Juste au point de se dire qu'il était devenu un alcoolique, que sa vie était gaspillée, qu'il mourrait tôt ou tard sans avoir fait le bonheur d'une femme ou d'un enfant, qu'il avait au contraire fait le malheur d'un garçon et de ses proches.

La semaine dernière, il a reçu une de ses rares clientes adultes — une dame d'une soixantaine d'années qui habite dans une chic maison pour retraités et préretraités à Outremont, tout près de chez Lirette. Elle va le voir parce qu'elle est incapable de supporter la présence de plus d'une personne à la fois, ce qui est gênant quand on habite dans ce genre de foyer. Il l'exhorte à sortir un peu, à se retrouver dans des foules anonymes où elle n'aura pas l'impression que tout le monde ne regarde qu'elle. Elle a voulu savoir si aller à une noce, ce serait une bonne idée. Il lui a demandé si quelqu'un de sa famille se mariait. Elle a dit non et lui a montré une très bizarre invitation qui avait été distribuée à toutes les portes dans son Château Outremont. Il lui a dit que ce n'était pas à ce genre de mariage qu'elle devrait aller parce qu'elle y connaîtrait trop de monde.

En partant, elle a oublié l'invitation sur son bureau.

Ça disait à peu près ceci :

« Voulez-vous gagner 20 $ chacun(e) et déguster un excellent repas ? Venez au mariage d'Éliane Laurencelle et Jocelyn Quévillon, à la jolie église de Saint-Gérard-de-Mainville. Janine Dubuc touchera l'orgue. La cérémonie sera célébrée par le curé Raymond Lachapelle. Le repas sera préparé par Délices délicats, le meilleur traiteur de Mainville. Tenue distinguée exigée. Couples seulement. Vous êtes prié(e) s de vous asseoir à droite, du côté de la mariée. Une enveloppe contenant 20 $ vous sera remise avec discrétion par la mariée lors du repas de noces. »

C'était un signe du ciel. Comme si Dieu avait envoyé à Lirette une invitation personnelle à faire Sa justice. Pour faire payer la mort du petit Djessé par celui qui en était le tout premier responsable : le curé Lachapelle.

En effet, si le frère Norée n'avait pas rejeté Lirette au lieu de le caresser comme ses autres camarades, Lirette n'aurait jamais été tenté de recréer cette scène avec Djessé tout en sachant qu'il n'arriverait pas plus que le frère Norée à lui témoigner son affection.

Il avait été la victime du frère Norée. Et Djessé était donc sa victime lui aussi.

Je sais que c'est compliqué, mais je pense que les psys ne peuvent pas faire autrement qu'être compliqués.

Samedi matin, il est allé voir un ami qui aime la chasse, pour lui emprunter son fusil. L'ami lui a fait remarquer que la saison ne commençait pas avant trois mois. Lirette lui a dit qu'il voulait justement s'entraîner au tir au pigeon d'argile. L'ami lui a offert de l'amener à son club de tir. Lirette a refusé, en prétextant avoir rencontré une voisine qui voulait l'initier au tir. Ça a fait plaisir à l'ami parce qu'il ne l'avait pas vu avec une femme depuis des années. Il lui a expliqué le fonctionnement du fusil et lui a donné une boîte de cartouches en lui demandant de rapporter celles qu'il n'aurait pas utilisées.

Lirette est arrivé à Saint-Gérard plus d'une heure avant le mariage. Il a garé sa voiture de l'autre côté de la rue, en face de l'église, et il est resté au volant.

Il a vu arriver les vieux couples à l'allure distinguée. Sa cliente n'y était pas. Elle avait suivi son conseil.

Il a vidé une flasque de cognac qu'il avait emportée parce qu'il savait qu'il en aurait besoin.

Il m'a vu arriver avec une femme qu'il a prise pour la mariée. C'était Maman. Ça lui ferait plaisir, à Maman, de savoir qu'elle peut passer pour ma femme. Surtout aux yeux d'un psychologue, même s'il est un peu homosexuel. Il a failli sortir de la voiture à ce moment-là. Mais une limousine arrivait avec la vraie mariée en robe de mariée. Il ne pouvait pas se tromper. Le chauffeur de la limousine a enlevé sa casquette et l'a laissée dans la voiture. Puis la mariée lui a pris le bras. Ils ont monté les marches de l'église.

Lirette a regardé tout autour. Il n'arrivait plus personne.

Il a entendu les premières mesures de la marche nuptiale à l'orgue. Il a pris une dernière gorgée de cognac. Il a monté les marches à son tour, en cachant le fusil sous son imperméable.

Il s'est avancé dans l'allée centrale. Le curé Lachapelle a jeté un coup d'œil dans sa direction puis a reposé son regard sur la mariée. Puis il est revenu à Lirette. Il le reconnaissait, c'était sûr. Lirette a sorti le fusil, l'a mis à son épaule. Il a appuyé sur la détente. Le coup n'est pas parti. Il avait oublié la sécurité. Il l'a enlevée.

Il a tiré une première fois. Le curé a été touché mais n'est pas tombé. Lirette a tiré encore. Ce coup-là, le curé l'a eu en pleine poitrine. Il a tiré un troisième coup. Le curé est tombé par terre. Lirette a tiré les deux cartouches qui lui restaient. Sans viser, sur n'importe qui.

Il a remis des cartouches et s'est réveillé tout à coup comme d'un cauchemar.

Il a tiré dans les vitraux sans savoir pourquoi, s'est retourné et a couru à sa voiture. Il a jeté le fusil sur la banquette arrière. Il est parti en trombe.

Il n'avait pas réfléchi à ce qu'il ferait ensuite. Il pensait qu'il se ferait arrêter tout de suite, que des gens se jetteraient sur lui et lui arracheraient son arme. Peut-être même qu'ils le battraient à mort.

Ça ne s'est pas passé comme ça. Les gens ont crié, se sont jetés par terre entre les bancs, et personne n'a essayé de l'arrêter ou de lui courir après.

Un peu plus loin, il a lancé le fusil et le reste des cartouches dans une rivière, du haut d'un pont. Ça devait être un des ponts sur la rivière Mainville. À mi-chemin de Mainville, il a croisé deux voitures de police et trois ambulances. Il a fait un appel de phares et s'est arrêté sur le côté de la route, mais les agents n'ont pas fait attention à lui.

Il s'est dit que le mieux à faire, c'était de s'enfuir, parce qu'il serait toujours temps de se livrer si jamais il changeait d'idée.

Où qu'il aille, il aurait besoin d'argent. Au guichet automatique d'une caisse populaire, à Mainville, il a pris tout l'argent que le distributeur a bien voulu lui donner. Deux fois cinq cents dollars de son compte d'épargne, et encore cinq cents avec sa carte Visa. Il avait aussi une MasterCard, mais elle ne marchait pas dans ce guichet-là.

En remontant dans sa voiture, il est tombé sur la fin du reportage de Radio-Mainville, qui disait que les mariés s'étaient enfuis dans l'Asüna rouge du frère du marié. Mais il avait manqué l'annonce de la mort du curé et les deux blessés.

En arrivant à l'autoroute, il a décidé de prendre vers les États-Unis.

Il a passé la frontière sans difficulté, puis il a roulé vers l'ouest, sans trop faire attention aux autoroutes qu'il prenait ni aux directions qu'il suivait. Des fois vers l'ouest, des fois vers le sud. Il visait vaguement la Californie.

Quand le soleil est tombé, il a passé la nuit dans un motel, à zapper entre les stations de télévision, à la recherche de nouvelles de Saint-Gérard. Il n'en a pas eu. Il ne savait pas combien de personnes étaient mortes. Qu'on n'en parle pas le rassurait un peu. Dix morts dans un mariage, ça aurait fait les nouvelles aux États-Unis. Un ou deux — et encore il n'avait peut-être que blessé le curé — ce n'était qu'un petit fait divers étranger.

Le lendemain matin, il a pris des journaux dans les quatre distributeurs devant le motel.

Dans un des journaux, il a trouvé un court paragraphe sur Saint-Gérard. Le curé mort. Deux blessés légers. Les futurs mariés — Jocelyn Quévillon et Éliane Laurencelle — enfuis. La Sûreté du Québec se disait convaincue que c'était l'un ou l'autre qui était visé par le tueur, que les fiancés avaient reconnu, puisqu'ils s'étaient mis en sécurité quelque part en attendant que le tueur soit arrêté. Ce qui ne devait pas tarder même si on ne l'avait pas encore identifié.

C'est à ce moment-là que Lirette s'est rendu compte que les grandes victimes innocentes de son crime, c'était nous : les mariés.

Et il a décidé de réparer le mal du mieux qu'il pourrait. Tant qu'on ne saurait pas que c'était lui l'assassin, il pourrait retirer de l'argent de son compte à la caisse populaire. Et demander des avances sur ses cartes de crédit tant qu'elles voudraient lui en donner elles aussi.

Ce serait à nous qu'il remettrait tout ça. Des jeunes mariés, ça a toujours besoin d'argent. Ça ne fait pas oublier la catastrophe de leur mariage, mais ça aide.

Je ne peux pas dire le contraire.

Au premier guichet automatique, dimanche matin, il a réussi à tirer encore de l'argent de son compte de la caisse populaire et de sa Visa. Au troisième, il n'y a que la MasterCard qui a accepté de lui en donner encore.

Ensuite, les trois guichets suivants lui ont tous refusé des transactions. Il avait atteint sa limite quotidienne partout.

Il avait plus de six mille dollars. Il a acheté deux enveloppes. Il a gardé mille dollars pour lui et a séparé le reste en deux et l'a mis dans les enveloppes. Ce n'était pas à lui de décider si nous nous partagerions l'argent ou si nous le mettrions ensemble. Nous n'étions pas encore mariés, après tout.

Il aurait pu envoyer l'argent par la poste avec l'indication « Pour les mariés de samedi dernier à Saint-Gérard-de-Mainville ». Mais ça risquait d'être intercepté ou tout simplement volé par les services postaux américains ou canadiens.

Le problème, c'était de nous trouver. Il savait que nous roulions dans une Asüna rouge. Il ne savait pas si nous avions l'intention de faire un voyage de noces, mais il lui semblait que des gens prêts à payer vingt dollars à des figurants pour leur noce avaient aussi de quoi se payer un voyage de noces modeste.

Il a continué à rouler vers l'ouest, en réfléchissant parce qu'il n'avait rien d'autre à faire.

Il se souvenait de nous. Surtout d'Éliane. Plutôt grosse, probablement très sentimentale.

Où une fille comme ça pouvait-elle aller en voyage de noces si elle n'allait pas en Europe ? Sans trop savoir pourquoi, il lui semblait que ce serait elle qui prendrait ce type de décision dans notre couple. C'est vrai qu'il est psychologue professionnel.

La Gaspésie ? C'est joli, mais on ne sait jamais s'il va faire beau. Atlantique Cité ? Il y a vingt ans, peut-être, mais maintenant avec les casinos il ne nous voyait pas du tout de ce côté-là.

La Floride ? Risque de canicule en été. Surtout, un peu loin pour y aller en voiture.

Et tout à coup il a vu un panneau de signalisation devant lui. Il y avait Niagara avec une flèche vers la droite. C'était un signe, ça. Après lui avoir envoyé un carton d'invitation à un mariage pour lui permettre de venger la mort de Djessé, Dieu lui envoyait un panneau de signalisation pour l'aider à dédommager les victimes. Et c'était plein de bon sens, Niagara. Le vieux classique. Pas trop loin si les mariés travaillent tous les deux, ce qui lui semblait presque certain (il me connaissait mal, puisqu'il ne m'avait vu qu'une ou deux secondes ; mais, de loin, il n'est pas impossible que j'aie eu l'air travaillant). Une semaine à Niagara suffit amplement pour un voyage de noces d'amoureux qui ont un emploi tous les deux.

À part ça, Lirette n'était jamais allé à Niagara et il avait envie de voir ça avant de passer le reste de sa vie en prison. Et puis il avait regardé récemment à la télévision le vieux film avec Marylène Monnereau.

C'est à ce moment-là que je lui ai montré l'article de journal au mur. Il l'a lu de la première ligne à la dernière avant de continuer son histoire.

En fait, quand il a décidé d'aller à Niagara, il était parfaitement conscient qu'il n'y avait qu'une chance sur un million que nous soyons là et une chance sur un million de nous retrouver si nous y étions. Peut-être étions-nous cachés dans les environs de Saint-Gérard. Peut-être la police nous avait-elle dissimulés quelque part en faisant croire par les journaux qu'on était disparus.

Il avait malgré tout envie de croire qu'on pouvait y être. Aussi bien Niagara.

Il était rendu en Pennsylvanie. Il a acheté une carte routière. Il n'avait qu'à remonter vers Buffalo, traverser la frontière et il serait à Niagara dans l'après-midi.

S'il ne nous retrouvait pas, il était décidé à prendre tout son argent, à le mettre dans un petit coffre qu'il aurait enterré quelque part, dans l'espoir de nous faire savoir un jour en quel endroit il l'avait mis. Ensuite, il se livrerait à la police.

En arrivant à Niagara, il a fait le tour des hôtels sans voir d'Asüna rouge. En faisant le plein pour continuer vers la Californie, il a demandé au garagiste s'il n'aurait pas vu une Asüna rouge avec une plaque du Québec. Le garagiste a répondu qu'une femme à l'accent français était justement passée le voir, ce matin-là. Elle était à pied mais elle avait une Asüna qu'elle devait absolument vendre rapidement. Il lui a répondu qu'il connaissait peut-être quelqu'un qui voudrait ça si ce n'était pas cher. Elle lui a laissé une carte du motel MM avec le numéro 12 écrit à la main.

Lirette est venu voir ici, toujours déçu de n'apercevoir aucune Asüna. Mais nous pouvions être sortis pour quelques minutes ou quelques heures. Il a décidé de louer une chambre pour nous attendre.

Quand je suis venu frapper à sa porte, il m'a reconnu tout de suite et m'a dit de rester là un instant, le temps qu'il aille chercher nos enveloppes bourrées d'argent, qui étaient la preuve la plus tangible de sa bonne volonté. Mais je me suis mis à courir. Revenu à la porte avec l'enveloppe, il a vu mes fesses disparaître au coin du motel.

Le reste, vous le savez déjà.

Lirette me propose d'attendre Éliane jusqu'à demain matin. Après, il ira faire encore un tour dans les guichets automatiques. Ensuite, il va m'acheter des vêtements et me ramener à Montréal, où il va se livrer à la police plutôt que d'aller me reconduire jusqu'à Saint-Gérard. Je pourrai garder sa voiture parce qu'il n'en aura plus besoin.

Ça fait du bien

Lirette se tait. Ça fait du bien de ne plus l'entendre parler, parce qu'il a pleuré souvent. Et aussi parce que si on se met à écouter les assassins raconter leur histoire, on ne voudra plus jamais envoyer personne en prison pour la vie.

Il me semble que c'est à mon tour de lui raconter comment on a vécu ça, Éliane et moi. Surtout, je trouve que c'est plus drôle que son histoire à lui.

— Voulez-vous que je vous raconte ce qu'on a fait ?

Il veut bien.

Je lui raconte à peu près tout. Ça aussi, ça fait du bien.

C'est tout juste si je laisse tomber des détails. Comme mes tentatives de baiser avec Éliane. J'aime mieux le laisser croire qu'on l'a fait comme il faut. Un psychologue, on ne sait jamais ce que ça peut penser. Pour ne pas avoir l'air trop nul, je lui dis que, juste après notre mariage devant Dieu, on a fait l'amour six fois en même pas deux heures, jusqu'à ce qu'Éliane me dise qu'elle était fatiguée. Comme ça, Lirette ne pourra plus avoir de doutes sur mon orientation sexuelle.

Pour le reste, je dis ça comme c'était.

Ça fait du bien, d'avoir quelqu'un qui m'écoute sans m'interrompre.

Sauf une fois, quand j'ai parlé de la chanson de la femme à barbe. Lirette dit qu'il la connaît, que ce n'est pas l'ennui mais la nuit qui est une femme à barbe. Je ne le contredis pas, même si je sais que ça n'a pas de bon sens. Comment la nuit pourrait-elle être une femme à barbe ? L'ennui, ça veut dire quelque chose. La nuit, ça ne tient pas debout. Mais s'il veut croire que c'est la nuit, ça ne me dérange pas.

À part ça, il m'écoute quasiment sans rien dire. Mais moi, quand j'ai fini, je veux savoir ce qu'il pense d'Éliane. Parce que c'est pour ça que je lui ai tout raconté. Pas seulement pour tuer le temps.

— À votre avis, elle est normale, Éliane ? Je veux dire que, des fois, elle a l'air bizarre. Par exemple, une fille qui garde un type prisonnier, qu'ils soient mariés ou pas, je trouve pas ça tellement normal.

Lirette pousse un profond soupir. Puis il se met à sourire avant de dire :

— À mon avis, elle a un fond de schizophrénie avec une bonne dose de paranoïa, assortie d'un début de psychose maniaco-dépressive.

— C'est grave ? je demande un peu stupidement parce que c'est évidemment grave quand on a tous ces trucs en même temps.

Il éclate de rire.

— Je plaisantais. Comment je pourrais savoir ce qu'elle a sans même la rencontrer ? Il y a des fous qui ont toute leur vie un comportement raisonnable, de la même manière qu'il y a des gens parfaitement raisonnables qui font des choses totalement cinglées. Comme moi, par exemple, quand j'ai tué le curé Lachapelle. Je suppose qu'Éliane a des problèmes, parce que tout le monde en a, mais je ne sais pas lesquels.

J'attends un petit moment. Puis je pose la question que j'aurais dû poser pour commencer parce que c'est la seule question qui m'intéresse. Pour une fois que j'ai un psy en consultation gratuite...

— Pensez-vous que je devrais ?

Je n'ai pas terminé ma question. Parce que je sais que ça va l'étonner. Moi, le premier, ça m'étonne que je me pose cette question-là. Lirette, d'un sourire, m'encourage à continuer. Puisqu'il y tient, je continue :

— Me marier avec elle ? Pour vrai, je veux dire.

Je sens que ça vous étonne, vous aussi. Vous vous dites que ça n'a pas de bon sens, que je puisse songer à me marier avec une grosse végétarienne possessive et chroniquement fatiguée, qui a par-dessus le marché, comme si tout ça ne suffisait pas, un brin de schizophrénie, de paranoïa et de psychose maniaco-dépressive.

Si ça vous étonne tant, c'est parce que vous n'avez jamais vu le visage d'Éliane.

J'aurais dû vous en parler avant, parce que vous me prenez sûrement pour un idiot d'avoir accepté — même si Maman me forçait la première fois ou si ça ne comptait pas pour vrai la deuxième — de me marier avec une fille pareille, grosse et végétarienne et tout.

En fait, s'il y a une chose que j'aime d'Éliane — et c'est la seule chose, maintenant que je la connais mieux — c'est son visage.

Ce n'est pas facile à décrire, un visage. Un corps, ça va bien. On dit « Elle est grande, un peu grosse, avec des épaules carrées », et vous imaginez comment elle est.

Le visage, c'est plus compliqué. Je dirais « Éliane a un visage ovale et un menton rond », vous ne seriez pas plus avancé, parce qu'il y a des visages ovales repoussants et des visages ovales magnifiques, des mentons ronds bandants et des mentons ronds affreux.

Je vais essayer de simplifier : Éliane a le plus beau visage que j'aie jamais vu en personne à une femme. À la télévision, surtout dans les films, j'en ai vu des aussi bien. Mais comme ça, en vrai, à Saint-Gérard et même à Mainville, jamais.

Et encore, dans les films à la télévision, la plupart des têtes que j'ai vues n'arrivent pas à la cheville d'Éliane. Parce que tout le monde n'est pas toujours beau, même au cinéma.

Si on oublie le reste du corps, je dirais même qu'Éliane n'a pour égales qu'une poignée d'actrices : Marylène, comme de raison, Brigitte Bardot quand elle était jeune, Ornella Mutti, Sophia Loren dans ses meilleurs films, et peut-être deux ou trois encore.

Elle est un peu du même genre, avec des belles grosses lèvres, des yeux en amande quasiment chinois mais on ne s'en aperçoit pas tout de suite parce qu'elle n'a pas du tout l'air d'une étrangère, des joues pas trop grosses mais qu'on voit bien.

En fait, je trouve que l'actrice à laquelle Éliane ressemble le plus, c'est Claudia Cardinale. Ça tombe bien, parce que c'est elle que j'aime le mieux. Si j'avais le choix, la femme que j'aimerais le plus avoir dans ma vie, ce serait Claudia Cardinale quand elle avait trente ou quarante ans — peut-être un peu moins ou un peu plus, plutôt plus que moins, je dirais, parce que je n'aime pas les femmes trop jeunes, je m'en rends compte maintenant après avoir longtemps pensé que plus c'est jeune, une femme, mieux c'est.

Ce qu'il y a de bien avec Claudia Cardinale, c'est que c'est le genre de femme qui peut être en même temps ma blonde et ma femme, ma mère et ma voisine et même ma sœur si je voulais avoir une sœur.

Et il y a de ça un peu aussi chez Éliane. Elle et Claudia se ressemblent de moins en moins, parce que Claudia a perdu du poids en vieillissant. Mais ça n'empêche pas qu'Éliane aussi, elle pourrait être ma mère même si elle est plus jeune. Une mère, ce n'est pas comme une femme : plus c'est jeune, mieux c'est, je trouve. Si elle est devenue un petit peu ma maîtresse ou ma femme, appelez-la comme vous voudrez, c'est parce qu'une mère, j'en ai déjà une, pas si désagréable à regarder.

Tout ça pour dire qu'Éliane est belle du visage même si son corps laisse à désirer comme on dit. Et je trouve que c'est bien mieux que le contraire parce que quand on est avec une femme on lui regarde bien plus longtemps le visage que le reste. Surtout quand c'est Éliane.

Je reviens à Lirette. Il ne répond pas tout de suite à ma question sur le mariage avec Éliane. Il réfléchit. Deux, trois, cinq minutes, je dirais. Il pourrait me dire qu'il n'est pas conseiller matrimonial. Mais non, il répond :

— Si vous l'aimez beaucoup, oui.

Voilà une chose de réglée.

Il est dix heures. J'enlève l'imperméable. Je me couche dans le lit. Je dis :

— Y a de la place pour deux, si vous voulez.

Il y a un moment d'éclair joyeux dans ses yeux, puis il fait une grimace triste.

— Je fais mieux de dormir dans le fauteuil.

Ça frappe à la porte. Qui c'est ? Éliane ? J'ouvre les yeux, je vais ouvrir. C'est Lirette avec trois boîtes en styromousse.

— Excusez-moi, j'ai oublié la clé. J'ai rapporté trois déjeuners. J'espérais qu'Éliane serait revenue. Je suis allé voir, elle n'est pas au 12.

Ce n'est pas bien grave. Je pense que je suis capable de manger deux déjeuners à moi tout seul. Je me mets une serviette autour de la taille. Lirette pose les boîtes sur la table. Puis il sort son portefeuille et me tend une autre liasse de dollars, avec des cartes en plastique.

Il est retourné à la banque et il m'explique quoi faire. Son code, c'est 1260. Il a le même partout. Avec un zéro de plus pour la caisse populaire parce que les caisses ça ne fait jamais rien comme tout le monde. Il me conseille de prendre le maximum tous les jours. Quand une carte ne me donnera rien deux jours de suite, je n'aurai qu'à la jeter. Lirette pense que je devrais aller chercher encore pas loin de cinq mille dollars. À la caisse populaire surtout, à cause de sa marge de crédit.

Il a changé d'avis pour une chose : il ne veut pas se rendre à la police tout de suite, mais seulement dans une semaine. Comme ça, j'aurai tout le temps pour vider ses comptes. S'il se rendait maintenant, les institutions financières pourraient bloquer ses cartes si elles lisent les journaux.

Il dit, presque en s'excusant :

— Je vais quand même garder mille dollars pour mes dépenses de la semaine.

Je dis, généreux comme toujours :

— Ça me dérange pas.

— Je vais garder la voiture, aussi, si ça ne vous gêne pas.
— Ça aussi, c'est correct.
— Je pense que je vais aller voir les chutes. Ça vaut le coup ?
— On est pas allés.
— Tout ça, c'est bien joli, mais il est dix heures. Les magasins sont ouverts. Je vais vous chercher des vêtements. Quelle est votre couleur préférée ?
— Je sais pas. Bleu, je dirais.
— Avec le bleu marine, on ne peut pas se tromper.

J'ai mangé les trois déjeuners, parce que le sien était en train de refroidir. Deux œufs avec bacon. Deux œufs avec saucisse. Deux œufs avec jambon. Il voulait nous donner le choix.

Lirette revient, avec deux grands sacs remplis de vêtements. Il me regarde m'habiller. Trouve tout très bien. Moi aussi. C'est juste un petit peu trop grand, mais c'est mieux que si c'était juste un petit peu trop petit.

Il m'a choisi un caleçon de boxeur. J'aime mieux les djoqués mais il dit que les boxeurs, c'est mieux pour la santé parce que ça serre moins les testicules. J'ai aussi un complet bleu marine avec une chemise bleu pâle. Je ne veux pas mettre la cravate. Je n'en ai jamais mis, sauf pour mon mariage raté. Maman a été obligée de me faire le nœud. Lirette la fourre dans la poche du veston.

— Au cas où vous changeriez d'avis.

J'enfile les chaussures.

— C'est un peu serré, je dis pour critiquer un peu.
— Je vais les changer. J'ai pris du 7. Je vais essayer du 8.
— Laissez faire. Les souliers, ça s'agrandit tout seuls.

Je me laisse tomber sur le lit pour me regarder dans le grand miroir du plafond. J'ai l'air d'un jeune homme d'affaires. Ça ne me va pas si mal. Peut-être que si jamais je guéris de ma fatigue chronique, c'est ce que je vais essayer, homme d'affaires. Ça doit être moins fatigant que bien d'autres métiers. Plus payant, surtout.

Je me relève. Lirette dit :

— Ah oui, j'ai un cadeau.

Il me tend une petite boîte qu'il a fait envelopper dans un joli papier jaune avec une boucle verte. Je déchire le papier.

C'est un portefeuille.

— Pour les cartes, il dit.

Il prend les trois cartes et les place dans les compartiments faits exprès dans le portefeuille.

Il le met dans ma poche, sur ma fesse qu'il effleure.

— Excusez-moi, dit-il comme si j'avais pu penser qu'il voulait me tripoter.

Il récupère son imperméable abandonné sur un dossier de fauteuil.

— Je le reprends. Je le garde toujours dans la voiture. J'aime mieux ça qu'un parapluie. Un parapluie, je l'oublie partout. Jamais mon imper. Oh-oh…

Il vient de retrouver l'enveloppe bourrée de billets. Il la glisse dans la poche intérieure de mon veston. Ça fait une bosse. Mais ça ne me dérange pas vraiment.

— Essayez d'en déposer dans votre compte au prochain guichet. Mais faites attention : je ne sais pas si les guichets acceptent les dollars américains. Ils pourraient vous les compter comme des canadiens.

Ce n'est pas la peine de lui expliquer que je n'ai pas de compte à la caisse populaire de Saint-Gérard. Je n'ai jamais rien eu à mettre dedans. Mais c'est vrai qu'il n'est jamais trop tard pour bien faire. J'en ouvrirai un en arrivant là-bas. Les caissières vont être épatées de me voir avec tant d'argent.

— À votre place, je louerais une voiture, continue Lirette. C'est plus rapide que le train ou l'autobus parce qu'il faut sûrement changer de train ou d'autobus à Toronto. Tandis qu'en auto, c'est tout droit. J'espère que vous n'aurez pas de problème avec mes cartes de crédit. Mais ma signature est facile à imiter. Exercez-vous un peu avant de l'utiliser.

Il commence à me faire chier avec ses conseils de mère poule, comme si je n'étais pas assez grand pour me débrouiller tout seul. Mais il achève :

— J'y vais. Je vais essayer de m'arranger pour qu'on ne vous demande pas de témoigner à mon procès. Mais je ne sais pas si ça sera possible, même si je ne vois vraiment pas ce que vous pourriez dire.

— Je peux y aller. Ça me dérange pas.

— Vous embrasserez Éliane de ma part. Et dites-lui que je suis désolé d'avoir gâché votre mariage.

— Je vas lui dire.

— Dites aussi au nouveau curé de s'acheter une veste pare-balles.

Il a les larmes aux yeux même pour faire des blagues. Mais c'est vrai que ses blagues ne sont pas drôles.

Il sort. J'aurais dû lui serrer la main ou même le serrer dans mes bras. Je n'en ai pas eu envie quand il fallait.

Tant qu'à faire

Tant qu'à faire, je loue une Camaro. Climatisée et tout le reste.

Surtout que c'est la seule voiture fabriquée en français en Amérique, et ils parlent de fermer l'usine parce qu'elle se vend mal. En louant une Camaro, je fais travailler des ouvriers de chez nous. Si je veux continuer à ne pas travailler maintenant que je souffre de fatigue chronique, j'ai intérêt à ce qu'il y en ait d'autres qui travaillent à ma place.

Le type chez Hertz ne comprend presque pas le français, mais ça va très bien. Il y a une Camaro devant la porte. Il comprend que c'est ça que je veux. Je lui donne la Visa Or de Lirette. Il dit je ne sais pas quoi, mais je pense que ça veut dire très bien. Il me demande encore quelque chose. Je me demande quoi.

Il me prend mon portefeuille des mains, il regarde dedans sans se gêner, puis il secoue la tête. Il prend son propre portefeuille à lui et me montre son permis de conduire, avec sa photo. Je devine qu'il veut voir mon permis de conduire. Je me demande quoi dire. Aussi bien la vérité :

— Écoutez, je suis en voyage de noces, et ma femme a envoyé mon pantalon chez le nettoyeur avec mon permis dedans. Elle est partie sans me dire où elle allait. Faut que je la rattrape pour qu'elle me dise chez quel nettoyeur elle a laissé mon pantalon. C'est pour ça que j'ai besoin d'une Camaro. Mais une n'importe quoi, ça ferait pareil.

Je ne sais pas s'il comprend ce que je lui dis. Je ne pense pas. En tout cas, je comprends qu'il ne veut pas me louer une Camaro. Ni n'importe quoi d'autre.

J'ai pris le train. Deux fois, parce qu'il a fallu que je change à Toronto.

Savez-vous à côté de qui je suis assis dans le deuxième train ?

Je vous en ai parlé, une fois. Vous pourriez essayer de deviner. Non ?

Je suis à côté du fils de monsieur Sinclair. Celui qui est dans les assurances. Il revient du siège social de sa compagnie.

Le plus drôle, c'est qu'il ne me reconnaît pas. Il me parle quand même, parce qu'il veut me vendre de l'assurance vie. Il paraît que si on met mille dollars par mois dans une police d'assurance dès l'âge de vingt-deux ans (il m'a demandé mon âge, pas mon nom), on a je ne sais pas combien de millions à soixante-cinq ans, alors que si on ne les met qu'à partir de quarante ans, on a je ne sais pas combien de millions en moins à l'âge de la retraite.

Il me demande ce que je fais dans la vie. Je dis que je suis dans les affaires. Ça tombe bien, je suis habillé comme il faut pour ça.

J'accepte sa carte de visite. Je promets de le rappeler, parce que ça a l'air de lui faire plaisir.

Je lui dis que j'arrive de Niagara et que je vais voir ma mère à Saint-Gérard-de-Mainville, mais que j'ai égaré mon permis de conduire et que ça ne sera pas facile de louer une auto en arrivant à Montréal. Il m'offre d'aller me reconduire :

— Je vais à Mainville, c'est presque à côté.

Il vient même me reconduire à la porte. Je dis :

— C'est ici.

— Tu serais pas un Quévillon ?

— Oui.

— Pas Jocelyn Quévillon ?

— Oui.

Ça lui coupe le sifflet. Il doit savoir, pour le portefeuille de son père. Pour mon mariage aussi, même si on ne l'a pas invité parce que lui et sa sœur sont fâchés que leur père ait déménagé chez Maman, qui dit que c'est parce qu'ils ont peur de perdre leur héritage.

Je dis merci et j'entre chez Maman. Elle grimace parce que je ne porte plus le complet qu'elle m'a donné.

— Tiens, t'as changé tes habits. Je trouve pas que ça te va, le bleu. Puis tu te laisses pousser la barbe.

Je jette un coup d'œil dans le miroir à côté de la porte. Non, je n'ai toujours pas de barbe visible, mais les mères c'est capable de voir sur nous bien des choses qu'on ne se voit pas. Les pellicules, le pantalon taché, les cheveux trop longs, même les chaussettes trouées quand elles sont cachées par les souliers, Maman voit tout ça en une seconde alors que moi j'ai beau me regarder je ne me vois rien.

— As-tu mangé ?

— J'ai mangé dans le train.

— Tu as pris le train ? Avec quel argent ?

Je n'ai pas envie de lui révéler que j'ai de l'argent plein mes poches. Je dis, pour simplifier :

— C'est Éliane qui a payé.

— Justement, Armand l'a vue passer en taxi ce matin. Je pense qu'elle s'en allait chez elle. Après le scandale du mariage, elle fait mieux de pas se montrer.

Armand, c'est le prénom de monsieur Sinclair. Je n'aime pas ça, que Maman l'appelle par son prénom, mais elle a le droit.

— C'est quand même pas elle qui a tué le curé.

Je dis ça pour défendre ma femme, parce qu'un homme à peu près marié doit toujours défendre sa femme, surtout quand c'est la belle-mère de sa femme qui l'attaque.

— Je parle pas du curé. Je parle de ses invités à elle. Les vieux. Elle avait promis de les payer.

Maman me raconte comment ça s'est passé après notre départ. Les ambulances sont arrivées. La police aussi. Deux vieux étaient blessés. Les ambulances les ont amenés à l'Hôtel-Dieu de Mainville mais les ont ramenés parce que les urgences étaient débordées et les blessés disaient qu'ils étaient corrects. Maman leur a mis des pansements.

Une fois que tout le monde a été calmé, les vieux ont demandé leur salaire au père de la mariée. Ils sont mal tombés. Il a dit « Moi, je sais rien, je suis rien que le chauffeur de la limousine ». Les vieux ont voulu porter plainte à la police. Mais la police était partie à la recherche de l'assassin. Ils se sont tournés vers Maman, parce que c'était la mère du marié et que c'était tout ce qui restait. C'est là qu'elle a eu une idée. Elle leur a dit « Écoutez, on a un buffet du meilleur traiteur de Mainville qui nous attend. Si on commençait par aller le manger ? ». Ils ont dit « C'est mieux que rien ». Ils ont tout mangé. Pas laissé une paille au fromage, une miette du gâteau. Rien. Puis ils ont dit à Maman « On sait que c'est pas de votre faute. Voilà la liste de ceux qui sont venus. Vous direz à votre bru de nous envoyer notre argent. Elle sait où on reste : au Château Outremont ». Ils sont partis quasiment contents. Mais Éliane a intérêt à payer ses vieux avant de se faire voir au village.

Ça tombe bien, j'ai encore de l'argent de Lirette à lui remettre. Quarante vieux à vingt dollars, ça fait huit cents. Je suis prêt à payer la moitié même si je ne serais pas obligé.

Maman me donne la liste des vieux.

— Dis à ta femme de les payer au plus vite. J'ai jamais eu aussi honte de ma vie.

— De toute façon, c'est pas ma femme, on est pas mariés. Le curé est mort avant.

— Va faire croire ça au monde du village, toi. T'es aussi marié que n'importe qui.

— De toute façon, je m'en vas la voir. J'ai de l'argent à lui remettre.

Maman en échappe la casserole qu'elle est en train d'essuyer. Il y a deux choses qu'elle a beaucoup de mal à croire : premièrement, que j'aie de l'argent ; deuxièmement, que je veuille le remettre à quelqu'un d'autre au lieu de le garder pour moi.

Je suis fier de mon petit effet.

Je prends le vélo de Papa dans la remise. Je roule mon bas de pantalon jusqu'au genou pour éviter de salir mon complet neuf sur la chaîne.

Le rang où est la maison d'Éliane est le dernier non seulement de la municipalité de Saint-Gérard-de-Mainville, mais de tout le Québec et tout le Canada aussi. Derrière, il y a un petit bois qui s'étend jusqu'à la rivière Mainville. Si on traverse la rivière, on est presque rendu aux États-

Unis, mais pas tout à fait, parce qu'ils ont fait la frontière sur le quarante-cinquième parallèle au lieu de la rivière. Ça aurait été trop facile.

Éliane habite une maison assez ordinaire, vue de l'extérieur. Une maison blanche en planches de bois dont la peinture s'écaille et qui commence à pourrir par endroits. Le toit est vert. Les volets aussi, mais pas du même vert. Le même vert, ça aurait été mieux, mais les couleurs ça ne se discute pas, surtout quand c'est le propriétaire précédent qui a fait la peinture.

Je m'arrête devant la porte. Le taxi est reparti. Éliane est la seule personne de tout Saint-Gérard à prendre des taxis. Sauf en cas d'urgence, évidemment. Si quelqu'un, par exemple, se coupe la jambe avec une tronçonneuse, c'est mieux d'appeler un taxi pour aller à l'Hôtel-Dieu de Mainville. Ça évite de salir les sièges.

Je dépose le vélo contre un arbre. Je m'avance. La maison est en moins bon état qu'il me semblait. Je remarque des petits détails de rien, que je n'avais pas vus, le soir, quand je suis venu porter mes affaires. Les marches du perron sont usées. Du dessus et d'en dessous : l'ancien propriétaire les a retournées, parce qu'elles étaient seulement usées sur le dessus, et maintenant elles sont usées également des deux côtés. La moustiquaire de la porte est percée. Les fenêtres font pitié et laissent sûrement passer le froid et la neige l'hiver. Il y a des carreaux cassés, bouchés avec du carton. Et encore, je ne vois que l'avant de la maison. Ce genre de maison est toujours bien pire en arrière, parce que ça se voit moins.

Je comprends qu'Éliane ait voulu se trouver un homme pour faire des réparations. Elle aurait pu trouver mieux que moi. Mais j'ai deux frères, ça compense.

Je frappe à la porte. J'attends une bonne minute. Pas de réponse. Peut-être qu'Éliane est juste venue chercher ses affaires et est repartie avec le taxi parce qu'elle a trop honte pour rester là avec l'histoire de ses vieux engagés mais pas payés, surtout si elle ne veut pas payer. Ou bien elle a enfin vu que sa maison est en trop mauvais état et elle a décidé de l'abandonner et d'aller se loger ailleurs avec l'argent de Lirette.

Juste au cas où elle serait là quand même, je crie « Éliane ! » trois fois. Toujours pas d'Éliane. J'ouvre la porte-moustiquaire et je me colle le nez dans la vitre en me mettant les mains de chaque côté de la tête pour couper les reflets du soleil.

Pendant un moment, je ne vois rien, le temps de m'habituer à l'obscurité de l'intérieur de la maison.

Et tout à coup j'aperçois Éliane. C'est bizarre : elle a la tête en bas.

— Éliane, qu'est-ce que tu fais comme ça ?

Elle ne peut plus faire semblant qu'elle n'est pas là. Elle crie :

— Va-t'en ! Je veux plus te voir.

Je regarde mieux. C'est juste si mon nez ne passe pas à travers la vitre.

Je vois une corde autour de son cou. Éliane est attachée la tête en bas. Qui lui a fait ça ? Pourquoi ?

— Laisse-moi mourir tranquille.

Je commence à comprendre. Elle s'est suicidée et elle a raté son coup. En tout cas, ça n'a pas marché comme c'est supposé, mais peut-être que si elle reste là assez longtemps comme ça, la tête en bas, elle va finir par mourir tranquille puisque c'est ça qu'elle veut.

— Comme tu voudras.

Je fais demi-tour. C'est sa vie à elle. Pourquoi je me mêlerais de ses affaires ? Si elle veut mourir, elle a le droit. Surtout que personne ne me voit. On ne pourra pas dire que j'ai abandonné ma femme pendue la tête en bas.

Mais je ne descends qu'une des cinq marches.

Je m'arrête. J'hésite. Pas bien longtemps. Je remonte, je rouvre la porte-moustiquaire, je tourne la poignée de la porte vitrée, mais elle ne veut pas s'ouvrir. Je redescends chercher un caillou gros comme le poing. Je le lance dans la vitre qui vole en éclats. Je remonte, je passe la main à l'intérieur. Je cherche un verrou. Je le trouve, je le tire, la porte s'ouvre, je fais un pas en avant dans les éclats de verre.

J'ai du sang dans la main, mais pas beaucoup. Pas assez en tout cas pour qu'Éliane me témoigne de la sympathie. Parce qu'elle est de très mauvaise humeur, Éliane, et fâchée contre moi, même si je ne lui ai rien fait.

— Quatre fois, j'ai raté mon suicide. Tu pourrais pas me laisser réussir le cinquième à mon goût ?

Je prends le temps d'examiner la situation avant de décider si j'obéis ou non. Nous sommes dans une grande pièce qui fait toute une moitié de la maison et qui sert en même temps de cuisine et de salle à manger — la cuisine à un bout, la salle à manger, à l'autre.

Un des propriétaires précédents a enlevé la moitié du plancher de l'étage au-dessus pour faire un plafond plus haut, avec des poutres apparentes. Cela a laissé une grande mezzanine, au-dessus de l'autre moitié de la maison.

J'essaie de comprendre comment Éliane s'y est prise.

Elle devait être sur la mezzanine, en train d'attacher un bout de la corde à une des poutres. Elle voulait se passer l'autre bout de la corde autour du cou et sauter de la mezzanine. Pendaison garantie.

Sauf qu'elle a dû glisser, tomber en bas de la mezzanine en s'empêtrant dans la corde qu'elle ne s'était pas encore passée au cou avec un nœud mais qui s'est enroulée autour de son cou dans la chute. Et elle se retrouve entre ciel et terre, suspendue par la cheville et par le cou. Mais plus par la cheville que par le cou, il me semble. Et être étranglé par la cheville, c'est encore pire qu'être étranglé par le cou. On meurt moins vite.

— Laisse-moi mourir ! hurle Éliane. De toute façon, je te laisse la maison. Je te laisse tout. Regarde, j'ai fait mon testament. Il est sur la table, dans l'enveloppe. Je l'ai mis avec l'argent que le tueur m'a laissé. Puis l'argent de l'auto. Il m'en restait encore un peu à moi aussi.

Je vais à la grande table de bois. Oui, il y a une enveloppe. Dessus, il y a écrit MON TESTAMENT.

Est-ce que je vais l'ouvrir et vérifier le contenu ? Il me semble que ce ne serait pas très élégant. Je ne sais pas si vous êtes d'accord, mais il n'y a pas beaucoup de choses qui ne se font pas. Péter en public, par exemple, ça se fait très bien, et à Saint-Gérard il n'y a personne que ça dérange ou qui ne le fait pas quand il en a envie. Mais lire le testament d'une femme qui est en train de mourir avant d'essayer de la sauver, je gage qu'il n'y a pas un seul manuel d'étiquette — même en France — qui accepte ça.

— Ouvre-le ! crie encore Éliane, tu verras bien.

— Je te fais confiance. Mais dans combien de jours tu penses mourir, pendue comme ça ?

Éliane est rouge, écarlate, cramoisie. En fait, je dirais qu'elle va mourir d'ici deux ou trois heures si je ne lui porte pas secours. Mais même si elle risquait seulement de mourir de faim à rester comme ça, Éliane ne changera pas d'avis. Elle veut rester comme ça.

— Laisse-moi mourir !

Est-ce que c'est l'effet de la corde autour de son cou ? En tout cas, il me semble que sa voix est éraillée et son souffle plus court que tout à l'heure. Il est temps que j'agisse, même si ça veut dire que je vais lui désobéir.

Je trouve un couteau tout de suite. Je ne sais pas de quel genre de folie souffre Éliane. En tout cas, ce n'est pas un genre de folie qui fait placer les ustensiles dans les tiroirs à vêtements et les chaussettes à la place des couteaux. C'est toujours ça de pris.

J'ai un bon couteau à pain, dentelé. Aucune corde ne peut résister à ça bien longtemps.

J'examine la situation rapidement, parce que Éliane a cessé de hurler. Je trouve même qu'elle commence à tourner de l'œil. En tout cas, elle ne va pas très bien. La preuve, c'est qu'elle ne parle plus.

J'approche une chaise. Si je grimpe dessus, je serai capable de couper la corde. Mais Éliane va me dégringoler dessus et ça pourrait être dangereux parce que j'ai un couteau à la main.

Il vaut mieux que j'aille sur la mezzanine, couper la corde, d'en haut.

Mais où est l'escalier qui y mène ?

Je pousse la porte de gauche. C'est celle du salon, avec dans un coin un escalier qui monte. Tiens, le divan a des coussins qui s'enlèvent. Je vais vite les porter sous le point de chute probable d'Éliane.

Je monte à la mezzanine. Merde, j'ai oublié le couteau dans la cuisine ! Je redescends. Non, il n'est pas dans la cuisine, il est dans le salon, sur la petite table devant le divan.

Je remonte sur la mezzanine avec le couteau. Je m'étends à plat ventre sur le plancher. J'attrape la corde dans ma main gauche. Je serre fermement le couteau dans ma main droite.

— Es-tu prête, Éliane ?

Pas de réponse. Si elle disait « Si tu coupes la corde, je te tue », je laisserais peut-être faire. Mais elle ne dit rien. Ça lui apprendra.

— Attention, ça risque de faire mal.

Toujours pas de réaction.

En cinq ou six aller retour du couteau, la corde est coupée et j'entends le gigantesque ploc de la masse d'Éliane qui rencontre les coussins avec un peu de chance, le linoléum du plancher sinon.

Je redescends. Éliane est étendue sur le dos, une jambe dressée en l'air contre le mur. Je rabats la jambe. Je desserre la corde.

Je me mets à genoux et j'examine Éliane. Elle est bleue. Morte ? Peut-être. De la chute ou de l'étranglement ? Je n'en sais rien. Est-ce que ça fait une différence ? Est-ce que c'est de ma faute ? On pourrait le dire si c'est à cause de la corde que j'ai coupée. L'étranglement, lui, je n'y suis pour rien. C'est Éliane qui s'est mis la corde au cou. En fait, je dirais qu'elle est, à cause de ça, responsable aussi de la corde coupée. Personne ne peut me blâmer. Surtout que j'aurais pu m'en aller sans rien faire. Dans ce cas-là, c'est sûr qu'Éliane serait morte tôt ou tard.

Je me répète que je n'y suis pour rien, que je n'y peux rien et que c'est tant mieux comme ça. Je n'ai qu'à trouver le téléphone et dire à la police d'envoyer le camion de la morgue. Mais je ne suis pas capable de me relever. Mes genoux restent collés au linoléum à côté du corps d'Éliane.

Ne me demandez pas pourquoi, mais je ne veux pas qu'elle meure. J'essaierai de trouver la réponse plus tard. Tout ce que je sais, c'est je ne veux pas qu'elle meure. Pas seulement qu'elle ne meure pas devant moi. Je ne veux pas qu'elle meure, point.

À l'école, en secondaire cinq, l'ambulance Saint-Jean nous avait fait faire un exercice de respiration bouche à bouche dans les cas de noyades mais aussi d'électrocution et d'autres problèmes que j'ai oubliés mais on a peut-être mentionné la tentative de pendaison suicidaire avortée.

On nous avait partagés entre victimes et secouristes. J'étais allé du côté des victimes quand j'ai vu que Myriam Beaulieu allait chez les secouristes. Je lui ai fait un clin d'œil, elle a répondu de la même manière. Mais je ne suis pas sûr que le clin d'œil m'était adressé, parce qu'il y avait Philippe Labbé derrière moi. Et Philippe Labbé, c'était le plus beau gars de l'école. La preuve : il est maintenant danseur dans la meilleure boîte de danseurs nus, à Montréal.

De toute façon, ces sadiques d'ambulanciers Saint-Jean nous avaient fait faire du bouche à bouche unisexe. Les gars avec les gars, les filles avec les filles, sauf pour Claude Parizeau et Lisette Mauger parce que ça n'arrivait pas autrement.

Tout ça pour vous dire que, dans le bouche à bouche, j'ai plus d'expérience comme victime que comme sauveteur.

Mais ça ne compte pas, aujourd'hui. Éliane va mourir si je ne fais rien.

De toute façon, même si ça ne sert à rien, il faut que je fasse quelque chose. Quand bien même ce serait seulement pour dire que j'ai essayé de faire quelque chose si la police m'interroge. Quand une femme meurt ailleurs qu'à l'hôpital, c'est toujours le mari qui est soupçonné de l'avoir assassinée. Je sais bien qu'on n'était pas mariés pour vrai, mais on s'était quand même rendus jusqu'à l'autel et ni elle ni moi on n'a dit non. C'est un crétin de psychologue cinglé qui a arrêté la cérémonie. Nous, on voulait se marier, tout le monde le dira. Alors, c'est comme si on était mariés. Je vais me faire arrêter, interroger pendant des heures jusqu'à ce que j'avoue pour avoir la paix et là, une fois que vous avez signé une confession, vous avez beau dire « c'est eux qui m'ont forcé à signer », le jury ne vous croit jamais. L'ADN finit par prouver, après dix ans de prison, que ce n'est pas le violeur qui a commis le viol. Mais dans mon cas ce n'est pas un viol, alors l'ADN ne changera rien.

Si je me souviens bien, il faut d'abord relever un peu le haut du dos de la victime.

J'essaye de redresser Éliane. Il me semble qu'elle est plus lourde morte que vivante, mais je ne sais pas pourquoi je dis ça, je n'ai jamais essayé de la soulever de son vivant. Au moins, elle se laisse faire. C'est ce qu'il y a de bien avec les morts, on peut leur faire n'importe quoi, ils ne disent rien.

J'arrive à lui glisser un coussin sous la tête. Je lui bouche le nez. Je lui renverse la tête en arrière. Pas besoin d'ouvrir la bouche, elle est déjà ouverte. Je colle mes lèvres contre les siennes. Je souffle de toutes mes forces.

Elle ne respire pas. Je mets mon oreille contre sa poitrine. Rien. Mais, si je me souviens bien, les ambulanciers Saint-Jean nous ont dit de ne pas paniquer, de prendre notre temps, que ça ne revenait pas toujours du premier coup, la vie, et qu'il fallait faire de notre mieux pour la faire revenir, sinon on pourrait regretter toute notre vie de ne pas l'avoir fait pendant assez longtemps, surtout qu'on peut arrêter juste une seconde trop tôt alors qu'un autre dernier petit coup d'air aurait pu faire la différence entre la vie et la mort.

Eh bien, je le fais pendant une heure au moins, je dirais. Je n'ai pas de montre, je ne peux pas en être sûr. Mais j'ai les lèvres en feu, les poumons brûlants. J'ai beau changer de temps en temps la main qui bouche les narines pendant que je souffle dans la bouche, j'en ai des crampes aux doigts.

Le comble, c'est que je me mets à pleurer. Je ne sais pas pourquoi. Éliane, je m'en fous. Elle peut crever, ça ne me regarde pas. À condition que la police ne vienne pas dire que je l'ai tuée. Il me semble que ça doit être évident que c'est un suicide. La corde coupée, les marques sur la gorge. Et Éliane est plus forte que moi. On ne peut pas dire que je l'ai étranglée et qu'ensuite je l'ai montée en haut, que je lui ai passé la corde au cou et que je l'ai poussée en bas. Même avec le genre de police qu'on a, je ne risque rien, je pense. Rien qu'à nous voir, Éliane et moi, on sait que ça ne tient pas debout.

Ça n'est pas pour ça que je pleure. N'empêche que j'aimerais bien savoir pourquoi. C'est à cause d'Éliane, je dirais. Elle aurait dû penser à ce que ça me ferait avant de sauter de la mezzanine.

Bon, je ne pleure plus. Ou, si je pleure encore, c'est de colère. Je dis :

— Mange de la marde, Éliane.

Et je décide que ça suffit. J'ai assez donné. Je n'ai plus de poumons, plus de lèvres, plus de doigts, plus rien pour souffler de la vie dans le corps d'une morte.

Oui, c'est ça : qu'elle meure, Éliane. Je suis prêt à passer le reste de ma vie en me disant que si j'avais essayé encore une fois un dernier coup de pompe, je l'aurais sauvée. Elle peut manger tout un stimeur de marde au ciel ou en enfer — ce n'est pas l'endroit qui compte, c'est le menu.

Mais devinez ce qui se passe quand je décide que je n'en peux plus, que la dernière fois c'était la dernière fois ? C'est vrai que j'ai dit au moins cent fois « Encore une fois, puis c'est fini », mais cette fois-là c'est vraiment vrai. Je n'en peux plus. Ça ne sert à rien. Éliane est morte. C'est triste, mais c'est comme ça.

Oui, vous avez deviné : Éliane a décidé qu'elle ne m'avait pas encore assez fait chier. Elle se remet à respirer. Un coup, il me semble. Mais je ne peux pas être sûr que c'est ça. Je lui donne encore un coup d'assurance au bouche à bouche. Ça ne peut pas faire de tort, au cas où elle reprendrait connaissance toute seule et se ferait des idées en s'imaginant que je n'ai rien fait pour la sauver.

Elle ouvre les yeux. Elle reconnaît qu'elle est chez elle et pas au ciel. Avec moi, pas avec saint Pierre.

Elle va m'engueuler parce que je ne l'ai pas écoutée. Elle va dire que je ne l'ai pas laissée mourir comme j'aurais dû.

Je vais lui répondre que ce n'est pas de ma faute, que je lui ai fait le bouche à bouche seulement parce que c'est la loi qui oblige les gars à faire du bouche à bouche aux filles qui ont perdu le souffle. En plus, elle m'a sauvé la vie l'autre jour en me jetant par terre dans l'église. C'était mon tour de la sauver. Ça lui apprendra.

— Tu m'as sauvé la vie, elle dit.

— Tu me l'avais sauvée toi aussi, tu te souviens, à l'église, quand tu m'as sauté dessus. C'était mon tour. Je pouvais pas faire autrement.

— Merci.

Éliane oublie de m'engueuler pour lui avoir sauvé la vie. Je ne m'attendais pas à ça. Les femmes, ça change d'idée bien vite, si vous voulez mon avis.

— C'est rien, je dis.

Elle prend du mieux, passe du violet au cramoisi, du cramoisi au rose. Elle se touche la gorge comme si elle avait soif.

Je vais lui chercher un verre d'eau. Elle se redresse et boit tranquillement. Je m'en prends un aussi parce que le bouche à bouche, ça gaspille la salive et ça donne soif.

On dirait qu'elle veut se relever. Je l'aide. Elle marche jusqu'à la table. Moi aussi, à côté d'elle, au cas où elle aurait besoin de s'appuyer sur quelqu'un. Mais elle y arrive toute seule. Elle s'assoit, voit son enveloppe qui n'a pas bougé.

— Tu l'as pas ouverte ?

— L'enveloppe ? Non.

— Je change pas d'idée. Tu gardes l'argent, puis je te garde dans mon testament pour la maison.

Elle se tait et respire profondément pour compenser l'air qu'elle n'a pas respiré pendant qu'elle ne respirait pas.

J'ai envie de lui faire remarquer que son testament ne vaut plus rien, maintenant qu'elle n'est pas morte. Mais je ne le dis pas parce que ce n'est pas la chose à dire dans un moment pareil.

Je regarde quand même autour de moi parce que je n'avais pas tellement fait attention à la maison, avant. Je n'avais jamais pensé qu'elle pourrait m'appartenir un jour. Je savais que je viendrais y vivre avec Éliane. Mais vivre dans une maison et penser qu'un jour elle nous appartiendra, ça nous fait regarder les choses différemment.

Est-ce que je serais content de recevoir cette maison-là en héritage un jour, que ce soit aujourd'hui ou dans dix ans ? Peut-être. Il y a pire. On commence par acheter un grand tonneau de peinture blanche et déjà ça donne un air propre à l'intérieur le plus dégueulasse. Avec le blanc, on ne se trompe jamais. Ou le blanc cassé, si c'est le même prix, mais souvent c'est plus cher. Surtout s'ils appellent ça du blanc coquille d'œuf, c'est le plus cher des blancs même si on ne voit pas de différence.

— Le testament, c'est correct, je dis. Mais l'argent, je le prends pas. J'ai eu ma part, moi aussi. Puis j'en ai d'autre à te remettre. Et puis j'ai les cartes de Lirette.

— Lirette ?

— L'assassin. Maurice Lirette. Un type très bien, je te jure. Pas un vrai assassin. Un psychologue qui avait des bonnes raisons de tuer le curé Lachapelle. Je peux pas t'expliquer, ce serait trop long, mais c'est vrai quand même. Il regrette de nous avoir fait du tort. Ça fait qu'il m'a remis sa carte de caisse populaire avec deux cartes de crédit. J'ai le code et tout. Il y a encore plein d'argent à aller chercher. Lirette, il s'en fout, il s'en va en prison de toute façon.

— Garde tout, j'ai dit, répète Éliane.

Souvent, c'est généreux, les gens à qui on vient de sauver la vie. On peut facilement en abuser si on les laisse se laisser faire. Éliane ouvre l'enveloppe, en sort une grosse pile de billets, les met de force dans ma poche de veston qui était déjà pas mal pleine. Si ça peut lui faire plaisir.

Quelqu'un frappe à la porte. Je me retourne. C'est Bruno. Il vient reprendre l'Asüna, je gage. Éliane lui fait signe d'entrer. Il s'avance en faisant craquer la vitre cassée.

Je pensais qu'il allait nous interroger sur où on était passés. Tout ce qui l'intéresse, c'est sa voiture.

— Où t'as mis l'Asüna ? il demande en refermant la porte derrière lui. Maman m'a dit que vous êtes revenus.

— On l'a plus.

Je n'ose pas lui dire qu'Éliane l'a vendue. Il va vouloir l'argent.

— Comment ça, vous l'avez plus ?

— On a eu un accident à Niagara. Elle est tombée dans les chutes. Perte totale.

Éliane pouffe de rire.

— Je vois pas ce qu'y a de drôle, grimace Bruno. J'étais pas assuré. Rien que pour les dommages de l'autre bord.

Les femmes sont trop sentimentales. Et trop honnêtes, des fois. Éliane intervient.

— Combien elle valait, ton Asüna ?

— C'était une quatre-vingt-treize, la meilleure année, finasse Bruno.

Il exagère. Il sait qu'Éliane ne peut pas savoir que ça a été la seule année des Asüna.

— Combien ?

— Deux mille.

Je proteste :

— Deux mille ? Pour une quatre-vingt-treize ?

Éliane a déjà la main dans ma poche, en tire la liasse de billets qu'elle vient d'y fourrer malgré moi.

— Deux mille américains, ça fera pareil ?

— Oui, ça peut aller, accepte Bruno sur le ton du type qui sait qu'il se fait flouer mais veut se montrer bon prince.

Il a toujours cette tête-là quand il accepte de mettre fin au marchandage d'une voiture qu'il vend deux fois le prix qu'elle vaut.

Je proteste encore, parce que cet argent-là, finalement, c'est le mien à moi aussi, sinon à moi tout seul :

— Deux mille américains ? Ça fait plus que trois mille, ça !

Bruno, tout à coup, se demande d'où vient cet argent-là. Ou bien il essaie de changer le sujet de la conversation.

— Qu'est-ce qui se passe ? Vous avez gagné au 6/49 ?

— Oui, en Ontario, fait Éliane.

Et on se met à rire tous les deux. À la télévision, j'ai déjà vu quelque chose sur les maniaco-dépressifs. Un jour, ils sont déprimés, le lendemain exaltés. Éliane doit battre tous les records de vitesse de la maniaco-dépression. Il y a même pas une demi-heure, elle venait de se suicider. Et là elle rigole et donne mon argent à mon frère comme si c'étaient des noix à un écureuil.

Ça tombe bien, Bruno est glouton comme un troupeau d'écureuils.

— Y a aussi les vieux du mariage. Ils ont pas été payés. Je peux m'en charger, si vous voulez.

Combien d'argent se rendrait aux destinataires ? Pas beaucoup. Ou rien du tout. Je coupe sèchement :

— Maman m'a donné la liste. On va s'en occuper.

— Bon, d'abord, c'est correct, dit Bruno en retraitant vers la porte avant qu'Éliane change d'idée pour les deux mille dollars U.S.

Ça fait sortir le méchant

Éliane et moi, nous éclatons de rire encore. À nous voir, on ne dirait jamais qu'elle était morte il y a quelques minutes à peine et que je désespérais de la ramener à la vie. Ni qu'on vient de donner trois mille dollars pour une voiture qui n'en valait pas la moitié.

Puis Éliane redevient sérieuse. Elle ne rigole jamais longtemps.

— T'es-tu demandé pourquoi je voulais me suicider ?

En fait, non. Elle voulait se suicider. Elle n'a pas réussi. Le reste n'est pas de mes affaires.

Mais je ne pense pas que ce soit la chose à dire dans les circonstances. Alors, je dis oui.

Éliane doit penser que je ne peux pas avoir la bonne réponse, parce qu'elle ne me demande pas ce que c'est. Elle dit :

— Je vas te le dire.

La revoilà dépressive. J'aurais dû dire non.

— Sais-tu ce que c'est que d'avoir à engager du monde pour ton mariage parce que tu sais que tout le monde qui te connaît viendra pas ?

Je ne secoue pas la tête. Ni de bas en haut, ni de gauche à droite. Des fois, on sent que quelqu'un nous pose une question mais ne veut pas de réponse. Je ne me trompais pas, parce qu'elle continue :

— Puis pense pas que c'est parce que je suis riche. J'ai rien que mon assurance, quatre-vingts pour cent de mon salaire de femme de ménage pour le gouvernement. Ils appellent ça une préposée à l'entretien ménager, mais c'est un salaire de femme de ménage quand même. Avec la maison puis le mariage, presque tout l'héritage de ma mère y a passé. La robe, la limousine avec chauffeur, les figurants, le traiteur. Y en avait pour quatre mille dollars. Le comble, c'est que je suis même pas mariée pour vrai à l'église parce qu'un maudit fou est venu tirer sur le curé.

Elle fait une pause. J'ai envie de lui dire que Lirette est vraiment peiné d'avoir interrompu notre mariage et qu'il nous laisse un tas d'argent pour nous consoler, bien plus que le coût du mariage une fois qu'on aura épuisé ses cartes de crédit, mais je vois bien que ça ne la consolera pas. Je la laisse continuer. Des fois, les femmes, ça leur fait du bien quand on les laisse parler. Les hommes aussi, mais pas autant, je trouve.

Éliane continue :

— Sais-tu ce que c'est, d'être obligée de tomber en amour avec un type comme toi parce que tous ceux qu'on a aimés avant voulaient rien savoir de toi ?

La question est compliquée, mais je la comprends quand même. Je secoue la tête parce que non, je n'ai aucune idée de ce que c'est, tomber amoureuse d'un type comme moi. Éliane reprend :

— Parce que je sais pas si tu le sais, mais tu es le plus laid, le plus paresseux, le plus égoïste de tous les hommes que j'ai jamais rencontrés. Puis j'en ai rencontré, des maudits hommes dégueulasses.

Là encore je secoue la tête parce que non, je ne le savais pas. Je me doutais bien un petit peu que je ne suis pas le plus beau gars sur terre. Mais le plus laid ? J'ouvre la bouche pour demander si elle a rencontré beaucoup d'hommes, parce que le plus laid sur dix, ce n'est pas la même chose que le plus laid sur cent ou sur mille. Éliane ne me laisse pas glisser un mot.

— Même que, quand je suis allée parler de mariage avec ta mère, je priais le bon Dieu pour que ça marche pas. Mais, chanceuse comme je suis, ta mère a dit oui puis t'as pas dit non.

J'ouvre encore la bouche pour lui expliquer que ce n'est pas de ma faute, que j'ai essayé d'éviter ce mariage dans notre intérêt à tous les deux jusqu'à la dernière demi-heure et qu'il a fallu que Maman me tire à l'église par l'oreille. Mais Éliane est partie sur une lancée. Elle a juste repris son souffle pendant une seconde.

— Sais-tu ce que c'est, d'avoir à inventer toutes sortes de mensonges, comme un prêtre qui viendrait nous marier à Niagara ? Ou que j'ai dit à ta mère qu'on était à Québec alors que je lui ai même pas parlé ? Ou d'être obligée d'enfermer ton fiancé dans un motel pour l'empêcher de s'enfuir parce que tu sais que c'est seulement à ça qu'il pense ?

Cette fois-ci, je ne me donne pas la peine de secouer la tête ni de me demander ce que je pourrais dire. C'est évident : Éliane n'a pas envie de m'écouter.

— Il a fallu que je jette tes vêtements dans les poubelles, en oubliant que les alliances étaient dedans. J'ai été obligée d'imaginer une singerie de mariage devant Dieu pour te convaincre de baiser avec moi. Puis tu m'as même pas baisée. Tu m'as juste lâché un petit filet de sperme dans la bouche. Puis tu voudrais que je te dise merci ou que je dise « Merci, mon Dieu, pour tous les bienfaits que vous m'avez envoyés tous les deux, Toi et lui » ?

Je me remets à secouer la tête. Je ne peux pas parler pour Dieu. Mais moi, je ne veux pas qu'elle me dise merci. Dieu non plus n'en demande pas tant, me semble-t-il. De toute façon, je vois qu'Éliane a encore envie de continuer. « Arrêtez pas, ça fait sortir le méchant », disait Maman quand je m'engueulais avec un de mes frères. Et je pense qu'Éliane a encore pas mal de méchant à faire sortir. Elle lui donne encore une petite poussée.

— C'est pour ça que je voulais me suicider. Pour en finir avec ma chienne de vie. Puis je voulais pas me tuer avec des médicaments comme les autres fois. Ça marche jamais, les maudits médicaments. On pense qu'on est mort, puis là on se met à vomir puis on ressuscite. Je voulais mourir avec une vraie corde solide accrochée à une poutre grosse comme ça. Puis j'ai quand même réussi à manquer mon coup. Ma maudite cheville qui s'est prise dans la corde. Une heure la tête en bas, à pas mourir. Puis toi, tu arrives, puis même si je te demande rien, tu me sauves la vie. Tu es un maudit salaud, Jocelyn Quévillon !

Je hoche la tête. Oui, vu de cet angle-là, Éliane a un peu raison : je suis un beau salaud.

Elle prend ma main, la met sur sa poitrine. Pas pour que je la tâte. Pour qu'elle soit près de son cœur. Je sens la différence, même si c'est la première fois qu'une femme met ma main sur son sein. Et je sens son cœur battre comme le cœur d'un petit oiseau blessé que j'avais ramassé une fois dans le bois derrière le village. L'oiseau est mort dans mes mains. Après un bon moment, j'ai senti son cœur cesser de battre. Je l'aurais enterré, mais la terre était gelée. Je l'ai juste laissé par terre derrière un arbre. Le lendemain, il n'était plus là. Un chat, un chien, un coyote ?

Un cœur de femme, c'est la même chose qu'un cœur d'oiseau, mais en mille fois plus gros. J'aurais envie qu'Éliane se taise. Qu'on prenne un petit moment de silence et de tranquillité. Avec ma main sur son cœur et sa main sur ma main.

Mais Éliane n'a pas fini. Elle est décidée à se le vider, le cœur, une fois pour toutes. Elle ne veut pas en laisser pour la prochaine fois, parce qu'elle n'est pas sûre qu'il y aura une autre fois. Elle a raison, parce que si jamais elle recommence ce genre de sermon, je sors et elle ne me reverra jamais.

— Puis là, maintenant, toi qui m'as sauvé la vie, si je te demandais de rester avec moi, mariés ou pas mariés, ça me fait pas de différence, je gage que tu resterais même pas cinq minutes, même pas une minute.

C'est vrai. Il me semble même que j'aurais dû partir avant. Heureusement, je viens de me trouver une sacrée bonne excuse pour partir sans attendre une seconde de plus. Je me lève.

— Faut que j'aille reporter le vélo de Papa chez Maman. On sait jamais, elle pourrait en avoir besoin.

— Tu vois ! s'exclame Éliane en fondant en larmes et en repoussant ma main. Même pas une minute. Tu me sauves la vie puis tu t'en vas tout de suite après sans te demander comment je vas vivre après. Maudits hommes en marde !

J'ai envie de dire « C'est la vie, j'y peux rien » ou quelque chose du genre. Surtout qu'elle dit que tous les hommes sont comme ça. Donc, ce n'est pas de ma faute. Si je suis comme je suis, c'est parce que je suis un homme. On ne peut rien me reprocher. Ça aussi, c'est dans mes gènes, comme la fatigue chronique.

Mais je ne sais pas ce qui me prend. Je dis plutôt :

— Je vas revenir tout de suite. Je te jure.

J'ai fait une autre erreur. J'ai eu l'air sincère, alors que je me disais « Si tu penses que je vas revenir, tu es une maudite folle, Éliane ».

Elle est affalée sur la table, la tête posée sur ses bras croisés pour mieux pleurer. Elle relève la tête, renifle.

— C'est vrai ? Tu dis pas ça juste pour rire de moi ?

— Je te le jure. Y a juste une chose : je sais pas combien de temps je vas rester quand je vas revenir.

Je suis fier de moi. J'ai quasiment rattrapé ma promesse imprudente.

— Le temps que tu voudras, dit Éliane.

Je me lève. Je sors.

Avant même que je sois monté sur le vélo de Papa, je me rends compte que je suis un idiot. Pas seulement parce que je lui ai dit que je vais revenir. Parce que je sais que je vais le faire.

J'ai tenu ma promesse. Je suis revenu. Sur le vélo de Papa. Je n'ai même pas demandé à Maman si elle voulait me le laisser. De toute façon, elle en a un à elle et ne s'en sert jamais.

J'explique à Éliane pourquoi j'ai changé d'idée pour le vélo :

— C'est parce qu'il faut que j'aille tous les jours à la caisse populaire chercher le reste de l'argent de Lirette. Ça va aller plus vite à vélo. Je peux prendre deux fois cinq cents dollars tous les jours. Et il reste dix mille deux cents dollars et trente-sept.

Pour prouver ce que je dis, je lui montre le relevé que la distributrice de billets m'a imprimé ce matin à la gare, à Niagara, avec le solde. Lirette m'a dit que ça comprenait sa marge de crédit.

— J'aimerais ça y aller avec toi, supplie Éliane.

— Au village ? T'as une bicyclette ?

— Non.

— Je vas essayer d'emprunter celle de Maman.

Je suis retourné chez Maman à pied, pour pouvoir rapporter le vélo. Maman a dit « Dis-moi pas que tu vas rester avec ta folle ? Vous êtes même pas mariés pour vrai ». Mais elle m'a prêté son vieux vélo quand même. Maintenant que monsieur Sinclair est là, elle peut se servir de sa Pontiac tant qu'elle veut parce qu'il est tout le temps à l'épicerie et qu'il y va à pied, sinon ça enlèverait une place de stationnement pour les clients.

J'en profite pour y aller, faire des provisions. Un petit poulet pas cuit. Un brocoli, des oignons, des carottes. Dans deux sacs de plastique que je suspends de chaque côté du guidon.

Je dis à Éliane qui est sur le perron et qui me voit arriver sur le vélo :

— Maman te le prête, le temps que tu voudras.

— Tu vas me montrer ?

— Tu sais pas aller à bicyclette ?

— Non, mais ça a l'air facile.

Ça ne l'est pas. Pas pour Éliane, en tout cas. Il est vrai que son fessier est beaucoup plus large que la selle et qu'elle n'arrive pas à distribuer ses fesses également des deux côtés. C'est ça, le problème, avec la bicyclette. Quand on n'a pas le cul bien au milieu, on va tout croche.

Heureusement, le chemin qui part de chez Éliane est en pente douce. Je lui donne une petite poussée et elle parvient à se mettre en marche sans même pédaler. Puis, quand elle va trop vite à son goût, elle crie :

— Qu'est-ce que je fais ?

— Pédale par en arrière !

Elle ne doit pas me croire et s'imaginer que si elle pédale elle va aller plus vite même si c'est par en arrière. Elle fonce dans le fossé. J'accours. Elle se relève sans rien de cassé. Elle doit être solide. Ou molle. Je ne sais pas ce que ça prend pour qu'on ne se casse rien. Mais elle ne se casse jamais rien, en une dizaine de chutes. Des éraflures aux bras et aux jambes, mais ça ne la décourage pas. Moi, je suis épuisé de l'aider à se relever, de pousser le vélo pour remonter la pente, puis de courir derrière elle pour la ramasser dans le fossé.

Et il est huit heures passées. Il commence à faire noir. Je prends une décision ferme.

— Sais-tu, je pense que ce serait mieux si j'y allais tout seul, au village.

— Pourquoi on achète pas une auto ? On a de l'argent. On pourrait y aller ensemble. On pourrait faire nos courses à Mainville, ce serait moins cher que chez Sinclair.

Oui, c'est cher, chez Sinclair. Et on a de quoi se payer une voiture d'occasion bon marché. Mon frère devrait être capable de nous trouver ça.

— Je vas en parler à Bruno.

Éliane sourit. Je sors le vélo du fossé et je le pousse vers la maison. Je suis embêté. Qu'est-ce que ça peut tant lui faire, que j'aille à Mainville tout seul ?

Je mets le vélo dans la remise et je reviens à la maison, où Éliane est en train de ranger les légumes dans le frigo. Elle demande :

— C'est vrai que tu vas rester pour la nuit ?

Qu'est-ce que j'ai promis au juste ? Quelques minutes ou quelques jours ou rien de précis ? De toute façon, je n'ai nulle part où aller.

— Pourquoi tu penses que j'ai acheté un poulet ?

Éliane ouvre l'autre sac. Je n'ai pas menti : il y a un poulet. Elle grimace.

Aussitôt, je me prends pour Salomon :

— Écoute, on pourrait s'arranger pour avoir de la viande un jour sur deux. Mettons que les jours pairs on mange de la viande et les jours impairs on mange du végétarien.

— D'accord, mon amour.

Elle est enchantée. Non seulement je reste pour la nuit, mais en plus je viens de m'engager pour un nombre indéfini de jours pairs et de jours impairs. Ça doit faire au moins quatre si je compte bien. Deux de chaque sorte. Après, on verra.

— Où je dors ?

— En haut.

Je la suis sur la mezzanine. Je me doutais bien que c'était la seule chambre. Et il n'y a qu'un lit, à deux places.

Je me déshabille, mais je garde mon caleçon de boxeur. J'éteins la lumière. Je me couche sur le dos. Éliane est déjà là. Elle demande :

— Tu veux-tu ?

Je ne réponds pas. Je sais ce qu'elle veut, mais je ne sais pas si je veux. Elle se tourne vers moi. Elle est toute nue et je sens la chair chaude de son sein contre mon bras. Elle m'enlève mon caleçon. Un caleçon de boxeur ça s'enlève facilement. Trop facilement, je trouve. C'est la faute à Lirette.

Elle s'installe au-dessus de moi, une main de chaque côté de ma tête. Je ne vois rien, mais je trouve ses seins tout de suite avec mes mains.

Éliane frotte sur mon pénis une partie humide de son corps. Le voilà tout à coup avalé par une espèce de bouche chaude et molle. Et il aime ça, parce qu'il est plus gros que jamais.

Ce soir, je ne veux pas voir des vers de terre dans ma tête. Et je n'ai pas envie non plus de me souvenir de Maman qui vomit.

Éliane s'agite sur moi. Et c'est vachement bon le temps que ça dure. J'éjacule et je crie je ne sais pas quoi. Éliane crie, elle aussi. Je ne sais pas quoi, pour elle non plus.

Elle reste un bon moment sur moi. Puis mon pénis redevient tout petit comme d'habitude. Je sens qu'il sort d'elle.

Éliane se couche sur le côté, reste serrée contre moi.

— C'était bon ? elle demande.

— Oui.

— Aussi bon qu'avec les autres ?

Est-ce que je vais lui dire que je suis puceau — ou plutôt que je l'étais encore il n'y a même pas cinq minutes ? Lui laisser entendre qu'elle sait tout et que moi je ne sais rien ? Je dis :

— Oui. Meilleur, je trouve.

Elle a un petit gloussement de plaisir.

— Il faudra que tu me racontes ça. Pour les autres, je veux dire.

— Je sais pas.

Il n'y a rien à raconter.

À part la main de Véronique Allaire dans l'autobus du pique-nique.

Mieux que j'aurais pensé

Ça fait déjà un mois que je suis avec Éliane. C'est mieux que j'aurais pensé. On fait l'amour deux fois par semaine. On fait des balades dans la Cavalier 1991 que Bruno nous a trouvée. Je mange de la viande une fois par semaine, parce que finalement c'est plus simple qu'Éliane fasse la cuisine pour nous deux au lieu de chacun pour soi. Mais, une fois par semaine, je m'ennuie trop de la viande. Je me fais cuire un petit poulet. Je ne manque jamais mon coup : il faut juste que je prenne bien soin de le faire trop cuire. De la viande pas trop cuite, je trouve que ça a le même goût que les légumes.

On a décidé de faire une noce. Une vraie noce, même si on ne fait pas un vrai mariage. Éliane aurait aimé qu'on se remarie à l'église. J'ai répondu que le successeur du curé Lachapelle n'a pas encore été nommé, que ça serait compliqué. Elle a dit qu'on pouvait aller se marier à Mainville. J'ai dit qu'on a payé pour Saint-Gérard et qu'on a encore droit à un mariage gratuit ici parce que la première fois le curé n'a pas fait son travail jusqu'à la fin, d'autant plus qu'on n'a rien eu à voir là-dedans, puisque ce n'est pas sur nous que Lirette tirait.

En plus, cinquante dollars, ce n'est pas une fortune, mais l'argent file rapidement. J'ai promis de refaire le parement et il y avait du clabord à rabais au Homme Dépôt de Mainville. Du vinyle brun. C'est pour ça que c'était moins cher. Une erreur dans les pigments, a expliqué le vendeur. Ça explique aussi que le brun ressemble à du caca de poule, mais ça n'est pas grave, parce qu'une maison couleur caca de poule, ça ressemble quand même bien plus à une maison qu'à du caca de poule. Et puis le vendeur nous a juré que c'est une couleur qu'on ne verra jamais nulle part ailleurs. Ils nous ont livré le clabord qui attend, empilé à côté de la maison, que Bruno et Lucien aient le temps de venir me donner un coup de main parce que je ne me souviens plus de comment ça se pose.

Mais il n'y a pas que l'argent. J'ai été franc. J'ai dit à Éliane :

— Écoute, pour le mariage, je suis pas prêt. De toute façon, tout le monde divorce tout le temps. On pourrait faire croire qu'on s'est mariés pour vrai à Niagara et juste fêter ça comme ça. Personne était là, ils peuvent pas dire que c'est pas vrai.

Éliane a dit :

— Je comprends.

J'ai ajouté :

— À part ça, ça va aller plus vite. On est déjà rendus au mois d'août. Je gage que toutes les dates sont déjà réservées à la cathédrale de Mainville. Si on veut fêter comme il faut quand on veut, on est mieux de s'arranger tout seuls.

Éliane veut qu'on fasse ça dehors, derrière la maison, comme dans les films français.

Pas question d'engager des figurants, cette fois-ci. Rien que des parents et des amis, tous gratuits. Des parents à moi, bien entendu, parce que Éliane n'en a pas à elle. Et des amis à moi, pour la même raison. Sauf un qu'on pourrait dire autant ami à elle qu'à moi, même si Éliane ne lui a jamais parlé et ne l'a vu que deux fois et pas longtemps chaque fois : Lirette, qui a téléphoné avant-hier.

— C'est Lirette. Il est en prison. Je peux l'inviter à la noce ?

— Si tu veux, a dit Éliane qui devait penser qu'il ne pourrait pas venir et que c'est pour ça que je voulais l'inviter.

Je l'ai invité. Quand j'ai raccroché, Éliane a dit :

— Qu'est-ce qu'il a dit ?

— Qu'il va voir ce qu'il peut faire.

— Je pense que j'aimerais autant qu'ils le laissent pas sortir.

— Il sortira pas, c'est sûr, j'ai dit pour la rassurer.

Ils l'ont laissé sortir. Même que c'est lui qui arrive le premier.

Il frappe à la porte. Éliane va ouvrir. Il dit :

— Bonjour.

Il a une caisse de champagne et un énorme bouquet de fleurs.

Éliane doit penser que c'est un livreur, parce qu'elle prend son sac à main pour lui donner un pourboire. Heureusement, je sors de la salle de bains à ce moment-là et je reconnais Lirette tout de suite, même si ses cheveux sont plus longs et s'il a perdu quelques livres. Je fais les présentations :

— Éliane, c'est Lirette. Lirette, Éliane.

Pendant que je libère Lirette de ses cadeaux, il bredouille :

— Je suis vraiment désolé pour le curé Lachapelle…

— C'est rien, dit Éliane gentiment, on le connaissait pas tellement.

— Comme ça, ils t'ont relâché ? je dis pour détendre l'atmosphère parce que je sais qu'Éliane fait un effort pour être gentille.

Lirette dit :

— J'ai versé un cautionnement. Heureusement, j'ai aussi un compte de banque sans carte bancaire. Je suis en congé de maladie. J'ai un bon syndicat. Le juge me fait passer des tas d'évaluations psychiatriques.

— Et qu'est-ce que tu as ?

— Un soupçon de schizophrénie avec un brin de paranoïa et un embryon de psychose maniaco-dépressive.

Je ris. Lirette aussi. Éliane a l'air de se demander pourquoi.

— C'est juste une blague entre nous deux, je dis.

— Ça aussi, c'est pour vous, dit Lirette en me tendant un petit paquet qu'il avait dans la poche de son veston.

C'est un disque. C'est facile à voir. Je n'ai jamais compris pourquoi les gens se donnent la peine d'envelopper un disque qu'ils donnent en cadeau. Même avec du papier de toutes les couleurs et un ruban, ça se voit que c'est un disque, pas un livre ou un fer à repasser.

Je déchire le papier. Il y a une pochette jaune avec le nom de Brigitte Fontaine et de son groupe, Genre humain.

— Il y a *La nuit est une femme à barbe,* dit Lirette.

— Merci, je dis.

— C'est la première plage, insiste Lirette.

Je regarde l'arrière de la pochette. C'est écrit « 1 La Femme à Barbe ». Ça ne prouve rien. Ça ne dit pas si c'est la nuit ou l'ennui.

— On peut l'écouter, propose encore Lirette.

— On a pas d'appareil pour les cédés, dit Éliane d'un ton brusque.

— Je suis désolé pour votre mariage, dit Lirette qui a pris ça comme un reproche personnel.

— Tu nous connaissais pas, je dis pour détendre l'atmosphère, tu pouvais pas savoir que c'était notre mariage que tu arrêtais.

Maman arrive, avec monsieur Sinclair qui a l'air de bonne humeur. Je devine pourquoi. À son âge, sortir avec une femme comme Maman, c'est inespéré. En plus, tout ce que ça lui coûte, c'est le prix d'une chambre. Plus l'essence de la Pontiac et des tas d'autres choses, je suppose, mais ça lui coûte moins qu'une fille une fois par semaine. Et il n'a pas à aller à Mainville. Maman est toujours là, sauf quand elle part avec la Pontiac.

Lucien est venu avec sa femme mais ils ont fait garder les enfants. Notre autre mariage les a traumatisés, paraît-il. Ils ont même vu un psychologue qui leur a dit qu'ils pourraient en garder jusqu'à l'âge adulte une aversion irréversible pour le mariage. Je ne dis rien, mais c'est peut-être tant mieux pour eux.

Bruno arrive avec sa nouvelle blonde. Une blonde, justement. Il y a aussi mon oncle Henri avec sa femme. Ma tante Berthe avec son nouveau mari. Maman ne voulait toujours pas que j'invite la parenté de Papa, parce que si on les avait invités, ils se seraient demandé pourquoi on ne les avait pas invités la dernière fois.

On est treize. On devait être quatorze. Mais comme on a ajouté Lirette et soustrait les enfants, ça fait treize.

— Si j'y avais pensé, on l'aurait pas invité, dit Éliane pendant que je la regarde laver les radis dans la cuisine.

— C'est quand même grâce à lui si on a une auto et de l'argent pour refaire le clabord.

— C'est aussi grâce à lui qu'on est pas mariés pour vrai, me fait remarquer Éliane.

Moi, je trouve que c'est mieux comme ça : de l'argent et pas de mariage, au lieu du contraire. Mais je garde ça pour moi.

J'ai fait asseoir Lirette au bout de la table formée de deux vieilles portes mises bout à bout sur des tréteaux. C'est la place d'honneur, mais c'est surtout une bonne place pour quelqu'un qui n'est pas accompagné.

Personne ne l'a reconnu.

C'est mieux comme ça.

Le ton monte. C'est joyeux, mais bruyant, une noce au champagne. D'habitude, nous ne buvons pas beaucoup, dans ma famille. Moi, jamais, parce que ce n'est jamais gratuit et que je n'aime pas tellement le goût. Les autres, pas tellement plus, parce que Papa buvait trop. Ils l'auraient plus aimé s'il n'avait pas bu autant. Mais ce n'est pas prouvé.

Là, aujourd'hui, c'est un repas de noces et le champagne est gratuit. En plus, c'est du vrai, a remarqué monsieur Sinclair qui s'y connaît parce qu'il n'en vend que du faux dans son épicerie. Je trouve que ça ressemble un peu à du Cévennoppe pas sucré.

Alors, on boit ça comme si c'était du Cévennoppe. L'alcool nous monte vite à la tête. Pas à Lirette. Il ne boit pas, lui. Chaque fois que quelqu'un veut lui remplir son verre, il dit :

— Non merci, je prends des médicaments.

Mais il mange beaucoup. Éliane a passé deux jours à cuisiner. C'est un jour impair aujourd'hui, mais elle a accepté de faire un menu mi-végétarien mi-viandeux. Heureusement. Et heureusement que Lirette est là, sinon le végétarien connaîtrait un échec total, parce que la noce a coupé l'appétit à Éliane. C'est sentimental, les femmes, le jour de leurs noces, même quand elles ne se marient pas pour vrai.

Je vais chercher les bouteilles numéro sept et huit, si j'ai bien compté. Il en reste quatre dans le frigo, si je calcule toujours comme il faut, mais c'est moins facile quand on boit du champagne.

Je commence à être adroit pour déboucher les bouteilles. La première fois, j'ai essayé avec le tire-bouchon. « Attendez, je vais vous montrer », a dit Lirette. Et il m'a montré. Ça n'est pas si difficile.

Ce que j'aime, c'est faire sauter les bouchons aussi haut que le toit de la maison.

— Je pense que c'est ton plus haut, prétend Bruno à la bouteille numéro sept.

— Avant, il l'a envoyé plus haut que le haut de la cheminée, le contredit sa blonde.

Pour mettre tout le monde d'accord, j'envoie le bouchon numéro huit plus haut que tous les autres d'avant.

— Bravo ! fait la blonde de Bruno en tapant des mains.

— Et vous, qu'est-ce que vous faites dans la vie ? demande Maman à Lirette qui est assis à côté d'elle et qui n'a quasiment rien dit à part « Non merci, je prends des médicaments ».

— Je suis en congé de maladie depuis que j'ai tué le curé Lachapelle, dit Lirette sur le même ton qu'il dit « Non merci, je prends des médicaments ».

Il y a un long silence. Un silence de mort, c'est le cas de le dire. Tout le monde se tourne vers Lirette. Tout le monde le reconnaît, maintenant. C'est vrai que quand on sait qui est quelqu'un, c'est toujours plus facile de le reconnaître.

Lirette n'a pas compris ce qui choque ma famille. Il ajoute :

— Je sais que ça a l'air bizarre, mon congé de maladie, mais c'est la convention collective qui veut ça. Si on est malade, on a droit à un congé avec solde, même si on a tué un curé.

Maman se lève.

— Je resterai pas ici une minute de plus.

Monsieur Sinclair se lève aussi. Puis Lucien et sa femme. Mon oncle Henri et ma tante Berthe avec leurs conjoints.

Lirette a enfin compris, et il est rouge comme une tomate. Il fait mine de se lever. Je lui fais signe de se rasseoir. De toute façon, il aurait beau partir, les autres partiraient quand même, maintenant qu'ils se sont levés. Il obéit.

Je dis :

— Écoute, Maman. T'allais jamais à la messe. Tu disais tout le temps que le curé Lachapelle était un imbécile. Tu changeais de trottoir quand tu l'apercevais dans la rue. Le curé Lachapelle, c'était un pédophile qui enculait les petits garçons, Maman. Y a plein de journaux qui l'ont dit après sa mort. C'est pour ça qu'ils nous l'ont envoyé ici. Personne d'autre en voulait. Bon débarras.

— C'est pas une raison pour boire du champagne avec un assassin.

J'aurais envie de lui faire remarquer que Lirette ne boit pas, lui. Donc, on ne peut pas dire qu'on boit du champagne avec lui. Mais il est trop tard. Ma parenté est en train de s'éloigner à la queue leu leu.

Je prends le poignet de la blonde de Bruno, qui est assise à côté de moi et qui commence à se lever, elle aussi.

— Restez, s'il vous plaît.

Elle reste. Bruno se rassoit.

Il y a un autre long silence. On entend les autos qui démarrent et qui s'en vont.

Le silence redevient total, puis Lirette dit :

— Il faut que je m'en aille. Je suis vraiment désolé. Pour le mariage. Pour aujourd'hui, aussi. Je regrette vraiment d'avoir fait irruption dans votre vie. Je n'aurais pas dû. Pardonnez-moi.

Il se lève. Je sens que je ne peux pas l'empêcher de s'en aller. Il s'éloigne.

Je dis :

— N'empêche que c'est un maudit bon gars, Lirette. Du vrai champagne, à part ça.

Je remplis le verre de la blonde de Bruno, puis le mien. Je lève mon verre et je dis :

— À la vôtre. Vous vous appelez comment, déjà ?

— Jocelyne.

— Moi, c'est Jocelyn. C'est drôle. Jocelyne-Jocelyn. On a au moins une chose en commun. On peut se dire tu ?

— Comme tu voudras.

Et nous entrechoquons nos verres. Ensuite, avec celui de Bruno. Mais Éliane ne veut pas.

C'est son affaire. Moi, c'est mon mariage que je fête et je veux le fêter gaiement, même si presque tout le monde est parti. Tant mieux, ça nous fera plus de champagne. Surtout qu'il n'en reste quasiment plus.

— À la santé de Maman !

Je vide mon verre. Les autres font comme moi, sauf Éliane encore.

Je remplis les verres pour un autre tôste. Bruno a la présence d'esprit d'en porter un à la santé des nouveaux mariés :

— À la santé des mariés !

Hop ! nos verres sont vides. Le mien, surtout. Je les remplis sans tarder, parce que j'ai un tôste à porter, moi aussi :

— À la santé du curé Lachapelle, parce que sans lui on serait mariés pour vrai !

Je me trouve très drôle. Pas Éliane, apparemment, parce qu'elle dit :

— C'est assez. Allez-vous-en.

Cette fois, Bruno et sa blonde se lèvent pour de bon et marchent vers le cabriolet que Bruno a évidemment garé sur la plus belle partie de la pelouse.

— Mais non, je dis. Y a encore plein de champagne.

Je cours après eux avec la bouteille que je viens de rafler sur la table. Mais je trébuche sur quelque chose. Un râteau, peut-être, que j'aurais oublié de ranger.

— Viens, Jocelyn, ordonne Éliane.

Elle est penchée sur moi et m'aide à me relever. Je rattrape la bouteille qui a roulé par terre. Elle est vide. Merde ! Il y en a encore une sur la table, pas tout à fait vide, celle-là. Je la prends au passage tandis qu'Éliane me pousse vers la porte.

Je n'ai plus de verre. Je ne sais pas où il est passé. Tant pis, je vais boire à la bouteille. Éliane me pousse dans l'escalier de la mezzanine. Je tombe sur le lit avec la bouteille qui se renverse, celle-là aussi. Ce n'est pas bien grave, elle était presque vide. Et il y en a d'autres dans le frigo. Combien, déjà ?

— Cuve ton vin, dit Éliane sévèrement.

— Viens faire l'amour, mon amour.

Ça ne lui dit rien qui vaille, parce que je l'entends qui s'éloigne dans l'escalier. Je pense que je vais m'endormir de bonne heure.

Je vérifie quand même que la bouteille est vide. Il reste quelques gouttes encore.

Maintenant, elle est vide.

Et moi, je ne serais pas très étonné d'être un petit peu saoul.

Rien qu'à voir, je vois bien

Rien qu'à voir, je vois bien que je ne vois plus rien.

Je sais que l'alcool frelaté peut rendre aveugle. Papa m'a mis en garde, dans le temps. « Bois rien que du bon », il disait. Il aimait la bière toute l'année, et le vin sucré bon marché dans le temps des Fêtes. Mais je ne savais pas que le champagne peut avoir le même effet que le mauvais alcool.

Parce que je suis aveugle. Tellement totalement aveugle que je ne vois rien du tout.

Au moins, je ne suis pas sourd, parce que j'entends des coups de marteau qui me font l'effet de m'arriver directement sur le crâne.

J'essaye de m'ouvrir les yeux avec les mains au cas où j'aurais simplement un problème de paupières collées si ça existe.

Mon œil droit, en tout cas, s'ouvre très bien, puisqu'il était déjà ouvert. Mais je ne vois toujours rien. Du côté gauche, j'ai un problème. Pas avec l'œil. Avec la main. J'ai le poignet gauche attaché à quelque chose avec quelque chose en métal. Je ne peux pas prendre ma main gauche pour m'ouvrir l'œil gauche et m'assurer que je ne suis pas aveugle des deux yeux.

Je suis obligé de prendre ma main droite pour l'œil gauche aussi.

Je ne suis pas aussi idiot que vous le pensez. Je comprends vite ce qui se passe. Je ne suis pas aveugle. Je suis dans l'obscurité totale. Je tâte de la main autour de moi. Derrière, il y a un tuyau. C'est à ce tuyau qu'est attaché le truc qui retient ma main gauche. Même sans rien voir, je reconnais ce que c'est : des menottes.

Des vraies menottes en métal, pas ces nouvelles menottes en plastique qu'ils prennent, à la télévision, pour arrêter les manifestants contre la mondialisation. Des vraies menottes de police. Est-ce que j'ai été arrêté ? Je me souviens de la noce d'hier. Puis d'être allé me coucher. Comment aurais-je pu faire quelque chose qui m'aurait fait arrêter ?

Je tâte par terre autour de moi, à droite avec ma main droite et à gauche avec le pied gauche. Sous moi, il y a un matelas, pas un lit entier. Sans draps, sans couvertures. À côté du matelas, il y a du gravier. Ça ne ressemble pas du tout au plancher d'une cellule. Ça me fait plutôt penser au gravier qu'on met au fond des caves.

Oui, c'est tout à fait ça : je suis dans une cave, attaché à un tuyau par des menottes. Et je n'ai pas à me demander longtemps qui m'a mis là. Ni dans quelle cave je suis.

Les coups de marteau viennent de s'arrêter. Je tends l'oreille. J'entends peu après des pas lourds sur le plancher, au-dessus de ma tête. Une porte s'ouvre. Une ampoule nue, suspendue au plafond, s'allume au milieu de la cave. J'aperçois des murs de pierre, un sol couvert de gravier, un escalier.

— Bonjour, Éliane, tu as bien dormi ?

J'ai lancé ça joyeusement, en voyant ses pieds sur la marche la plus haute de l'escalier. Je pensais que ça la mettrait de bonne humeur. Mais on dirait que non. Dès que je vois son visage, je vois bien que ça va mal. Elle m'en veut pour quelque chose. Va-t-elle me le dire sans trop tarder ?

Elle commence par s'approcher de quelques pas. Mais elle reste à bonne distance, comme devant un chien en laisse dont on n'est pas sûr que la laisse n'est pas plus longue que ce qu'on en voit.

— Comme ça, tu es fier de toi ? « Oh ! Jocelyne et Jocelyn, comme ça va bien ensemble. Reste encore un peu, j'aime tellement te caresser le bras. »

Elle dit ça en m'imitant quand je parlais à la blonde de mon frère — très mal, je trouve, et il me semble que ce n'est pas tout à fait ce que j'ai dit. Si ce n'est que ça, ce n'est pas bien grave. Une petite crise de jalousie. Ça devrait passer. D'autant plus facilement que j'ai toujours eu un principe : ne pas courir après les blondes de mon frère tant qu'elles sont ses blondes. Même après, à bien y penser, mais c'est surtout parce que je ne les revois jamais une fois qu'elles ont rompu avec lui ou lui avec elles.

Je m'explique tranquillement :

— J'essayais seulement d'être gentil avec la blonde de mon frère, pour lui montrer comme on est accueillant dans ma famille. Tu me détaches ?

Elle a un ricanement méchant. Elle n'a pas envie de me détacher tout de suite, ça s'entend.

Changeons de tactique : parlons de n'importe quoi, sauf de la blonde de mon frère.

— C'est des vraies menottes de police ? Où t'as trouvé ça ?

— Dans une vente de garage. Je te connaissais pas encore, mais je me suis dit que ça pourrait toujours servir. Des hommes dégueulasses, on finit toujours par en trouver.

Des menottes dans les ventes-débarras ? C'est vrai qu'il y a plein de policiers à la retraite qui adoucissent leurs vieux jours en se débarrassant du matériel qu'ils ont oublié de laisser derrière eux en partant du poste. Vous voulez des casques de l'escouade anti-émeutes, des bottes de policier à cheval, un polygraphe quasiment neuf ? Venez faire le tour des ventes-débarras à Saint-Gérard.

— Écoute, Éliane, il me semble qu'on avait dit que je pourrais partir quand je voudrais. Je suis revenu. Je t'ai dit que je promettais rien. Et tu étais d'accord. Je suis resté le temps que j'ai voulu. Plus qu'un mois. Mais là, je veux partir. Détache-moi, s'il te plaît.

Encore un ricanement.

— Tu veux aller courir après ta petite Jocelyne ? Non, tu vas pas y aller. Tu es à moi, à personne d'autre. Hier, on a fêté notre mariage. Pour toi, c'était rien qu'une farce, une occasion de flirter avec les blondes de ton frère, si je comprends bien.

Si j'avais su qu'elle le prendrait comme ça, je n'aurais jamais accepté cette noce, qui était son idée à elle, pas à moi. Mais il est trop tard. Je n'ai pas d'autre choix que de dire :

— Mais non, c'était pas une farce. C'était même pas une vraie noce pour un vrai mariage…

Ça va mal. Je ne trouve pas ce qu'on pouvait fêter d'autre qu'un mariage avec cette noce à la con.

— On faisait juste fêter comme ça, pour fêter, je dis piteusement parce que je ne trouve rien de mieux.

— Je vas t'en faire, une fête, grimace Éliane.

Elle est debout à quelques pas de moi, les bras croisés sur sa poitrine. Elle a sa robe de Niagara, avec les fleurs rouges et jaunes.

Je hurle de toute la force de mes poumons :

— Au secours ! À l'aide ! Bruno ! N'importe qui ! Au secours ! Je suis prisonnier !

Éliane rigole.

— Tu peux crier tant que tu voudras. Même si ta petite Jocelyne vient à la porte, elle pourra pas t'entendre. Je viens de mettre deux épaisseurs de contreplaqué dans les soupiraux. Puis de la terre par-dessus.

Ah, c'était ça, les coups de marteau. Je dis, pour la forme, parce que j'ai vu assez de films à la télévision pour savoir qu'une femme jalouse, c'est difficile à raisonner :

— Je te jure que cette fille-là m'intéresse pas du tout. Je la trouve même pas belle.

J'exagère. Jocelyne est la plus belle de toutes les filles que j'ai vues avec Bruno. Et il en a eu une très jolie collection. Dans le fond, Éliane n'a pas tout à fait tort d'être jalouse parce que je suis justement en train de me dire que, si jamais je me sors de ce merdier et que Bruno se débarrasse de Jocelyne, je vais lui demander son numéro de téléphone.

— Même pas belle ! se moque Éliane.

Elle recule d'un pas et s'assoit sur une des marches de l'escalier. Puis elle ajoute, en espérant que ça me fera du mal :

— J'ai une petite nouvelle pour toi : on a plus d'auto.

C'est vrai que ça me fait du mal. C'est d'ailleurs la chose qui me plaît le plus, au moins autant que faire l'amour, depuis que je vis avec Éliane : on a une voiture qui marche.

Ce serait plus agréable si elle me laissait partir tout seul parfois, mais elle garde toujours les clés.

On va faire des tours dans les alentours. Je mets la radio au maximum et j'ai presque l'impression d'être tout seul. Sans voiture, les prochains mois vont être longs.

Éliane me donne des explications même si je n'en demande pas :

— J'ai pensé que si ton frère la voit devant la maison, il va pas me croire si je lui dis que t'es parti. J'ai jeté la voiture dans la rivière. Finalement, c'est pas si difficile que ça, conduire une auto.

Quand on l'a eue, j'ai essayé de donner à Éliane des cours de conduite. Bruno nous avait trouvé une Cavalier à transmission automatique pour lui faciliter les choses. Mais ça n'a rien donné. Elle n'a pas fait un kilomètre sans tomber dans le fossé. Elle n'est pas plus douée pour l'auto que pour le vélo. Elle a quand même réussi à amocher le parechocs avant contre un poteau de clôture. Est-ce qu'elle est tombée dans la rivière par exprès ou par accident ? Je m'en fous. Il y a des choses qui m'inquiètent plus :

— Tu vas me garder là longtemps ?

Je m'attends à une réponse vague. Quelque chose du genre « Tant que je voudrai » ou « Jusqu'à ce que tu crèves de faim ». Elle en a une très précise et toute prête :

— Jusqu'au 4 septembre.

On est le quoi, déjà ? À la mi-août. Le 16, ou pas loin. Ça veut dire encore deux semaines enchaîné à un tuyau dans une cave ! Mais ce n'est pas la seule chose qui m'inquiète…

— Qu'est-ce qui va se passer, le 4 septembre ?

— Ça dépend.

— De quoi ?

— De mes règles. Si je les ai, il faudra que tu me fasses l'amour tant que je serai pas enceinte.

— Attaché comme ça ? Ce sera pas très confortable.

— Je trouverai quelque chose. J'ai le temps.

Elle rit. Méchamment. Ou peut-être pas méchamment mais c'est difficile de ne pas trouver ça méchant, de faire rire de soi dans des circonstances pareilles.

— Et si tu es enceinte, tu me libères ?

Elle éclate d'un grand rire. En fait, elle rit pendant deux ou trois minutes, je dirais si j'avais une montre. Après un moment, je ris avec elle sans savoir pourquoi. Mais je commence à avoir peur qu'elle s'étouffe et me fasse une crise d'apoplexie ou de n'importe quoi. Si elle crève là, trop loin pour que j'aille lui prendre la clé des menottes, je risque de m'ennuyer longtemps.

Je répète :

— Tu vas-tu me laisser partir, le 4 septembre ?

Elle cesse de rire et me regarde méchamment. Un regard méchant, ce n'est pas comme un rire méchant. On ne peut pas se tromper. Elle demande :

— Tu sais ce que c'est, des mantes religieuses ?

Je hoche la tête. Oui, je le sais. Je sais ce qu'elles font à leurs mâles. Et je commence à deviner ce qu'Éliane va me faire quand elle va accourir toute joyeuse pour m'annoncer que son test de grossesse est positif.

— Dis-moi que tu m'aimes, elle dit tout à coup.

— Si tu me libères d'abord.

Elle hésite. Pas longtemps. Juste assez pour décider de mentir, je dirais.

— Tu dis « Je t'aime » d'abord, puis après je te libère.

— Si je te dis que je t'aime, je vas pouvoir partir où je veux, tout de suite ?

Elle hésite encore. Un peu plus longtemps.

— Oui.

— Tu le jures ?

Elle ne répond pas. Je parie qu'elle essaie de calculer quelle chance elle a d'être déjà enceinte. On a fait l'amour une douzaine de fois, je dirais, depuis qu'on est ensemble. Tous les trois ou quatre jours. Chaque fois qu'elle voulait. Il me semble qu'elle a de bonnes chances d'être enceinte. Caroline Allaire, qui était dans ma classe à Mainville, est tombée enceinte dès la première fois qu'elle l'a fait. Ce n'était pas avec moi, alors ça ne prouve rien, mais quand même il me semble que douze fois ça devrait être plus qu'assez. Alors, pourquoi Éliane hésite-t-elle à dire oui ?

— Oui, je te le jure.

Enfin, elle l'a dit.

C'est à mon tour d'hésiter. J'ai bien du mal à croire qu'elle va me laisser partir. Mais qu'est-ce que j'ai à perdre ? Je lui dis « Je t'aime » et j'ai une chance sur cent de ne pas passer les deux prochaines semaines dans cette cave humide et peut-être l'éternité enterré sous le gravier.

Deux petits mots de rien du tout. Ou trois si « t'» compte pour un mot. Même quatre si je dis « Éliane » pour commencer. Je n'ai rien à perdre.

J'ouvre la bouche.

— Éliane…

J'arrête.

Ce n'est pas vrai. Je n'ai pas rien à perdre.

Parce que je sais que si je lui dis « Je t'aime », je vais perdre quelque chose que je n'avais jamais imaginé que j'avais.

Ma dignité.

Oui, c'est un grand mot. Et les grands mots, ça m'embête. Ça me fait chier, même. En ce moment surtout, ma dignité me fait suprêmement chier. Parce que c'est elle qui me fait dire, au lieu de « Je t'aime » :

— Je t'aime pas, Éliane. Je t'ai jamais aimée. Je t'aimerai jamais. C'est pas de ma faute. C'est pas de ta faute. J'aimerais ça t'aimer, mais je t'aime pas. C'est comme ça. Je suis pas capable de t'aimer.

Ça suffit. J'aurais envie de lui dire que je la déteste, qu'elle est vache et folle, que tout ce qui pourrait sortir de son ventre quand bien même elle baiserait avec le pape ou avec Albert Einstein, c'est des monstres ou des débiles. Je me tais.

Elle se lève, s'approche de moi. Je pense qu'elle va m'étrangler. Elle se contente de me cracher au visage. Je pense qu'elle a compris que c'est ma dignité qui m'empêchait de lui dire que je l'aime. Elle lui a craché dessus, à ma dignité,

Mais ma dignité, ça ne lui fait rien, qu'on lui crache dessus, parce qu'elle est là, intacte derrière ses crachats. Même que je n'en ai jamais tant eu de toute ma vie, de la dignité. Vous me connaissez maintenant assez pour le croire.

Éliane se retourne, fait un pas vers l'escalier, puis s'arrête parce que ma main droite lui enserre une cheville. Je vais m'accrocher à elle. Elle ne pourra pas partir sans me donner la clé des menottes.

— Donne-moi la clé.

Elle rit encore une fois.

— Tu me penses-tu assez folle pour descendre avec la clé ? Elle est en haut, la clé, pauvre tarte.

Je m'agrippe quand même à sa cheville. Mais elle est grosse, la cheville d'Éliane. Si c'était la cheville de Jocelyne, je parie que je pourrais la retenir pendant des heures, parce que le bout de mon pouce rejoindrait le bout de mon index.

Mais c'est la cheville d'Éliane — presque aussi grosse que la taille de Jocelyne — et ma main n'en fait même pas la moitié du tour. Et elle est forte, Éliane. Elle donne une secousse et récupère sa cheville avant de se diriger vers l'escalier. Puis elle se tourne vers moi, sourit et me montre un cordon qu'elle a au cou. Dans le cordon, une petite clé est enfilée.

Éliane se remet à rire.

Elle monte l'escalier. La lumière s'éteint. La porte se ferme.

Ma dignité vient d'en prendre un sacré coup, il me semble. Mais il n'est peut-être pas trop tard. Je dis :

— Je t'aime, Éliane !

Aussitôt, je m'en veux. Je me tais. Je ne l'ai pas dit fort, parce que je n'étais pas sûr de vouloir qu'elle l'entende. J'écoute ses pas, là-haut. Je pense qu'elle marche jusqu'à l'autre bout de la cuisine, puis elle revient.

La porte s'ouvre. Éliane crie :

— Une pomme. Attrape-la. C'est tout ce que tu vas avoir aujourd'hui.

Une seconde, je vois la pomme lancée dans les marches. La porte se referme. L'obscurité revient. La pomme a roulé vers ma droite.

Je n'ai pas retrouvé la pomme. J'ai faim. J'ai soif, surtout. Je boirais n'importe quoi. Du champagne. Même une bière.

Et ça me fait penser à Papa.

Chaque fois qu'il vidait une bouteille de bière et qu'il allait en prendre une autre dans le frigidaire ou qu'il en commandait une à l'hôtel Saint-Gérard, il disait « Encore une autre que les Anglais auront pas ».

Les Anglais ne s'en sont jamais doutés, mais Papa les a privés de milliers de bouteilles de bière. Des millions, peut-être. C'est difficile à calculer.

Il n'aimait pas les Anglais. Et surtout pas la langue anglaise. Si un de mes frères disait le mot parkigne devant lui, il recevait une claque, des fois derrière la tête, des fois devant, des fois une de chaque côté. Je pense que c'est pour ça qu'on a jamais fait de campigne. Même chose pour tous les mots anglais : mitigne, poudigne, smokigne, tous les mots en igne étaient interdits chez nous. D'autres mots aussi, comme boule-doseur — on n'avait que le droit de dire « boule » qui n'a pas l'air anglais et qui n'est pas un mot en igne.

C'est facile à comprendre. Papa n'a jamais parlé anglais, et c'est à cause de ça qu'il a été obligé de se contenter d'emplois misérables : chauffeur d'autobus scolaires, conducteur de chasse-neige, opérateur de boule, livreur de pizza à Mainville, agitateur de drapeau rouge dans les zones de travaux routiers. Tout ça, ça n'était pas la faute des Anglais, il était le premier à le reconnaître, puisque les employeurs qui refusaient de l'embaucher étaient toujours des bons Canadiens français comme vous et moi. C'était la faute de la langue anglaise et de l'adoration exagérée que lui vouent les bons Canadiens français comme vous et moi encore. « Ils veulent qu'on soit bilingue, mais qu'est-ce que ça peut faire qu'on parle pas anglais quand on fait rien que branler un drapeau rouge devant des autos ? »

Moi, ça ne me dérangeait pas tellement que Papa parle tout le temps contre les Anglais. Même que ça tombait bien : j'étais archi-nul en anglais, à l'école. Mais c'est peut-être à cause de Papa, quand j'y pense, maintenant que je n'ai rien que ça à faire.

Les Anglais que Papa aimait le moins, c'étaient les juifs. Quand on lui demandait ce qu'ils lui avaient fait, les juifs, il disait « Les Anglais c'est rien que des Anglais. Les juifs, en plus d'être des Anglais, c'est des juifs ».

Une fois, mon oncle Henri lui a dit qu'il y a des juifs qui parlent français. Pas seulement en France, à Montréal aussi. Papa a dit que c'étaient les pires, ça, les juifs qui apprenaient le français pour nous voler nos blondes et nos djobes. Mon oncle s'est fâché. Il a dit à papa « T'es rien qu'un antisémite ». Papa a répondu « Comment je pourrais être antisémite ? J'ai jamais vu un maudit juif de ma sainte vie ! ».

Papa était fier d'une chose : il a été le premier à Saint-Gérard à aller voter pour monsieur Bouchard, la première fois que le Bloc québécois s'est présenté aux élections fédérales.

Il a passé la nuit à boire tranquillement, parce qu'il avait peur de s'endormir et de se réveiller en retard. À sept heures du matin, il est allé attendre à la porte de l'école où les gens votaient. Il était le premier de la file. Il n'avait pas apporté de bière avec lui, parce que ça lui semblait mal poli de boire en attendant pour voter, surtout pour un monsieur comme monsieur Bouchard.

Quand la porte s'est ouverte, Papa a demandé que le greffier note qu'il était le premier à voter pour monsieur Bouchard. Ils n'ont pas voulu parce qu'ils disaient qu'ils n'avaient pas le droit. Papa s'est fâché. Il est reparti sans voter. Mais ça n'empêche pas qu'il a été le premier à aller voter pour monsieur Bouchard. Il était très fier de ça.

Moi, je ne fais pas de politique. Je ne vais même pas voter. Pour voter, il faudrait que j'aille attendre en ligne à l'école. Attendre en ligne, c'est encore plus ennuyant que travailler. À part ça, si mon candidat se fait élire, je sais que je vais regretter d'avoir voté pour lui. Et s'il ne se fait pas élire, je ne vois pas pourquoi je perdrais mon temps à aller voter pour lui.

Ça va finir par finir

Ça va finir par finir. Depuis neuf jours, tout ce que j'ai mangé, c'est quatre pommes. Éliane m'en a lancé neuf. Cinq ont roulé trop loin. Ou je n'arrive pas à les trouver dans l'obscurité.

Je suis en train de mourir de faim. Pas du tout comme la fois que j'étais dans les buissons à Niagara. Cette fois-ci, ça n'est pas qu'une manière de parler : je suis en train de mourir de faim pour vrai.

J'en suis rendu que je rêve de manger de la pizza végétarienne, du chinois végétarien, de la poutine végétarienne, des légumes végétariens, si ça existe.

Au moins dix fois par jour, je rampe hors de mon grabat aussi loin que les menottes veulent me laisser faire. Je tends le bras, j'allonge la main, j'étire les doigts dans toutes les directions. Je sens le sang qui coule le long de mon autre poignet, écorché par les menottes. Et je ne trouve toujours pas ces maudites pommes.

Je retourne me coucher sur mon matelas.

J'ai tellement peu mangé que je n'ai chié qu'une fois. À côté du matelas, mais ça pue quand même. Je suis tellement déshydraté que je ne pisse plus. Je ne transpire plus. J'ai la langue qui me colle dans la bouche.

Le pire, c'est que, si je compte bien, il me reste encore une dizaine de jours d'ici le 4 septembre. Je pense que je vais être mort de faim et de soif bien avant. Mais je n'en suis pas sûr. Il y a des gens, des fois, qu'on retrouve dans les décombres plusieurs jours après les tremblements de terre. Ces gens-là manquaient d'air, avaient des membres brisés et ils ont survécu. Moi, je suis en bonne santé, j'ai tout l'air que je peux respirer. Je suis jeune et résistant. Je parie que je serais capable de tenir le coup encore quelques jours, si j'attrape une pomme un jour sur deux. Alors, chaque fois que je me réveille, je hurle, pour me donner du courage :

— Je t'haïs, Éliane ! T'es rien qu'une maudite vache folle !

Je ne sais pas si elle m'entend. Je ne sais même pas si elle est dans la maison.

Moi, je reste là, dans la cave, avec ce qui me reste de ma dignité. Il n'y en a même pas gros comme un pépin de pomme.

Tiens, c'est le pas d'Éliane, en haut. La porte s'ouvre et la lumière s'allume. Comme chaque matin, quand je me réveille et que je lui crie ma haine, elle ouvre la porte et me lance une pomme.

Cette fois, elle descend l'escalier jusqu'en bas. Ça fait neuf jours que je ne l'ai pas vue. Devinez ce que je vois. Non, vous ne l'aurez jamais…

Éliane a une barbe. Une belle barbe noire qui lui couvre les joues et le menton. Une barbe de neuf jours. De quoi me rendre jaloux, moi qui n'ai qu'un peu de duvet sur le haut des joues.

Elle fait encore deux pas, pour que je la voie bien sous l'ampoule du plafond.

Je ne dis rien. En fait, je ne sais pas du tout ce que je pourrais dire. « Belle barbe, Éliane ? » « T'as-tu perdu ton rasoir ? » « Depuis quand tu travailles pour le Cirque du Soleil ? »

Qu'est-ce que je ressens ? De l'horreur, de la répulsion ou rien du tout ? Je ne dis rien. Elle dit :

— Ta Jocelyne, elle, tu l'aimerais-tu avec une barbe ?

Ça m'étonnerait. Une blonde avec une barbe, il me semble que ça fait drôle. Mais une noire avec une barbe noire, ça n'est pas si mal. Même que je trouve que ça lui va plutôt bien, à Éliane. J'ai presque envie de lui faire un compliment.

Mais je n'en ferai pas. Surtout que je viens de me souvenir de la chanson : « L'ennui est une femme à barbe ».

La personne qui a écrit ça devait connaître Éliane. Ou une autre pareille.

Elle me lance une pomme. J'ai beau être faible et mourant, je réussis à lever ma main droite et je l'attrape. Un vrai joueur de baise-balle professionnel.

Éliane ne me félicite pas. Elle se retourne et marche vers l'escalier. Et moi, je lui dis :

— C'est vrai, Éliane, j'ai jamais haï quelqu'un autant que je t'haïs. Ça fait que si jamais je te dis que je t'aime, crois-moi pas, ça se peut pas.

Elle remonte, referme la porte derrière elle. La lumière s'éteint.

Je croque dans ma pomme végétarienne. Je pense que si je ne l'avais pas attrapée, j'aurais dit « Je t'aime, Éliane ». Mais ce n'est plus la peine. J'ai de quoi tenir un jour de plus. Deux, peut-être.

Dix jours dans le noir, vous me direz que ça devrait forcer quelqu'un à réfléchir parce qu'il n'y a rien d'autre à faire.

Non, je ne réfléchis plus. Pas beaucoup. Surtout, ça ne me donne rien. Papa avait raison, pour ça. J'essaie de me demander ce que je vais faire si jamais je me tire de ce trou. Mais je ne trouve rien. Est-ce que je vais courir les filles ou les fuir comme la peste ? Est-ce que je vais me trouver du travail, retourner aux études ou me laisser vivre à ne rien faire comme je l'ai fait jusqu'ici ? Est-ce que je vais retourner chez Maman ou me chercher un logement — peut-être déménager à Mainville ou chez Bruno s'il veut me prêter une chambre un bout de temps ? Est-ce que je vais manger de la viande ou devenir végétarien ? Me soigner ou rester malade ? Même les questions les plus insignifiantes, je n'arrive pas à leur trouver une réponse.

Parce que, dans le fond, il n'y a qu'une question qui m'intéresse.

Qu'est-ce que je vais dire à Éliane la prochaine fois qu'elle va ouvrir la porte pour me lancer une pomme ou, mieux encore, quand elle va redescendre me voir avec sa barbe de dix jours ?

Quand la porte va s'ouvrir, il faudrait que j'aie quelque chose de prêt. Quelques mots bien réfléchis, que je ne regretterai pas dès que je les aurai dits.

« Je t'haïs encore plus qu'hier, mais bien moins que demain. »

« J'ai faim. De la pizza aux ananas, ça irait. »

« J'ai soif. Je suis prêt à boire n'importe quoi. Je pense qu'il reste du champagne. Mais de l'eau, ça ferait pareil. »

« Tu vas finir par te faire prendre, tu sais. Si tu me libères maintenant, je te jure que je dirai rien à personne. »

« Si tu veux, on peut essayer de le faire tout de suite, ton maudit bébé en marde. »

Mais je sais que la prochaine fois que la porte va s'ouvrir, je ne saurai toujours pas quoi dire.

Tiens, j'entends des pas, en haut. Peut-être de plus qu'une personne ? Non. C'est le pas d'Éliane. Vite, il faut que je trouve quelque chose à dire.

Je n'ai plus le choix. Je vais mourir de faim. Pourquoi ? Parce que je refuse de dire à une femme que je l'aime. Il n'y a rien de plus con comme raison de mourir. Surtout mourir de faim. Si au moins j'étais gros, ça me ferait du bien de mourir de faim. Mais j'étais déjà maigre comme un cure-dent, il y a dix jours.

Et tout ça pour deux ou trois misérables petits mots qui n'ont rien d'original parce que tout le monde les a déjà dits au moins une fois dans sa vie. Des fois sans mentir, d'autres fois en mentant en pleine face à une femme ou à un homme prêt à croire n'importe quoi.

Qu'est-ce que vous feriez à ma place ? Pas la peine de répondre. Je le sais et je crie, dès que la porte est ouverte au quart ou au centième :

— Éliane ! Je t'aime !

La lumière s'allume. Il y a un moment de silence et je me dis que tant qu'à dire « Je t'aime », aussi bien en remettre un peu, pour que ça fasse plus vrai et pour ce que ça peut changer :

— Je te le jure. Je t'ai toujours aimée et je t'aimerai toujours. Je vas te baiser tant que tu seras pas enceinte. Et après aussi, si tu en veux plus. Ou si tu veux juste qu'on fasse ça pour le plaisir, ça fait mon affaire aussi. Tous les jours, si tu veux. Avec ou sans capote. Je te suce, je t'encule, je te fais ce que tu voudras.

Un pied dans une chaussure se pose sur la première marche en haut de l'escalier. Ce n'est pas une chaussure d'Éliane. En tout cas pas une des chaussures que je lui connais. De toute façon, ce n'est pas non plus un pied d'Éliane.

— Arrête donc de dire des conneries, dit la voix de Bruno.

— Je suis mauditement content de te voir, je dis.

En fait, j'aurais préféré le voir ou l'entendre quelques secondes plus tôt, avant que j'aie eu le temps de faire ma déclaration d'amour.

Il descend les marches. Il a le cordon avec la clé. Il vient vers moi, insère la clé dans la serrure des menottes.

Je suis dégagé, libre, vivant, sauvé, content et bien d'autres choses encore.

— Comment ça va ? demande Bruno.

— J'ai soif puis je meurs de faim.

— On va aller voir dans le frigidaire. Il y a peut-être des restes de la noce.

Je serais prêt à manger de la viande moisie si c'est tout ce qu'il y a. Et j'ai les jambes tellement ankylosées que Bruno doit passer un de mes bras par-dessus son épaule et presque me traîner pour monter les marches.

En haut, c'est le visage souriant de Lirette qui m'accueille.

Bruno m'aide à m'asseoir sur une chaise, à la table de la salle à manger. Il ouvre le frigo.

— Y a du jambon tranché. Tu veux un sandwich ?

— Deux.

Tandis que Bruno me prépare un sandwich, Lirette me donne de l'eau. Radieux, il me raconte comment il m'a sauvé la vie. Et il me tutoie, maintenant. Quand on sauve la vie à quelqu'un, on a le droit de lui dire tu.

Il avait un interrogatoire à Montréal, ce matin. Ils ne savent toujours pas s'ils vont porter des accusations contre lui. Ils se doutent bien qu'au procès, étant donné qu'il est du métier, tous les psys vont venir témoigner dans le sens qui fera le plus son affaire. Lirette compte sur eux pour dire qu'il n'a eu qu'une démence passagère, qui n'a qu'une chance sur un million de le reprendre. C'est pour ça que les policiers prennent leur temps avec lui. Ils lui posent les mêmes questions dix fois, cent fois, au cas où il mentirait un jour et qu'un autre jour il se mêlerait dans ses mensonges. S'il se mêle en disant la vérité, ça va faire aussi bien. À un moment donné, la policière qui l'interrogeait ce matin s'est un peu impatientée parce qu'il s'obstinait à dire qu'il ne se souvient pas de ce qui s'est passé à l'église. Ce n'est pas vrai. Mais il y a des circonstances dans la vie où il est permis de mentir un peu. Surtout, dire « J'ai oublié » c'est quand même mieux que de mentir franchement. La policière s'est exclamée « Comment ça se fait, que je tombe tout le temps sur les pires craquepotes de l'univers ? ». Ça n'a pas vexé Lirette. Il n'utilise jamais le mot craquepote parce que c'est une autre façon pas gentille de dire que quelqu'un est fêlé, dingue, timbré, maboul, capoté, mongol, tombé sur la tête, tous ces mots que les psys ne disent jamais parce que ce n'est pas scientifique. Mais ça a piqué sa curiosité, parce que les craquepotes, dans sa profession, c'est le pain et le beurre.

Il a dit « Ah bon, vous avez des cas intéressants ? ». Elle lui a donné deux ou trois exemples. Des fous ordinaires, le genre que Lirette voyait tous les jours quand il travaillait, même si presque tous les siens étaient plus jeunes. Mais quand ils seront grands, ils seront tout à fait comme ceux-là, d'après lui. Puis la policière a dit « Mais la pire, je pense que c'était Éliane Dumesnil, celle qui a enfermé un homme dans la cave d'une maison à Bécancourt parce qu'il ne voulait pas lui faire un enfant. C'est une grosse fille, quasiment une géante. En fait, ce n'était pas du tout son amoureux. C'est un type qu'elle avait rencontré. Elle faisait du pouce sous la pluie. Il s'est dit qu'une fille comme ça risquait de passer toute la nuit sur le bord de la route. Il l'a embarquée. Même pas pour la violer. Juste pour lui rendre service. Il l'a vite regretté. Elle l'a invité à prendre un café dans sa maison à Saint-Liboire. Une maison dans le fond des bois. Elle a volé ses clés et les a jetées dans le puits. Il ne pouvait plus partir. D'autant plus que c'est un type avec une jambe artificielle et elle lui a caché sa jambe et ses vêtements. Lui, il avait des problèmes, il n'était pas capable de bander. Elle l'a gardé longtemps comme ça, en lui donnant seulement des pommes. Un jour, elle était sortie, et il s'est mis à crier. Un chasseur de lièvres qui passait par là l'a entendu par le soupirail de la cave et a appelé la police. Le type n'a pas voulu porter plainte. Il trouvait que la fille faisait trop pitié. Finalement, elle a été envoyée en institution. Quand elle est sortie — on les garde plus longtemps, vous savez — elle devait se rapporter à moi, mais je l'ai jamais revue ».

Lirette, ce qui l'a frappé d'abord dans ce qu'a dit la policière, c'est le prénom. Éliane. Par contre, elle ne s'appelle pas Dumesnil, alors il s'est dit que ça ne pouvait pas être elle.

Mais les autres détails, comme quasiment géante, c'était tout à fait ça. Il a dit à sa policière « Excusez-moi, mais il faut que je parte. Une question de vie ou de mort ». Elle lui a donné rendez-vous à la semaine prochaine. Et il est venu tout de suite. D'autant plus qu'il avait une bonne excuse : nous remettre un lecteur de cédés dont il ne se sert plus. Il est d'abord passé chez Autos Quévillon, à Mainville. Bruno était là, un peu déçu parce que Lirette ne venait pas pour lui vendre sa Honda, mais pour lui raconter son histoire de ce matin. Bruno a rigolé. Lirette a insisté. Ils n'avaient qu'à venir faire un tour chez nous, pour s'assurer qu'il n'y avait pas de problème. Bruno a fini par accepter, parce que les clients sont rares le lundi matin. Lirette suivait le cabriolet de Bruno. Ils sont arrivés ici. Il n'y avait pas d'auto devant la maison. Bruno a dit « Ils sont pas là. Elle le laisse jamais partir tout seul ». Ça n'a pas rassuré Lirette. Il a fait le tour de la maison pendant que Bruno restait au volant. Il a crié « Venez voir ça ». Bruno est allé voir. Il y avait de la terre fraîchement remuée à deux endroits, à chaque bout de la maison. Bruno a pris une pelle pour creuser. Il a découvert un soupirail fermé avec du contreplaqué. Ils sont venus à la porte. Bruno a frappé. Éliane est arrivée. Elle avait l'air de bonne humeur.

Lirette a dit « Jocelyn est là ? Je voudrais lui remettre un lecteur de cédés que je n'utilise plus, pour qu'il écoute *La nuit est une femme à barbe* ». Éliane a dit que j'étais parti. Bruno a dit « C'est drôle, Jocelyn sort jamais tout seul depuis qu'il est avec toi ». Elle a dit « Là, il est parti pour de bon. Bon débarras. Ton frère, c'est un maudit paresseux. Il a même pas commencé le clabord. Regarde : il est toujours là, depuis trois semaines, empilé à côté de la maison. Je lui ai dit de garder la Cavalier ».

Bruno a dit « On peut voir la cave ? ». Éliane a dit « Non. Y a rien à voir là ». Bruno a dit « Pourquoi y a du contreplaqué dans les soupiraux ? ». Elle a dit « C'est pour empêcher les souris d'entrer ». C'est là que Bruno a cessé de la croire, parce que ça ne collait pas. Une vieille maison comme ça, les souris entrent dedans comme elles veulent par partout. Ça ne sert à rien de boucher les soupiraux. Bruno a poussé la porte. Elle a essayé de l'empêcher d'entrer. Elle n'a pas été capable de retenir la porte. Surtout que Lirette poussait par en arrière. Bruno a demandé « C'est où, la porte de la cave ? ». Elle n'a pas répondu. Il a trouvé la petite porte en dessous de l'escalier, dans le salon. Il a demandé « C'est par là ? ». Éliane a fait une grimace. Elle a pris une ficelle qu'elle avait à son cou. Il y avait une clé après. Mais il n'y avait pas de serrure à la porte. Bruno l'a ouverte. Puis il m'a entendu crier « Éliane, je t'aime ».

— Je peux avoir un autre sandwich ? je demande quand Lirette et Bruno ont fini de me raconter leur histoire.

Bruno m'en fait un autre. C'est le troisième. Le vieux jambon, on dirait que c'est encore meilleur que le frais. J'ai bu au moins cinq verres d'eau. Je sais que, quand on n'a pas mangé depuis longtemps, il vaut mieux faire attention. En neuf jours, je n'ai mangé que cinq ou six pommes. Ou dix jours ? Je demande, pour m'en assurer :

— Quel jour on est ?

— Lundi, répond Bruno.

— Tu sais ce qu'elle m'a donné à manger en neuf jours ?

— Neuf jours ? Deux jours. La noce, c'était avant-hier.

J'écarquille les yeux. Deux jours ? C'est impossible. J'ai compté les pommes. Elle m'en a lancé dix, à moins que j'aie mal compté. Mettons huit ou neuf. Pas seulement deux, en tout cas.

— Tu es sûr ?

— Oui.

Lirette aussi fait oui en agitant la tête.

Je les regarde. Ils ont l'air sûrs de leur affaire. Un homme qui n'a ni montre ni calendrier aurait tort de s'obstiner longtemps avec deux hommes qui ont chacun une montre avec la date dessus, parce que presque toutes les montres ont ça, maintenant.

Même que ça commence à expliquer des choses.

Que je ne sois pas mort de faim ou de soif, pour commencer. Que je n'aie pas beaucoup pissé ou chié.

Donc, je n'ai passé que deux jours dans la cave.

Il y a juste un détail qui ne colle pas. La barbe. Ce n'est pas possible que la barbe d'Éliane ait poussé si vite.

— Vous êtes sûrs que ça fait seulement deux jours ? Éliane avait une barbe d'au moins une semaine, la dernière fois que je l'ai vue.

— Elle est là, sa barbe d'une semaine, dit Bruno.

Au mur, près de la porte, il y a un support à vêtements. Six goujons dans une plaque de bois. C'est l'été et il n'y a pas de vêtements suspendus. Juste une fausse barbe, du même noir que les cheveux d'Éliane.

Ça faisait partie de sa mise en scène. Bien pensée, vous aurez remarqué. Les soupiraux bouchés pour que je ne compte pas les jours et que les chasseurs de lièvres ne puissent pas m'entendre. Les pommes lancées de temps en temps. Et puis la barbe. Comment j'aurais pu penser qu'il ne s'était pas passé neuf ou dix jours ? Je sais que vous trouvez ça difficile à avaler. Mais j'aimerais bien vous voir à ma place. C'est trop facile de dire qu'il fallait que je sois con comme la lune pour croire ça. Tant qu'on n'y a pas été soi-même on ne peut pas vraiment savoir ce qu'on aurait fait à la place d'un autre. Il y a des situations dans lesquelles on devient plus stupide qu'on l'est en temps normal. Et, même en temps normal, je ne suis pas Albert Einstein, vous l'avez sûrement remarqué, ça aussi.

Par contre, Éliane est loin d'être conne. Elle m'a fait vraiment marcher.

Finalement, je pense qu'avant, ça me faisait plaisir de croire qu'Éliane avait été foule-vache avec moi, qu'elle m'avait presque fait mourir de faim.

Mais elle n'a pas été si vache, après tout. Moi qui m'apprêtais à haïr Éliane comme ce n'est pas possible, je commence à trouver qu'elle fait plus pitié qu'autre chose, avec son besoin d'amour. En même pas deux jours, elle m'a donné neuf pommes. Dont cinq ou six à portée de ma main. Pas de quoi me faire prendre du poids, mais pas vraiment de quoi me faire crever de faim, non plus. Ni même de soif, parce que les pommes c'est surtout de l'eau, et puis la cave est humide. Si ça avait continué pendant une semaine, oui, j'aurais pu mourir. Mais Éliane savait que je finirais bien avant ça par lui dire que je l'aime. La preuve, c'est que je le disais tout à l'heure. Ce n'est pas sa faute si c'est à Bruno que je l'ai dit.

Justement, parlant d'Éliane, je ne la vois pas. Où est-elle passée ?

— Et puis Éliane ? je demande. La police l'a amenée ?

— La police ? s'étonne Bruno. On a pas fait venir la police.

Comme elle n'était pas avec nous, je m'étais imaginé qu'il devait y avoir des policiers qui s'occupaient d'elle.

Bruno et Lirette l'ont donc laissée partir. Qu'est-ce qu'elle va faire ? Je n'en ai pas la moindre idée. Non, j'ai une idée de ce qu'elle va faire. Je dis :

— Elle va faire un malheur.

— Quel genre de malheur ? demande Lirette.

Est-ce que je sais, moi ? Ce n'est pas moi, le psychologue. Éliane est capable d'en faire des tas, de malheurs. Même qu'elle est vachement douée pour ça, les malheurs. Je prends une dernière bouchée de sandwich, je cours à la mezzanine, juste au cas. Elle n'est pas là. Je dégringole les escaliers, j'ouvre la porte de dehors. Je crie « Éliane ! ». Pas de réponse. Je sors. Je me mets à courir. J'aperçois le vélo de Maman abandonné sous la galerie. Je saute dessus.

— Où tu vas ? demande Bruno.

— À la rivière.

C'est vrai que la rivière, c'est une sacrée bonne idée pour quelqu'un qui veut faire un malheur. Une fille qui ne sait pas faire du vélo ne sait sûrement pas nager non plus. Elle n'a qu'à courir à la rivière, elle se jette dedans et, en deux minutes, c'est fini plus sûrement qu'avec les pilules ou la pendaison. Vite, il faut que je la rattrape.

Bruno me suit sur mon vélo à moi.

Le chemin qui mène à la rivière est étroit, avec des grandes herbes au milieu. C'est un chemin public, pas entretenu pendant l'hiver. L'été, les jeunes du village le prennent parfois à bicyclette pour aller pêcher. Mais ils n'attrapent rien d'intéressant parce que c'est une des rivières les plus polluées de toutes les Amériques.

Quand le dollar canadien était fort et les cigarettes américaines pas chères, il se faisait de la contrebande, par ici. La frontière est à quelques centaines de mètres de l'autre côté. Maintenant, c'est tout juste si des passeurs viennent ici conduire des Chinois ou des Roumains qui veulent aller aux États-Unis. Ils les laissent de ce côté-ci de la rivière en pleine nuit et leur disent : « Les États-Unis, c'est de l'autre côté. Vous ne pouvez pas vous tromper. »

La seule erreur qu'ils peuvent faire, c'est se noyer. Presque tous les ans, on en retrouve un ou deux en bas de la rivière, parfois jusqu'à Mainville au printemps quand l'eau est haute et le courant fort.

Le chemin fait cinq cents mètres, peut-être, jusqu'au rivage. Je freine. Tiens, la Cavalier est là. Au fond, mais ce n'est pas creux au mois d'août. On la voit très bien. Le toit émerge presque. Je me demande si on pourrait la repêcher et la remettre en marche.

En tout cas, il n'y a pas d'Éliane. Pas de traces de ses grandes chaussures dans la boue du rivage.

— Si elle était partie pour le village, on l'aurait vue, dit Bruno qui vient d'arriver lui aussi. Elle avait une robe avec des fleurs rouges et jaunes.

Oui, on l'aurait vue de loin, avec cette robe-là. Je dis :

— On va retourner à pied, par le bois. En se séparant, on a plus de chances de la trouver. Regarde en haut des arbres. Elle a peut-être une corde. As-tu un couteau ?

— J'ai un canif.

Nous revenons vers la maison en marchant pas trop loin l'un de l'autre. J'entends Bruno dans les broussailles, à ma droite. Je jette souvent un coup d'œil vers le sommet des plus gros arbres. Éliane n'y est pas, ni vivante ni pendue. Est-ce qu'elle serait capable de grimper assez haut ? On ne sait jamais. Elle a beau peser une tonne, elle est forte comme un bœuf, et quand elle veut quelque chose…

Elle n'est pas dans les arbres. Lirette nous attend derrière la maison.

— On l'a pas trouvée, dit Bruno.

Lirette n'est pas surpris qu'on ne l'ait pas vue. Il lève les yeux vers le sommet de la maison.

— Regardez. En haut.

Éliane est là, dans sa robe rouge et jaune, assise sur la cheminée de pierre des champs.

— Je t'attendais, dit Éliane. Je veux que tu voies ça.

C'est à moi qu'elle s'adresse.

— Voir quoi ?

— Voir mourir une vache folle.

— C'est vrai, j'ai dit ça, mais je le pensais pas. Tu m'avais enfermé dans la cave. Ça m'a mis en colère. C'est fâchant, tu sais, se faire attacher avec des menottes dans une cave, pas de lumière. Ça nous fait dire des choses qu'on pense pas pour vrai.

Éliane ricane.

— Maintenant, tu vas pouvoir courir à ton aise après ta Jocelyne.

— Jocelyne, c'est fini, intervient Bruno qui s'imagine que ça va arranger les choses.

— Vous vous en débarrassez vite, de vos femmes, les Quévillon. Au moins, maintenant, tu peux l'avoir ta Jocelyne.

J'ai profité de ce bout de conversation pour aller me percher sur la pile de clabord en vinyle qui attend d'être posé. Là, je suis juste sous la trajectoire d'Éliane si elle décide de sauter du sommet de la maison où elle est perchée. Ça me donne une idée. Je dis :

— Si tu sautes, je suis mort.

Bruno me regarde avec des yeux ronds. Pourquoi je ne la laisse pas mourir toute seule si elle en a tant envie ? Je me pose la question, moi aussi. Mais je ne veux pas qu'elle saute. Ne me demandez pas pourquoi. C'est comme ça, c'est tout, et ça ne vous regarde pas, ni vous ni Bruno. Et si la seule façon de l'empêcher de sauter, c'est de me placer là, sur la pile de clabord, je suis prêt à y rester toute la journée. Quand la nuit tombera, on verra bien. En attendant, je me plante là.

— De toute façon, dit Éliane, mon testament est toujours dans le tiroir de la table de chevet, dans la chambre. Je l'ai pas changé. T'as rien qu'à aller voir.

Elle ne m'aura pas si facilement. Je ne bouge pas.

— Je veux pas de ton testament. Je veux que tu redescendes tranquillement, puis on va parler de tout ça, calmement. Veux-tu que je remette l'échelle ?

Elle est montée sur le toit par l'échelle en bois fabriquée par l'ancien propriétaire. Elle l'a repoussée et l'échelle est étendue dans les herbes folles près de la remise. Bruno la prend, la redresse pour l'appuyer contre la cheminée.

— Si ton frère lâche pas l'échelle tout de suite, je saute sur lui.

Bruno lâche l'échelle. Il n'a pas envie de recevoir la masse d'Éliane sur la tête.

Lirette intervient. Après tout, c'est lui le psy. C'est lui qui devrait savoir comment on raisonne les futurs suicidés.

— On connaît votre vrai nom. C'est Éliane Dumesnil.

Elle ne nie pas. C'est donc vrai qu'elle s'appelle comme ça et qu'elle a déjà enlevé un autre type. Lirette continue :

— Est-ce que vous prenez vos médicaments ?

Éliane ne répond pas.

— Est-ce que ça fait longtemps que vous avez cessé de les prendre ?

Éliane lui tire la langue. Lirette continue :

— Je suis sûr que vous alliez très bien pendant que vous preniez vos médicaments. Moi aussi, j'en prends et ça me fait un bien fou, vous savez. Si vous recommencez à les prendre, vous allez être mieux dans quelques jours. Quelques heures, même. S'il ne vous en reste plus, je peux aller en chercher à la pharmacie. Ça se pourrait que ce soient les mêmes que les miens. Je peux vous en donner tout de suite. Ça va vous faire du bien. Bruno peut monter vous les porter.

— Ils me donnaient mal au cœur, vos maudits remèdes.

— Peut-être qu'une autre sorte, ça irait mieux. Vous n'avez qu'à appeler votre médecin. Vous voulez que je lui téléphone ?

— J'ai fait couper le téléphone.

— J'ai un cellulaire.

— Moi aussi, dit Bruno, comme si c'était mieux deux téléphones pour parler à un seul médecin.

— Ils connaissent rien à rien, les médecins, proteste Éliane.

Lirette hausse les épaules et fait un clin d'œil à Bruno.

— Bon. Je vois que je ne peux pas être utile, alors je m'en vais.

Bruno est moins con qu'il en a l'air. Il a compris le sens du clin d'œil. Il annonce :

— Moi aussi, je m'en vas.

Il s'éloignent. C'est la tactique de Lirette : laisser Éliane seule à seul avec moi.

Je n'ai pas du tout envie de cette tactique-là, moi ! Pourquoi je serais le seul responsable s'il arrive un malheur à Éliane ? J'aimerais mieux partager les responsabilités à trois. Surtout que ce n'est pas moi, le psychologue professionnel.

Mais j'entends les deux moteurs qui démarrent, les voitures qui s'éloignent.

Je mets une main au-dessus de mes yeux pour me protéger du soleil qui vient de surgir derrière Éliane entre deux nuages.

— C'est parce que je suis grosse ? elle demande.

— Non. J'aime ça, les filles un peu grassettes.

— Mais tu préfères les filles comme Jocelyne.

Je hausse les épaules. Encore Jocelyne. Oui, j'aime mieux les filles comme Jocelyne. Mais on fait avec ce qu'on a, pas avec ce qu'on veut.

Je ne peux pas lui dire ça.

En fait, il n'y a rien que je peux dire. Ce n'est plus la peine de discuter. Il ne me reste plus qu'à rentrer chez Maman à pied. À moins d'aller chercher mon vélo près de la rivière.

— Je m'en vas. Je te replace l'échelle, ou tu restes sur le toit jusqu'à la fin de tes jours ?

— Non, je saute.

Elle grimpe debout sur la cheminée de pierre des champs. Pour elle, ce n'est pas tellement plus facile de se tenir debout sur une cheminée qu'assise sur une bicyclette. Elle étend les bras de chaque côté, comme si elle allait s'envoler. Peut-être juste pour garder l'équilibre.

Je ne bouge pas. Elle dit :

— Si tu restes là, je te saute dessus.

— Ça me dérange pas.

Je suis sûr qu'elle ne le fera pas. À l'église, elle m'a sauvé la vie. À Niagara, elle n'a pas voulu me tuer alors qu'elle aurait pu. Dans la cave, elle m'a donné des pommes. Je gage que, si elle m'avait gardé un peu plus longtemps, elle m'aurait fait un sandwich au jambon. La preuve, c'est qu'il me semble qu'on n'avait pas de jambon, samedi. Elle est allée en acheter au village, puisqu'il y en a aujourd'hui. Pour qui ? Pas pour elle, puisqu'elle est végétarienne. Pour moi. Elle m'aime. À sa manière. Mais elle m'aime. Elle ne sautera pas si je reste là.

Pourquoi j'en suis sûr ? Je vous le redis : elle m'aime. Aucune femme ne ferait ce qu'elle m'a fait à un homme qu'elle n'aimerait pas.

Elle m'a sauvé la vie une fois. Pourquoi elle me la prendrait maintenant ?

Merde !

Je suis super-nul en psychologie féminine : elle saute ! Tête première, avec les bras écartés comme un ange géant, quelque chose qui ressemble à un croisement entre un Boïgne et un pélican.

Elle descend tranquillement vers moi. Comme au baise-balle, quand un joueur nous est montré en reprise et qu'il court comme un escargot pour qu'on puisse voir qui est arrivé le premier : lui ou la balle ?

Elle vient vers moi au ralenti. Si lentement que j'ai le temps de me rendre compte que je me suis trompé. Ce n'est pas pour se tuer qu'elle a sauté. C'est pour me tuer, moi.

Et je ne suis même pas foutu de m'enlever d'en dessous. Parce que je ne veux pas qu'elle meure ? Ou parce que je veux mourir ? Ou les deux ?

Même que je tends les bras vers elle.

Comme si je l'aimais pour vrai. Oui, c'est ça, mon grand, mon seul problème en ce moment : j'aime Éliane. Je l'aime tellement que je ne veux pas qu'elle se fasse mal même si ça veut dire que je vais mourir.

Là voilà qui arrive, toujours au ralenti.

J'ai l'impression que ce n'est pas seulement Éliane, mais toute la cheminée qui me tombe dessus. Je m'écrase sur le dos. Le clabord se casse en claquant. Pourtant, il est garanti incassable.

J'ai mal partout.

Ça ne se peut pas que je ne sois pas mort.

Vous ne devinerez jamais

Vous ne devinerez jamais la suite : je ne suis pas mort.

Je ne sais pas comment ça se fait, mais c'est ma jambe droite qui s'est cassée. Pas le dos, pas le cou, pas la colonne vertébrale, pas même les bras qui ont reçu directement le choc d'Éliane. Juste la jambe droite.

Heureusement, Lirette et Bruno étaient seulement allés garer leurs voitures un peu plus loin. Ils sont revenus à pied, ils étaient cachés derrière des buissons et ils ont tout vu.

Bruno a appelé l'ambulance avec son cellulaire. Lirette nous a prodigué les premiers soins.

D'après Bruno, ce n'est pas un vrai miracle : c'est la pile de clabord qui a amorti le choc. D'ailleurs, la moitié des panneaux sont irrécupérables et il va falloir en acheter des nouveaux. À condition qu'on puisse en trouver de la même couleur. Mais Bruno dit que si on n'en trouve pas des pareils, on peut faire du deux couleurs — alterner des panneaux brun caca de poule et des panneaux jaunes, par exemple. Ça pourrait être à la mode l'année prochaine ou plus tard.

Éliane n'a rien eu d'autre que quelques bleus et des écorchures aux bras. Elle est vachement solide, Éliane. Et molle.

Si vous voulez sauter d'un toit, le mieux c'est d'être solide et mou. Papa, lui, était raide et cassant.

Elle a recommencé à prendre ses médicaments. Ça lui donne toujours des nausées. Mais elle dit que ça n'est pas grave parce qu'elle est enceinte et qu'elle les aurait de toute façon. Même que c'est peut-être le petit qui lui donnait des nausées avant.

Si c'est un garçon, on va l'appeler Thomas. Si c'est une fille, Gabrielle. Parce que nous ne connaissons ni de Thomas ni de Gabrielle dans notre famille. Maman aurait aimé qu'on appelle sa petite-fille comme elle. Lucien a été chanceux, lui. Il n'a eu que des garçons et il a pu les appeler comme Diane voulait. Bruno est un peu fâché parce qu'on ne prend pas son prénom. Il dit que c'est quand même lui qui a fait le 911 pour appeler l'ambulance.

Lirette nous a dit que Maurice, c'est un nom démodé et que ça ne lui fait rien qu'on ne le donne pas au petit, même si c'est grâce à lui, finalement, que tout s'est bien terminé, puisque c'est lui qui a fait les premiers soins et que lui aussi avait un cellulaire.

Moi, dès qu'on va m'enlever mon plâtre, je vais essayer de trouver du travail. Pourquoi est-ce que monsieur Sinclair ne m'embaucherait pas ? On est de la même famille ou presque, maintenant. Et puis je suis devenu sérieux. Je vais être père. Il est temps que je devienne responsable, vous ne trouvez pas ? Surtout qu'à force de me reposer, il me semble que ma fatigue chronique diminue.

Dès qu'on m'aura enlevé mon plâtre, Bruno va nous chercher une nouvelle voiture. Il a fait remorquer la Cavalier qui était dans la rivière, mais il n'y a rien à en tirer. Ça coûterait plus cher de la réparer que d'en acheter une nouvelle de la même année. Avec le bébé qui s'en vient, ce n'est pas commode de vivre à la campagne sans auto. Surtout qu'il ne nous reste presque plus d'argent. C'est pour ça que je vais travailler. Pour l'auto, pour Éliane et pour le petit ou la petite.

En attendant, j'écoute le disque que nous a donné Lirette sur le lecteur de cédés qu'il nous a apporté. Il avait raison. Ce n'est pas du tout l'ennui qui est une femme à barbe. C'est la nuit. En écoutant, on peut toujours se tromper. Mais le texte des chansons est imprimé dans la pochette.

Je l'ai lu plusieurs fois.

Je ne comprends toujours rien aux paroles. Je pense que c'est de la poésie. Les poètes, ils prennent des mots qu'on comprend et ils réussissent à dire avec ces mots-là des choses qu'on ne peut pas comprendre.

Vous ne me croyez pas ? Lisez ça :

La nuit est une femme à barbe
Venue d'Ispahan ou de Tarbes
Le matin est l'épée de Dieu
Lancée pour nous crever les yeux
Le soleil est un fauve en rut
Qui ne manque jamais son but

J'ai lu ça cent fois, au moins. Rien compris. Même pas une fois. Éliane aussi a essayé. Elle n'a rien compris, elle non plus. N'empêche qu'on trouve ça beau. Quand on en a assez d'écouter la chanson, je lis les paroles à haute voix. Et on trouve ça presque aussi beau qu'avec la musique.

Éliane me dit que, quand on va m'enlever mon plâtre, elle va me laisser sortir tout seul tant que je voudrai. À condition que je rentre avant minuit.

Elle parle de se marier pour vrai, maintenant qu'on a un nouveau curé. Elle lui en a parlé avec le téléphone de Bruno la dernière fois qu'il est venu. Il a dit qu'il est bien obligé : le mariage a déjà été payé et pas célébré.

Éliane dit qu'elle va s'occuper de tout.

Moi, je ne dis rien, mais il y a des jours que je doute d'aller à mon mariage.

La première fois, je ne voulais pas y aller.

J'y suis allé quand même.

Des fois, je me dis « Ça m'apprendra ». D'autres fois, je pense le contraire.

Lirette est là. Il passe ses jours de semaine dans une institution psychiatrique mais il peut sortir, le dimanche, sans même demander la permission pour un mariage.

J'ai témoigné à son procès et il a été acquitté. J'ai dit que c'est un bon gars. La preuve, c'est que le type qu'il a tué c'était un curé, pas un homme avec une femme et des enfants. Mais Lirette pense que ce sont les témoignages des autres psys qui l'ont sauvé. Il y en a un qui a dit qu'il était miné par la paranoïa. Un autre a dit qu'il était un cas flagrant de schizophrénie. Puis un autre encore a diagnostiqué une forte psychose maniaco-dépressive.

Le jury a trouvé que ce n'était pas sa faute, tout ça, et le juge a été obligé de l'envoyer se faire soigner. Il sort tous les dimanches et vient chez nous parce que c'est le mois d'octobre, qu'il fait beau et qu'on peut encore manger dehors.

En ce moment, je suis avec lui. Éliane est rentrée s'occuper du repas à cause de ma jambe dans le plâtre. On boit de la tisane glacée. Je déteste ça. Mais on garde les dernières bouteilles de champagne pour le baptême. Il paraît que ça calme les nerfs, la tisane. Lirette profite de l'absence d'Éliane pour dire :

— Sais-tu à quoi vous me faites penser, Éliane et toi ?

— Non ?

— À une métaphore du Québec et du Canada.

— Une quoi ?

— Une métaphore. C'est comme une comparaison, mais sans comparaison. Le soleil est comme un fauve en rut, c'est une comparaison. Le soleil est un fauve en rut, c'est une métaphore. Tu comprends la différence ?

Non, mais je dis oui avec la tête. Lirette continue :

— Et je trouve que tous les deux ensemble, vous ressemblez au Québec et au Canada.

Je fronce les sourcils parce que je ne vois pas du tout.

Éliane revient de la cuisine. Lirette dit seulement :

— Tu y penseras.

J'y pense, pendant qu'Éliane met sur la table sa pizza à l'ananas. Pourtant, on est un jour pair, alors ça devrait être un jour de viande. Éliane va encore dire qu'elle s'est trompée. Pourtant, on ne peut pas se tromper. Les jours pairs, c'est les jours de viande à cause du mot pair qui est comme père, et moi je vais être père bientôt. Même qu'Éliane, au lieu de dire les jours impairs, elle dit les jours mairs, parce que c'est elle la mère et c'est elle la végétarienne.

Je ne dis rien pendant qu'Éliane coupe la pizza. Un petit morceau pour Lirette qui ne mange presque pas, tellement qu'il est rendu presque aussi maigre que moi. Un morceau un peu plus gros pour moi — à peu près le quart, je dirais. Et un morceau qui fait presque les trois quarts de la pizza pour elle, parce qu'elle mange pour deux, qu'elle dit.

On mange en silence, parce que la croûte est très mâchante. Moi, je cherche toujours le rapport entre Éliane et moi et le Québec et le Canada.

Ça ne colle pas du tout. Papa disait tout le temps que le Canada passe son temps à fourrer le Québec. Et c'est tout juste si je baise Éliane une fois par quinze jours, maintenant qu'elle est enceinte.

Je dis :

— Je commence à comprendre.

Je n'aurais pas dû dire ça à voix haute, parce que Éliane me demande, la bouche pleine :

— Qu'est-che que tu commenches à comprendre ?

— Oh rien, c'est une discussion qu'on avait, avec Lirette.

— À propos de quoi ?

— Du baise-balle. La Série mondiale.

Éliane n'en demande pas plus. Heureusement, parce que je ne sais pas trop ce que je pourrais ne pas comprendre au sujet de la Série mondiale.

Mais c'est vrai que je commence à comprendre, à propos d'Éliane et moi et le Québec et le Canada.

Ce n'est pas moi, le Canada, dans la métaphore. C'est Éliane. Elle parle anglais alors que moi je ne parle que français. En plus, elle est trois fois grosse comme moi.

Éliane est la première à finir sa pizza. Elle dit à Lirette :

— Jocelyn va se faire enlever son plâtre mardi. Bruno va venir nous reconduire à l'Hôtel-Dieu de Mainville. Puis après ça, on va arrêter à son garage. Il nous a trouvé une Nissan 1989 pas chère. Comme ça, on va pouvoir aller faire des balades ensemble. Mais quand le bébé va être né, on va rester tranquilles à la maison.

Je ne fais pas que commencer à comprendre. Je comprends tout.

Éliane ne fait pas juste parler anglais et être plus grosse que moi. Elle a essayé de m'emprisonner. Et elle n'a pas cessé d'essayer. Encore aujourd'hui, puisqu'elle ne veut pas que j'aille me promener tout seul, une fois qu'on aura une auto et un bébé.

Plus j'y pense, plus je trouve que c'est vrai qu'on fait une sacrée bonne métaphore du Canada et du Québec, Éliane et moi.

Ce n'est pas aujourd'hui que je vais m'intéresser à la politique. Mais je commence à comprendre les séparatistes.

Saint Augustine (Floride)
et Saint-Antoine-sur-Richelieu (Québec),
d'octobre 2000 à février 2001.

DU MÊME AUTEUR

Aux Éditions Gallimard

Dans la collection Série noire

CADAVRES, N° 2513, 1998.
MOI, LES PARAPLUIES, N° 2547, 1999.
CHIENS SALES, N° 2589, 2000.

Aux Éditions Libre Expression (Montréal)

LA TRIBU, 1981.
VILLE-DIEU, 1983.
LES PLAINES À L'ENVERS, 1989.
NULLE PART AU TEXAS, 1989.
JE VOUS AI VUE, MARIE, 1990.
AILLEURS EN ARIZONA, 1991.
LE VOYAGEUR À SIX ROUES, 1991.
LONGUES HISTOIRES COURTES, 1992.
PAS TOUT À FAIT EN CALIFORNIE, 1992.
DE LOULOU À RÉBECCA (ET VICE VERSA, PLUS D'UNE FOIS), 1993 (sous le pseudonyme d'Antoine Z. Erty).
VIE DE ROSA, 1996.
VIE SANS SUITE, 1997.

Chez d'autres éditeurs

AGÉNOR, AGÉNOR, AGÉNOR ET AGÉNOR, Éditions Les Quinze, Montréal, 1981, et Éditions L'Hexagone, 2001.
AAA, AÂH, HA OU LES AMOURS MALAISÉES, Éditions L'Hexagone, 1985.
LA FACE CACHÉE DES PIERRES, (traduction de *The underside of stones* de George Szanto), XYZ, 1997.
PREMIER BOULOT POUR MOMO DE SINRO, Québec-Amérique, 1998.
LA TRIBU, Bibliothèque Québécoise, 1998.
VILLE-DIEU, Bibliothèque Québécoise, 1999.

PINCE-NEZ, LE CRABE EN CONSERVE, Éditions Pierre Tisseyre, 1999.

TANT PIS, VLB Éditeur, 2000.

PREMIER TROPHÉE POUR MOMO DE SINRO, Québec-Amérique, 2000.

UNE HISTOIRE DE PÊCHE, Gyldendal (Copenhague), 2000.

J'ENTERRE MON LAPIN, VLB Éditeur, 2001.

ÉCRIRE EN TOUTE LIBERTÉ, Éditions Trois-Pistoles, 2001.

PREMIÈRE BLONDE POUR MOMO DE SINRO, Québec-Amérique, 2001.

Site Internet de l'auteur : www.barcelo.ca.tc

SÉRIE NOIRE

Dernières parutions :

2370. — TOTAL KHÉOPS .... *Jean-Claude Izzo*
2371. — LA FACE CACHÉE DE LA LUNE .... *Georgui Vaïner et Leonid Slovine*
2372. — HISTOIRE DE LA FEMME QUI AVAIT ÉPOUSÉ UN OURS BRUN .... *John Straley*
2373. — PÉRICLÈS LE NOIR .... *Peppe Ferrandino*
2374. — LES FILS PERDUS DE SYLVIE DERIJKE ...... *Pascale Fonteneau*
2375. — INNOCENT X .... *Laurent Fétis*
2376. — JE M'APPELLE REVIENS .... *Alexandre Dumal*
2377. — RN 86 .... *Jean-Bernard Pouy*
2378. — LE MIROIR AUX ALLUMÉS .... *Jacques Humbert*
2379. — LES RACINES DU MAL .... *Maurice G. Dantec*
2380. — LE COCHON QUI FUME .... *James McClure*
2381. — LA PELOUZE .... *M. A. Pellerin*
2382. — UNE PETITE DOUCEUR MEURTRIÈRE .... *Nadine Monfils*
2383. — LE PAYS DE DIEU .... *Ray Ring*
2384. — J'AI CONNU FERNANDO MOSQUITO .... *Rique Queijão*
2385. — M'SIEUR .... *Alain Gagnol*
2386. — PIQUÉ SUR LA ROUGE .... *Gregorio Manzur*
2387. — COMME VOUS ET MOI .... *Seymour Shubin*
2388. — MARILYN LA DINGUE .... *Jerome Charyn*
2389. — ZYEUX-BLEUS .... *Jerome Charyn*
2390. — KERMESSE À MANHATTAN .... *Jerome Charyn*
2391. — 1275 ÂMES .... *Jim Thompson*
2392. — N'Y METTEZ PAS LE DOIGT .... *Christopher Wilkins*
2393. — LES TROTTOIRS DE BELGRANO .... *Pierre-Alain Mesplède*
2394. — COMMENT JE ME SUIS NOYÉ .... *Serge Quadruppani*
2395. — SURF CITY .... *Kem Nunn*
2396. — LE CHANTEUR DE GOSPEL .... *Harry Crews*
2397. — MÉMOIRE EN CAGE .... *Thierry Jonquet*
2398. — MA CHÈRE BÉA .... *Jean-Paul Nozière*
2399. — DAME QUI PIQUE .... *Craig Smith*
2400. — FREE .... *Todd Komarnicki*
2401. — NADINE MOUQUE .... *Hervé Prudon*
2402. — LE SANG DU DRAGON .... *Christian Gernigon*
2403. — LE VOLEUR QUI AIMAIT MONDRIAN .... *Lawrence Block*
2404. — DU SABLE DANS LES GODASSES .... *Juan Sasturain*
2405. — CITÉS DE LA PEUR .... *Collectif*
2406. — BÉNÉDICTION .... *Robert Sims Reid*
2407. — LA FENÊTRE OBSCURE .... *James Durham*
2408. — GROOTKA .... *Jon A. Jackson*
2409. — LE TRUC .... *Mat Messager*
2410. — LES MORTES .... *Jorge Ibargüengoitia*
2411. — LA REVANCHE DE LA COLLINE .... *Hervé Prudon*
2412. — LA NUIT DE ST.-PAULI .... *Frank Göhre*
2413. — AGENCE BLACK BAFOUSSA .... *Achille F. Ngoye*

2458. — OTTO — *Pascale Fonteneau*
2459. — UN PAYS DE RÊVE — *Newton Thornburg*
2460. — LE CHIEN QUI VENDAIT DES CHAUSSURES — *George P. Pelecanos*
2461. — LE TUEUR DU CINQ DU MOIS — *Max Genève*
2462. — POULET CASHER — *Konop*
2463. — LE CHARLATAN — *W. L. Gresham*
2464. — TCHAO PAPA — *Juan Damonte*
2465. — NOTES DE SANG — *François Joly*
2466. — ISAAC LE MYSTÉRIEUX — *Jerome Charyn*
2467. — LA NUIT DU CHASSEUR — *Davis Grubb*
2468. — LA BALLADE DES PENDUS — *Steven Womack*
2469. — TUEZ UN SALAUD ! — *Colonel Durruti*
2470. — BERLIN L'ENCHANTEUR — *Colonel Durruti*
2471. — TREIZE RESTE RAIDE — *René Merle*
2472. — LE VEILLEUR — *James Preston Girard*
2473. — LE SALTIMBANQUE — *Julien Sarfati*
2474. — LA CRYPTE — *Roger Facon*
2475. — DIALOGUES DE MORTS — *Philippe Isard*
2476. — LE CHENIL DES FLICS PERDUS — *Philippe Isard*
2477. — CHAPEAU ! — *Michèle Rozenfarb*
2478. — L'ANARCHISTE DE CHICAGO — *Jürgen Alberts*
2479. — BROUILLARD SUR MANNHEIM — *B. Schlink et W. Popp*
2480. — HARJUNPÄÄ ET LE FILS DU POLICIER — *Matti Yrjänä Joensuu*
2481. — PITBULL — *Pierre Bourgeade*
2482. — LE JOUR DU LOUP — *Carlo Lucarelli*
2483. — CUL-DE-SAC — *Douglas Kennedy*
2484. — BRANLE-BAS AU 87 — *Ed Mc Bain*
2485. — LA VIE EN SPIRALE — *Abasse Ndione*
2486. — SORCELLERIE À BOUT PORTANT — *Achille F. Ngoye*
2487. — AVIS DÉCHÉANCE — *Mouloud Akkouche*
2488. — UN BAISER SANS MOUSTACHE — *Catherine Simon*
2489. — MOLOCH — *Thierry Jonquet*
2490. — LA BALLADE DE KOUSKI — *Thierry Crifo*
2491. — LE PARADIS TROIS FOIS PAR JOUR — *Mauricio Electorat*
2492. — TROIS P'TITES NUITS ET PUIS S'EN VONT — *Nicoletta Vallorani*
2493. — LA PENTE — *M.A. Pellerin*
2494. — LA VÉRITÉ DE L'ALLIGATOR — *Massimo Carlotto*
2495. — ÉTUDE EN VIOLET — *Maria Antonia Oliver*
2496. — ANTIPODES — *Maria Antonia Oliver*
2497. — FLOUZE — *Ed Mc Bain*
2498. — L'ÉPOUSE ÉGYPTIENNE — *Nino Filasto*
2499. — BARCELONA CONNECTION — *Andreu Martin*
2500. — SOLEA — *Jean-Claude Izzo*
2501. — MONSIEUR ÉMILE — *Nadine Monfils*
2502. — LE TUEUR — *Frémion*
2503. — ROUTE STORY — *Joseph Bialot*

2504. — RAILS .... *Vincent Meyer*
2505. — LA NUIT DU DESTIN .... *Christian Gernigon*
2506. — ADIEU COUSINE... .... *Ed McBain*
2507. — LA SCOUMOUNE .... *José Giovanni*
2508. — HOMME INCONNU N° 89 .... *Elmore Leonard*
2509. — LE TROU .... *José Giovanni*
2510. — CAUCHEMAR .... *David Goodis*
2511. — ÉROS ET THALASSO .... *Chantal Pelletier*
2512. — ZONES D'OMBRE .... *J. Dutey & Jane Sautière*
2513. — CADAVRES .... *François Barcelo*
2514. — CHATS DE GOUTTIÈRE .... *Rolo Diez*
2515. — L'ÉNERVÉ DE LA GÂCHETTE .... *Ed McBain*
2516. — ÉQUIPE DE NUIT .... *M.J. Naudy*
2517. — CONFESSION INFERNALE .... *Michel Tarou*
2518. — CASINO MOON .... *Peter Blauner*
2519. — LA BICYCLETTE DE LA VIOLENCE .... *Colin Bateman*
2520. — FISSURE .... *Francis Ryck*
2521. — UN MATIN DE CHIEN .... *Christopher Brookmyre*
2522. — AU PLUS BAS DES HAUTES SOLITUDES .... *Don Winslow*
2523. — ACID QUEEN .... *Nicholas Blincoe*
2524. — CONSENTEMENT ÉCLAIRÉ .... *Serge Preuss*
2525. — LES ARDOISES DE LA MÉMOIRE .... *Mouloud Akkouche*
2526. — LE FRÈRE PERDU .... *Rick Bennet*
2527. — DANS LA VALLÉE DE L'OMBRE DE LA MORT . *Kirk Mitchell*
2528. — TÉLÉPHONE ROSE .... *Pierre Bourgeade*
2529. — CODE 6 .... *Jack Gantos*
2530. — TULAROSA .... *Michael McGarrity*
2531. — UN BLUES DE COYOTE .... *Christopher Moore*
2532. — LARCHMÜTZ 5632 .... *Jean-Bernard Pouy*
2533. — LES CRIMES DE VAN GOGH .... *José Pablo Feinmann*
2534. — À CONTRE-COURANT DU GRAND TOBOGGAN *Don Winslow*
2535. — FAMINE .... *Todd Komarnicki*
2536. — LE ROI DU K.O. .... *Harry Crews*
2537. — UNE ÉTERNELLE SAISON .... *Don Keith*
2538. — TÉMOIN DE LA VÉRITÉ .... *Paul Lindsay*
2539. — DUR À FUIR .... *Patrick Quinn*
2540. — ÇA FAIT UNE PAYE ! .... *Ed McBain*
2541. — REMONTÉE D'ÉGOUT .... *Carlos Sampayo*
2542. — DADDY COOL .... *Donald Goines*
2543. — LA SANTÉ PAR LES PLANTES .... *Francis Mizio*
2544. — LE BANDIT MEXICAIN ET LE COCHON ...... *James Crumley*
2545. — PUTAIN DE DIMANCHE .... *Pierre Willi*
2546. — L'ŒIL MORT .... *Jean-Marie Villemot*
2547. — MOI, LES PARAPLUIES .... *François Barcelo*
2548. — ENCORE UN JOUR AU PARADIS .... *Eddie Little*
2549. — CARTE BLANCHE *suivi de* L'ÉTÉ TROUBLE... *Carlo Lucarelli*

2592. — LE MAMBO DES DEUX OURS . . . . *Joe R. Lansdale*
2593. — VAGABONDAGES . . . . *Michèle Rozenfarb*
2594. — LE TANGO DE L'HOMME DE PAILLE . . . . *Vicente Battista*
2595. — PÉRIPHÉRIQUE BLUES . . . . *Jeanne Gamonet*
2596. — HARJUNPÄÄ ET L'HOMME-OISEAU . . . . *Matti Yrjänä Joensuu*
2597. — LA CHAIR DES DIEUX. *Martine Azoulai*
2598. — RIEN NE BRÛLE EN ENFER. . . . . *Philip José Farmer*
2599. — LA HOTTE . . . . *Vincent Meyer*
2600. — LA NUIT DES ROSES NOIRES . . . . *Nino Filastò*
2601. — DANSE DE DEUIL . . . . *Kirk Mitchell*
2602. — FAUT QU'ÇA CHANGE . . . . *Serge Preuss*
2603. — LE CONDOR . . . . *Stig Holmås*
2604. — L'AUTRUCHE DE MANHATTAN. . . . . *Colin Bateman*
2605. — LA MUSIQUE DES CIRCONSTANCES . . . . *John Straley*
2606. — LES BROUILLARDS DE LA BUTTE . . . . *Patrick Pécherot*
2607. — LA CINQUIÈME AFFAIRE DE THOMAS RIBE . . *Øystein Lønn*
2608. — L'AGONIE BIEN EMPLOYÉE D'EIGHTBALL BARNETT. . . . . *Henry Joseph*
2609. — PARIS PARIAS . . . . *Thierry Crifo*
2610. — LE ROYAUME DES AVEUGLES . . . . *Christopher Brookmyre*
2611. — FEU DE PRAIRIE . . . . *Jamie Harrison*
2612. — COPYRIGHT . . . . *Hervé Le Corre*
2613. — LE ROSAIRE DE LA DOULEUR . . . . *Michel Embareck*
2614. — GO BY GO . . . . *Jon A. Jackson*
2615. — TIR AUX PIGEONS . . . . *James Crumley*
2616. — LES ROUBIGNOLES DU DESTIN . . . . *Jean-Bernard Pouy*
2617. — BRUME DE PRINTEMPS . . . . *Romain Slocombe*
2618. — BALLET NOIR À CHÂTEAU-ROUGE . . . . *Achille F. Ngoye*
2619. — UNE COUVERTURE PARFAITE . . . . *Linda Chase et Joyce St. George*
2620. — LE BOUT DU MONDE . . . . *Collectif*
2621. — 12, RUE MECKERT. . . . . *Didier Daeninckx*
2622. — TROUBLES FÊTES . . . . *Chantal Pelletier*
2623. — LE NŒUD GORDIEN . . . . *Bernhard Schlink*
2624. — POUSSIÈRE DU DÉSERT . . . . *Rolo Diez*
2625. — EN AVANT LES SINGES ! . . . . *Pierre Bourgeade*
2626. — L'ENNUI EST UNE FEMME À BARBE . . . . *François Barcelo*
2627. — COMME UN TROU DANS LA TÊTE . . . . *Jen Banbury*
2628. — FRANCONVILLE, BÂTIMENT B. . . . . *Gilles Bornais*
2629. — LE PÉCHÉ OU QUELQUE CHOSE D'APPROCHANT. . . . . *Francisco González Ledesma*
2630. — JUSTICE BLANCHE, MISÈRE NOIRE . . . . *Donald Goines*
2631. — LE MOUCHARD. . . . . *Dmitri Stakhov*
2632. — NOËL AU BALCON . . . . *Colin Thibert*
2633. — EL INFILTRADO. . . . . *Jaime Collyer*

Composition Nord Compo.
Reproduit et achevé d'imprimer sur Roto-Page
par l'Imprimerie Floch à Mayenne
le 8 novembre 2001.
Dépôt légal : novembre 2001.
1er dépôt légal dans la collection : octobre 2001.
Numéro d'imprimeur : 52799.

ISBN 2-07-042090-6 / Imprimé en France.

10110